Angela

rororo

Leena Lehtolainen, 1964 geboren, lebt und arbeitet als Kritikerin und Autorin in Helsinki. 1993 erschien der erste Roman mit der attraktiven Anwältin und Kommissarin Maria Kallio. Inzwischen wurden in Finnland acht Romane veröffentlicht.

Im Rowohlt Taschenbuch Verlag liegen die Krimis «Zeit zu sterben» (rororo 23100), «Auf die feine Art» (rororo 23089), «Weiß wie die Unschuld» (rororo 23439), «Die Todesspirale» (rororo 23496) und «Der Wind über den Klippen» (rororo 23495) vor. Weitere werden erscheinen.

LEENA LEHTOLAINEN

Alle singen im Chor

ROMAN

Aus dem Finnischen von
Gabriele Schrey-Vasara

Rowohlt Taschenbuch Verlag

Die Originalausgabe erschien 1993 unter dem Titel
«Ensimmäinen murhani» bei Tammi Publishers, Helsinki.

Die Übersetzung wurde freundlicherweise
vom Informationszentrum für finnische Literatur
in Helsinki gefördert.

Einmalige Sonderausgabe
Juni 2004

Deutsche Erstausgabe
Veröffentlicht im Rowohlt Taschenbuch Verlag,
Reinbek bei Hamburg, Juni 2002

Redaktion Stefan Moster

Umschlaggestaltung any.way, Andreas Pufal
(Foto: archivberlin)
Druck und Bindung Clausen & Bosse, Leck
Printed in Germany
ISBN 3 499 23735 0

Alle singen im Chor

Stromab treibet mein Boot

Stromab treibet mein Boot, welches Schicksal ihm droht?
Um Kiel und Planken Gischtwellen branden.
Was ist menschliches Sein?
Unruhvoller Irrlichtschein, unruhvoller Irrlichtschein
und Wandern über trügerisches Gelände.
Einem ward die Freude, dem Andern nichts als Leid,
und jeder trägt im Herzen das Uhrwerk seiner Zeit.
Wenn es stillesteht, so nahet Todesstunde.
Stromab treibet mein Boot, welches Schicksal ihm droht,
kann keines von uns Menschenkindern wissen.
Erde, Himmel und Meer, alles muss vergehn,
weshalb Menschenseele sollt bestehen?
Doch süß ist es zu hegen den wunderselgen Traum,
Strahlt einstmals neuer Frühling und neues Morgenrot,
und Auferstehungswinde wehen von den Fjelden.
Ist es Selbstbetrug nur?
Stromab treibet mein Boot.

Eino Leino (dt. v. Friedrich Ege),
vertont v. Toivo Kuula

Präludium

Jyri wachte auf, weil ihn die Blase drückte. Er hatte den üblen Geschmack im Mund, den man von Whisky, Bier, Knoblauch und zu vielen Zigaretten nun mal bekommt, und hoffte inständig, dass rote Jaffa-Limonade im Haus war. Die trank er literweise, wenn er einen Kater hatte – außer es stand so schlimm, dass nur noch ein Bier half.

Es war ein traumhaft schöner Morgen. Tuulia und Mirja saßen auf der Veranda und bereiteten das Frühstück vor, dabei unterhielten sie sich über die Vorzüge verschiedener Käsesorten. In Wahrheit konnten die beiden Frauen einander nicht ausstehen. Aber da die eine der beste Sopran und die andere der beste Alt im ILO, dem Chor der Ostfinnischen Landsmannschaften, war, mussten sie sich irgendwie arrangieren. Mirja war geradezu das Urbild einer Altistin, dunkelhaarig, mollig und melancholisch. Die passende Besetzung für die Zigeunerin in Verdis Troubadour, wie hieß die noch gleich …

Die Sonne stach in die Augen. Jyri nahm vorsichtshalber zwei extrastarke Kopfschmerztabletten, gegen leichtere war er längst immun. Rote Jaffa war nicht zu finden, aber immerhin gab es Orangensaft. Die ganze Umgebung sah deprimierend frisch und blühend aus: Das Meer schimmerte, die Möwen kreischten am Bootssteg, die Nachmittagshitze war schon zu ahnen. Es würde nicht leicht sein, in dieser Glut zu singen.

«Na, Jyri, hast du 'nen Brummschädel?», feixte Tuulia. Sie sah selber blass aus, wahrscheinlich hatten sie alle zu wenig geschlafen. Aber who cares? Zur Arbeit brauchten sie erst morgen wieder.

«Schlafen die andern noch?»

«Piia wollte schwimmen gehen. Sonst hat sich noch keiner blicken lassen. Die könnten allmählich mal aufstehen, sonst kriegen wir überhaupt nichts mehr getan!» Mirja war sauer, sie hielt nichts von Faulenzerei. Schließlich war die optimale Doppelquartettbesetzung des ILO nicht zum Saufen ins Sommerhaus von Jukkas Eltern gekommen, sondern um für einen wichtigen Auftritt zu proben. Also nichts wie raus aus den Federn, Kaffee trinken und einsingen!

Jyri stand auf. Schwimmen war eine gute Idee. Das Wasser hatte um die zwanzig Grad, genau richtig. Er schlurfte zum Bootssteg. Piia lag am Strand vor der Sauna, züchtig im Bikini. Bis zum Strand war es Jyri zu weit, und eine Badehose brauchte er auch nicht; einfach die Klamotten runter und ins Wasser!

Jukka war auch schwimmen gegangen, er lag an einen Uferfels gelehnt im flachen Wasser. Der Kerl musste höllische Kopfschmerzen haben, mit der klaffenden Wunde. Und auch sonst sah er nicht gerade munter aus … Jyri drehte sich der Magen um, er kotzte ins Schilf.

Es dauerte ein paar Minuten, bevor er aufstehen und sich zur Veranda schleppen konnte, wo jetzt mehr Leute saßen. Jyri hatte eine helle Tenorstimme, um die ihn manche beneideten, aber jetzt brachte er keinen Ton heraus.

«Was hüpfst du denn da nackig rum?», lästerte Tuulia.

«Jukka … Da am Steg, Scheiße … Er ist tot! Ertrunken!»

«Was sagst du?»

Antti rannte ans Ufer, Mirja ihm nach. Kurz darauf kam Mirja zurück und lief zum Telefon. Man hörte ihren tiefen Alt auf der Veranda, als sie atemlos die Polizei und erst danach den Krankenwagen rief.

Eins

Stromab treibet mein Boot, welches Schicksal ihm droht?

Als das Telefon klingelte, stand ich unter der Dusche und spülte mir das Salz von der Haut. Ich hörte meine eigene Stimme auf dem Anrufbeantworter, dann die eines Kollegen, der dringend um Rückruf bat. Mein freier Sonntag hatte überraschend lange gedauert, aber es war mir selbst am Strand nicht gelungen, mich zu entspannen. Aus irgendeinem Grund hatte ich mich verpflichtet gefühlt, an meinem ersten freien Hitzetag in diesem Sommer in der Sonne zu braten, obwohl ich es eigentlich hasste. Im letzten Winter war ich regelmäßig ins Fitnessstudio gegangen, sodass meine Bikinifigur so ansehnlich war wie seit Jahren nicht mehr. Die Speckröllchen am Bauch war ich allerdings nicht losgeworden. Dazu müsste ich meinen Bierkonsum einschränken.

Ich schaltete den Anrufbeantworter aus und wählte die Nummer des Präsidiums. Die Zentrale verband mich mit Rane.

«Hallo, schöne Frau. Ich steh in einer Viertelstunde bei dir vor dem Haus. Das Köfferchen ist schon gepackt. Wir hätten da 'ne Leiche in Vuosaari, vor einer halben Stunde vom Streifenwagen gemeldet. Du brauchst wohl nix aus deinem Büro? Dann bis gleich!»

Es geht wieder los, dachte ich, während ich im Schrank nach einem respektablen Kleidungsstück suchte. Mein Dienstrock hing im Präsidium in Pasila, also musste es die bessere Jeans tun. Meine Haare waren nass, aber föhnen wollte ich sie lieber nicht, sonst plusterten sich die roten Zotteln allzu wild auf. Ich schmierte mir Make-up ins gerötete Gesicht und zog meinem Spiegelbild eine Grimasse. Die Frau, die mir entgegenblickte, sah nicht aus wie eine seriöse Kriminalbeamtin: Die gelbgrünen Augen schienen einer Katze zu gehören, die Hanfseillocken verdankten ihre rote Farbe der Chemie (nur Melody und ich ...), und das letzte Restchen Seriosität wurde durch meine Stupsnase verdorben, auf der sich obendrein Sommersprossen gebildet hatten. Meinen Mund hatte irgendwer einmal sinnlich genannt, was im Klartext bedeutete, dass die Unterlippe eine Spur zu wulstig war.

Und diese Göre sollte im hintersten Winkel des Vororts Vuosaari für Recht und Ordnung sorgen?

Ranes Martinshorn war schon von weitem zu hören. Er liebte es, mit heulenden Sirenen herumzufahren, wie ungefähr die Hälfte aller finnischen Polizisten. Tote laufen nicht weg, aber das brauchte man ja keinem auf die Nase zu binden.

«Die Jungs von der Technik sind schon vorgefahren», erklärte Rane, als ich zu ihm in den Saab stieg. «Also: eine Leiche in Vuosaari, ertrunken, aber irgendwas scheint nicht zu stimmen. Ein Mann um die dreißig, er heißt Peltonen oder so ähnlich. Die sind da zu zehnt oder so in irgendeiner Villa übers Wochenende, von irgendeinem Chor, und heute Morgen haben sie den Peltonen im Meer gefunden.»

«Hat ihn jemand reingestoßen?»

«Keine Ahnung. Wir haben ziemlich wenig Fakten gekriegt.»

«Wie war das mit dem Chor?»

«Das sind irgendwelche Sänger.» Rane bog so rasant auf den Ostring, dass ich zur Seite geschleudert wurde und mein Ellbogen schmerzhaft an die Autotür stieß. Seufzend ergab ich mich in mein Schicksal und legte den Sicherheitsgurt an. Er war auf Männerhöhe eingestellt und scheuerte am Hals.

«Wo ist Kinnunen? Und die anderen? Hast du nicht auch heute frei?»

«Die Jungs sind noch mit der Messerstecherei von gestern beschäftigt. Hinter Kinnunen hab ich 'ne halbe Stunde hertelefoniert, aber du weißt ja, wie das ist am Sonntag … Der wird in irgendeiner Straßenwirtschaft sitzen und seinen Kater auskurieren.»

Rane seufzte resigniert. Wir hatten beide keine Lust, weiter über das Thema zu reden. Der Leiter unserer Abteilung, Kommissar Kalevi Kinnunen, war Alkoholiker. Punkt. Ich war in der Hierarchie die Nächste und würde die Ermittlungen leiten, bis Kinnunen seinen Rausch oder seinen Kater überwunden hatte. Punkt.

«Hör mal, Rane, es kann sein, dass ich den Toten kenne, oder kannte … Das ist eine blöde Situation …»

«Mein Urlaub fängt morgen an, und den werd ich nicht verschieben. Das ist jetzt dein Fall, ob's dir gefällt oder nicht. Danach fragt bei uns keiner.»

Ich wusste, was er dachte. Wenn ich mir meine Fälle aussuchen wollte, wäre ich besser Rechtsanwältin geworden. Rane war mir von Anfang an mit Misstrauen begegnet, wie viele andere im Präsidium auch. Ich war eine Frau, jung obendrein, außerdem war ich keine richtige Polizistin, nicht fest angestellt auf Lebenszeit wie die anderen, sondern nur eine Vertretung, deren Zeit im Polizeipräsidium in zwei Monaten ablief.

Nach dem Abitur hatte ich mich zum Erstaunen meiner Umgebung an der Polizeischule beworben und war aufgenommen worden. Dabei war ich in der Schule eine Art Rebellin gewesen, eine Punkerin in Lederjacke, und hatte zu allem Überfluss auch noch ein Einser-Abitur hingelegt. Na ja, die zweite Punkerin und schlimmste Schulschwänzerin in unserer Klasse war inzwischen Grundschullehrerin geworden. Mir schwirrten damals idealistische Vorstellungen von einer gerechten Gesellschaft im Kopf herum. Ich bildete mir ein, als Polizistin könnte ich sowohl den Verbrechern als auch ihren Opfern helfen und nebenbei die Welt verbessern.

Aber schon die Polizeischule war eine Enttäuschung gewesen, obwohl ich mich überraschend gut gegen die Männer behaupten konnte. Immerhin hatte ich schon während der Schulzeit in einer Männerband Bass und mit den «anderen Jungs» Fußball gespielt.

Klassenbeste blieb ich auch auf der Polizeischule, aber die Arbeit als Polizistin wurde mir letzten Endes zu viel. Nach ein paar Jahren hatte ich genug davon, Berichte zu schreiben, Leibesvisitationen an Stadtstreicherinnen vorzunehmen und das soziale Umfeld von Ladendieben zu untersuchen. Ich brachte damit nur den langweiligsten und diensteifrigsten Teil meiner Person zur Geltung. Nach meinem Mitgefühl fragte niemand, und mein Gehirn – das ich immer gern strapaziert hatte – wurde nicht gebraucht.

Nach zwei Jahren bei der Polizei war mein Lerneifer wieder erwacht. Ich absolvierte kurz hintereinander zwei Führungskurse. Es gab zu wenig Frauen im höheren Dienst, und vielleicht wurde ich ein bisschen schneller befördert als üblich. Darüber zerrissen sich natürlich die neidischen Männer das Maul. Noch mehr schienen sie sich aber daran zu stören, dass ich mit meinem Beruf nicht zufrieden war. Schließlich meldete ich mich zum Jurastudium an, schaffte die Aufnahmeprüfung und hatte endlich das Gefühl, am richtigen Platz zu sein. Rechtsprechung interessierte mich, und mit meinen dreiundzwanzig Jahren glaubte ich zu wissen, was ich von meinem Leben erwartete.

Während des Studiums hatte ich in den Semesterferien Urlaubsvertretungen bei der Polizei übernommen und war auch sonst gelegentlich eingesprungen, und jetzt, fünf Jahre später, war ich wieder Polizistin. Ich hatte allmählich die Lust am Studium verloren und kam auf die Idee, eine sechsmonatige Vertretung im Gewaltdezernat der Helsinkier Kripo zu übernehmen, zumal ich mich auf Strafrecht spezialisiert hatte. Ich hatte geglaubt, in dem halben Jahr Abstand zum Studium gewinnen und neue Lebensperspektiven entdecken zu können. Aber danach sah es vorläufig nicht aus. Seit ich als Ermittlerin arbeitete, war ich so geschafft, dass ich nach dem Dienst über nichts mehr nachdenken mochte. Stattdessen ging ich ab und zu ein Bier trinken und etwas öfter joggen oder ins Fitnessstudio.

Obendrein leistete Kinnunen, mein direkter Vorgesetzter, nur zehn Prozent der Arbeit, die er hätte tun sollen. Die restliche Zeit verbrachte er damit, zu trinken oder seinen Kater auszukurieren. Wir mussten seine Aufgaben mit erledigen, was vor allem jetzt im Sommer fast unmöglich war. Die Gelder für Vertretungen waren schon im April ausgeschöpft gewesen, wir waren in der Urlaubszeit hoffnungslos unterbesetzt.

Im Übrigen war ich längst nicht mehr so kaltschnäuzig, wie ich es früher, zumindest in meinen eigenen Augen, gewesen war, aber das zuzugeben wäre ein großer Fehler gewesen. Meine Kollegen achteten beflissen auf meinen nervlichen Zustand, penibel beobachteten sie, wie ich reagierte, wenn ich die von Erbrochenem und dem Inhalt verätzter Gedärme besudelte Leiche eines Penners untersuchte, der mit Schwefelsäure versetztes Wasser getrunken hatte. Vermutlich ekelten sich die anderen genauso, aber ich durfte nicht grün im Gesicht werden – weil ich eine Frau war. Und ich gab mich natürlich hart und riss hinterher in der Polizeikantine die geschmacklosesten Witze, obwohl ich alle Mühe hatte, mein Hühnerfrikassee herunterzubekommen.

Gegen mein Äußeres war ich machtlos: Ich sah nun mal aus wie eine Frau. Meine Haare musste ich lang tragen, sonst hätten mir die Locken in allen Richtungen vom Kopf abgestanden. Neben den Männern war ich ein Winzling. An der Körpergröße wäre meine Aufnahme in die Polizeischule beinahe gescheitert, aber einer meiner Bekannten war Arzt und schummelte auf dem Attest die fehlenden fünf Zentimeter dazu. Mein Körper war eine seltsame Mischung aus weiblichen Kurven und männlichen Muskeln. Für eine kleine Frau bin ich stark, und ich kann meine Kräfte so weit einschätzen, dass ich selbst vor gefährlichen Situationen keine Angst habe.

Jetzt hätte ich allerdings eine Stärkung meines Selbstvertrauens brauchen können, zum Beispiel in Form einer imposanten Polizeiuniform. Alle meine bisherigen Fälle waren mehr oder weniger unpersönlich gewesen. Aber bei den Wörtern «Chor» und «Peltonen» hatten bei mir die Alarmglocken geläutet. Wenn meine bösen Ahnungen mich nicht trogen, würde ich gleich einer Reihe von Bekannten gegenüberstehen, die mich in einer ganz anderen als der Polizistenrolle kennen gelernt hatten.

Im ersten Semester an der Universität hatte ich in einer ungemütlichen Studentenwohnung draußen im Stadtteil Itäkeskus gewohnt. Meine beiden Mitbewohnerinnen stritten sich ständig, weil die eine dauernd sang. Manchmal johlte ein ganzes Quartett in Jaanas Zimmer, ein Quartett, dessen Bassist Jaanas Freund war: Jukka Peltonen, der Charmeur mit den Paul-Newman-Augen und dem vom Segeln braun gebrannten Gesicht. Jaana hatte nächtelang überlegt, ob sie mit ihm zusammenziehen sollte, ein paar Mal hatte sie das Problem auch mit mir bei einer Flasche Rotwein gewälzt.

Nach den dämlichen Bodybuildern bei der Polizei war Jukka eine wahre Augenweide gewesen. Jaanas Geträller störte mich nicht weiter, sie hatte eine ziemlich reine Stimme, und ich konnte ja jederzeit Kopfhörer aufsetzen und in voller Lautstärke meine Musik hören, wenn ich von Klassik die Nase voll hatte.

Dann starb meine Großtante. Die Erben wollten ihre Einzimmerwohnung im Stadtteil Töölö nicht verkaufen, sondern abwarten, bis die Wohnungspreise stiegen. Bis dahin hütete ich die Wohnung, konnte mietfrei in der Innenstadt wohnen und zahlte nur die Nebenkosten. Als die Wohnungspreise anzogen, fürchtete ich schon, ausziehen zu müssen, aber meine geldgierigen Verwandten wollten noch mehr herausschlagen und hatten dann das Nachsehen, als die Rezession kam und die Preise in den Keller stürzten. So wohnte ich also nach wie vor in der Nachbarschaft des Restaurants «Elite». Ab und zu lief ich Jaana an der Universität über den Weg, sie hatte inzwischen mit Jukka

Schluss gemacht. Später verliebte sie sich bei einer Deutschlandreise des Chors in den Sohn ihrer Gastgeber und blieb als Hausfrau in Deutschland. Seither schickten wir uns gegenseitig Weihnachtskarten.

Ich erinnerte mich vage an andere Bekannte von Jaana. Außer Jukka war noch ein zweiter Augenschmaus dabei gewesen ... Sicher würde ich in der Gruppe in Vuosaari bekannte Gesichter entdecken, denn viele blieben ewig im Studentenchor, um ihre Jugend zu verlängern. Vermutlich sind Chorsänger eine Sorte für sich, lauter Masochisten, die es lieben, gemeinsam mit anderen schlechten Sängern unter Leitung eines sinnlos mit den Armen fuchtelnden Peinigers nichts sagende Lieder zu trällern.

Die Straße zur Villa schlängelte sich durch die sommerlich grüne Landschaft. Rane hatte das Martinshorn abgestellt, fuhr aber mit weit überhöhter Geschwindigkeit. Ich las die Streckenbeschreibung, und wir fanden tatsächlich die richtige Abzweigung. Es ist verdammt peinlich, wenn Polizisten sich verfahren, das wusste ich, denn mir war das ein paar Mal passiert. Hinter den Feldern glitzerte das Meer, ein Hase hoppelte über den Weg, und eine Wespe versuchte durch das Fenster ins Auto zu fliegen.

«Irgendwelche reichen Leute haben sich hier draußen ein paar alte herrschaftliche Villen renovieren lassen», erklärte Rane.

Nachdem wir eine etwa zehn Meter breite Landenge überquert hatten, befanden uns auf einer Art Insel. Wir fuhren unter einem hohen Torbogen hindurch. Auf einem Messingschild stand «Villa Maisetta». Ein schmaler, grasbewachsener Weg führte zu einem Anwesen, das genauso aussah, wie ich mir mein Traumhaus vorstellte. Zwei Etagen, weiße Fensterrahmen, Zierschnitzereien. Auf dem Rasen vor dem Haus standen ein Streifenwagen und der alte Volvo der Kriminaltechnik.

«Die Jungs waren aber schnell. Und was machen wir?» Ich steigerte mich bewusst in eine zynische, aggressive Stimmung hinein. Bloß keine Tränen über die Leichen hübscher Exfreunde ehemaliger Wohnungsgenossinnen.

Einer der Streifenpolizisten kam mit einem dunkelhaarigen, mürrisch dreinschauenden Mädchen auf uns zu. Beide sahen mich misstrauisch an, und obwohl ich auf skeptische Blicke gefasst war, ärgerte ich mich. Die Dunkelhaarige kam mir bekannt vor. Als ich hörte, dass sie Mirja hieß, fielen mir Jaanas wenig schmeichelhafte Bemerkungen über die schlimmste Nörglerin im Chor ein, die nicht mal Alkohol trank, was in diesen Kreisen vor fünf Jahren als unverzeihlich galt.

Mirja führte uns ans Ufer, wo die Jungs von der Technik gerade die Leiche fotografierten. Der Arzt war auch schon da. Offenbar hatten wir lange auf uns warten lassen, denn alle anderen waren schon fertig. Wegen mir hätten sie nicht damit warten müssen, die Leiche aus dem Wasser zu holen. Ich wollte den Kadaver ja gar nicht anschauen, wollte ihn nicht identifizieren und nicht sehen, was man Jukka angetan hatte.

«Wie sieht's aus?», fragte ich Mahkonen, den Gerichtsmediziner, der mindestens fünfzig Kilo Übergewicht mit sich herumschleppte und wie immer einen Zigarillo paffte. Er hasste mich fast so sehr wie ich ihn. Allerdings gab es einen Unterschied: Ich wusste, dass er ein Ass in seinem Fach war, was er von mir nie behauptet hätte.

«Wo ist Kinnunen?», erkundigte er sich misstrauisch.

«Der ist, wo er ist», versetzte ich. «Wir werden jedenfalls nicht auf ihn warten. Fangen wir an. Was meinst du zur Todesursache?»

«Dem Gesicht nach ist der Mann ertrunken. Allerdings sieht das Loch im Kopf ganz interessant aus, ich weiß noch nicht, was ich davon halten soll. Erst mal muss ich präparieren.» Mahkonens Worte waren nicht an mich gerichtet, sondern an Ranes Schuhspitzen.

«Kann es sein, dass er erst k. o. geschlagen und dann ins Wasser geworfen wurde?», wollte Rane wissen.

«Gut möglich. Das Loch sieht irgendwie seltsam aus. Wenn man nur wüsste, womit er niedergeschlagen wurde.»

«Vielleicht mit einem Stein?» Rane ließ den Blick über die Uferfelsen schweifen, zwischen denen Steinbrocken in allen Größen lagen, auch faustgroße.

«Na ja … da habt ihr aber zu tun, wenn ihr alle Steine am Strand umdrehen wollt», schnaufte der Arzt.

Ich gab den Sanitätern einen Wink, die Leiche aus dem Wasser zu holen. Sie drehten sie vorsichtig um. So abstoßend das Gesicht unter den von Salzwasser verklebten blonden Haaren auch aussah, ich erkannte es wieder. Es war aufgedunsen, aber immer noch lag Entsetzen in den offenen Augen, die wie blaue Signallampen aus der violett gescheckten Haut leuchteten. Seetang schmückte den weißen Anorak, die Jeans klebten an den Beinen.

Es tat weh, an den Charmeur, den ich vor ein paar Jahren gekannt hatte, zurückzudenken. Jukka war ein oder zwei Jahre älter als ich, wahrscheinlich noch keine dreißig. Natürlich hatte ich schon jüngere Tote zu Gesicht bekommen, aber die waren von Schnaps oder Drogen zerfressen gewesen. Ich schluckte die Tränen herunter und räusperte mich. Dann herrschte ich die Techniker an: Sie sollten gefälligst herausfinden, woher das Loch in Jukkas Kopf stammte. Vielleicht war er auf dem Steg ausgerutscht. Ich wusste, dass ich einen nervösen Eindruck machte und meine Betroffenheit auch durch den Befehlston nicht überdecken konnte, aber ich wollte auf gar keinen Fall in aller Öffentlichkeit weinen.

«Dann wollen wir mal sehen, was die da oben in der Villa wissen», sagte ich zu Rane und wandte mich dem Haus zu. Erst jetzt bemerkte ich die Leute auf der zum Meer gelegenen Veranda. Sie mussten mein Gebrüll gehört haben, aber alle sahen weg, als wollten sie es nicht wahrhaben, dass die Polizei da war.

Aus der Nähe sah die Villa wie eine Fälschung aus: Vielleicht war es die Kopie einer alten Holzvilla, die früher hier gestanden hatte. Der Anstrich war verblichen und sicher an die zwanzig Jahre alt, aber das Haus konnte nicht sehr viel älter sein als ich.

Die Sonne schien auf die Veranda, und ich verfluchte meine viel zu warmen Jeans. Einige aus dem Septett, das dort saß, kamen mir bekannt vor.

«Maria!» In der klaren, hellen Stimme lag Verblüffung. «Bist du etwa Polizistin geworden? Kennst du mich noch? Ich bin Tuulia.»

Ich erinnerte mich gut an Tuulia. Sie war oft in unserer Studentenwohnung gewesen, und manchmal hatten wir uns auch in der Cafeteria der Uni getroffen. Sie war mir sympathisch gewesen, wir hatten beide den gleichen Sinn für Humor. Sie war schöner, als ich sie in Erinnerung hatte, ihre aufrechte Gestalt wirkte erwachsen und stolz.

«Ja, ich erinnere mich.» Ich brachte es nicht fertig zu lächeln. «Also … Ich bin Kriminalhauptmeister Maria Kallio vom Gewaltdezernat, guten Tag. Das hier ist Kriminalmeister Lahtinen. Vielleicht stellen Sie sich erst einmal vor und berichten dann, was letzte Nacht passiert ist.» Ich wusste selbst, wie lächerlich das klang, und wagte niemanden direkt anzusehen.

Mirja sprach in gleichmäßigem Tonfall, als läse sie von einem Manuskript ab. Vielleicht hatte sie sich vorher überlegt, was sie sagen wollte.

«Ich bin Mirja Rasinkangas. Ja, und wir gehören zum Chor der ostfinnischen Landsmannschaften. Jukka Peltonens Firma will ein Sommerfest mit Musik veranstalten. Sie haben ein ordentliches Honorar versprochen, und so hat Jukka ein Doppelquartett aufgestellt, das auf dem Fest singen soll.»

Mirja zufolge handelte es sich bei den Anwesenden um Jukkas eigenes Quartett sowie um vier weitere Sänger, die zufällig den Sommer in der Stadt verbrachten. Da Jukkas Eltern gerade auf einem Segeltörn waren, konnten die Proben in ihrer Sommervilla stattfinden.

Das Doppelquartett war am Nachmittag angekommen, hatte

ein paar Stunden geprobt und anschließend den Sommerabend so verbracht, wie man es in Finnland eben tut: mit Sauna und Saufen. Bald nach Mitternacht war einer nach dem anderen schlafen gegangen, aber was Jukka getan hatte, schien niemand zu wissen. Gegen zwei war er zuletzt lebend gesehen worden.

«Ich habe mich heute früh gewundert, dass Jukka sich nicht blicken ließ», erklärte Mirja. «Aber dann kam Jyri und rief, Jukka sei ertrunken, und da lag er dann auch … am Ufer.» Ihre Stimme zitterte leicht.

«Als Sie hingegangen sind, haben Sie die Leiche da irgendwie bewegt?»

«Ich habe versucht, seinen Puls zu fühlen. Bewegt haben wir ihn nicht», warf eine Bassstimme aus dem Hintergrund trocken ein. «Ach ja, ich bin Antti Sarkela, wie du dich vielleicht erinnerst. Es war kein Puls festzustellen, und überhaupt, er war ertrunken, man sah gleich, dass es keinen Zweck mehr hatte, irgendwas zu tun.»

Klar, an Antti erinnerte ich mich auch noch. Zwei Wochen lang war ich beinahe in ihn verliebt gewesen, nachdem er einmal in der Straßenbahn neben mir gesessen und sich mit mir über das Buch von Henry Parland unterhalten hatte, das ich während der Fahrt lesen wollte. Wie viele Männer hätten überhaupt gewusst, wer Henry Parland war? Dann hatte ich beschlossen, Antti zu vergessen und Henry anzuhimmeln, aber seit jenem Gespräch bekam ich Antti nicht aus dem Kopf. Sein Aussehen gefiel mir, sein schmales Indianergesicht, seine große Hakennase, sein fast zwei Meter langer Körper. Es war schwer, seinen Gesichtsausdruck zu deuten, in seinen Augen lag sowohl Trauer als auch Furcht. Ich entsann mich, dass Jukka ein guter Freund von Antti gewesen war.

«Okay. Ich leite die Ermittlungen, das heißt, die Vernehmungen finden in Pasila statt. Aus ermittlungstechnischen Gründen schlage ich vor, dass ihr die Villa jetzt gleich verlasst. Ich möchte heute Abend noch mit den Befragungen anfangen. Wer keine

Fahrgelegenheit hat, kann bei mir mitfahren, hier ist wohl nicht mal eine Bushaltestelle in der Nähe. Für den Anfang wüsste ich aber gern, wer ihr seid, Beruf, Adresse und so weiter. Rane, notierst du das mal? Wer bist du?», fragte ich den jungen Mann, der mir am nächsten saß. Er war ziemlich klein gewachsen, offenbar noch sehr jung und sah aus, als sei ihm schlecht.

«Ich bin Jyri Lasinen», gab die hohe, klare Tenorstimme Auskunft. «Ich bin dreiundzwanzig und studiere Mathematik und Informatik.» Es klang wie bei einem Vorstellungsgespräch.

«Ich bin Mirja Rasinkangas», wiederholte das stämmige dunkelhaarige Mädchen. «Sechsundzwanzig, Geschichtsstudentin.»

«Piia Wahlroos», wisperte die Nächste. Sie hatte große braune Augen, kastanienbraunes Haar, einen Trauring mit prächtigen Steinen, war schlank, trug ein elegantes Strandkleid ... Ich registrierte die Einzelheiten bunt durcheinander, zusammenhanglos. «Ich bin sechsundzwanzig und studiere Skandinavistik.»

«Sirkku Halonen, dreiundzwanzig. Ich studiere Chemie. Ich bin Piias Schwester, aber sie ist verheiratet, deswegen heißt sie anders.» Sirkku war eine gedämpfte, alltäglichere Ausgabe ihrer zierlichen schönen Schwester. Neben ihr saß ein leicht untersetzter junger Mann mit störrischen Haaren, der ihr tröstend die Hand hielt. Offenbar ihr Freund.

«Ich bin Timo Huttunen, Forstwissenschaftler. Fünfundzwanzig.»

«Tuulia Rajala, neunundzwanzig. Nichtstuerin.»

«Antti Sarkela. Mathematiker, Assistent an der Uni. Neunundzwanzig. Obwohl mir nicht klar ist, was unser Alter für eine Rolle spielt.» Rane ächzte, er hatte das «obwohl» automatisch mitgeschrieben und funkelte Sarkela böse an, als wäre es dessen Schuld.

«Okay ... Packt eure Sachen zusammen, wir wollen möglichst bald los.» Ich ging ans Ufer, um noch einmal mit den Leuten von der Technik zu reden. Auf dem Uferpfad kamen mir die

Bahrenträger entgegen. Jukkas nächste Adresse war die Pathologie.

Als ich ins Haus zurückkam, leerte Mirja gerade den Kühlschrank.

«Übrigens … wer hat wo geschlafen?»

«Jukkas Zimmer ist in der oberen Etage. Jyri und Antti haben auf der anderen Seite des Gangs geschlafen, im Zimmer von Jukkas Bruder. Timo und Sirkku waren im Zimmer von Jukkas Eltern am Ende des Gangs, und Piia, Tuulia und ich haben hier unten im Wohnzimmer übernachtet, auf dem Fußboden.»

«Jukka war also der Einzige, der allein geschlafen hat?»

«So war's wohl. Allerdings wurde nicht viel geschlafen, die ganze Zeit schien irgendwer unterwegs zu sein. Alle naselang rannte jemand aufs Klo, Jyri sogar hier unten, obwohl oben auch eine Toilette ist. Ich hab jedenfalls die ersten Stunden furchtbar unruhig geschlafen. Tuulia hat fürchterlich geschnarcht, obwohl ich immer wieder versucht hab, sie wachzurütteln.»

«Tut mir Leid, dass ich deinen Schlaf gestört hab.» Tuulia tauchte plötzlich in der Küche auf. «Piia konnte offenbar auch nicht schlafen, vor schlechtem Gewissen wahrscheinlich …» Tuulia warf einen Blick in den Kühlschrank. «Jetzt sind wir gar nicht dazu gekommen, die Meeresfrüchte zu dünsten. Kommt doch zum Essen zu mir, wenn ihr das Verhör hinter euch habt. Ein Abendmahl zum Gedenken an Jukka … Die Tomatensoße hat genau die richtige Farbe. Schade, dass wir nur Weißwein haben.»

«Hör auf damit», fauchte Mirja. Sie hatte das Zittern in Tuulias Stimme nicht bemerkt. Ich ging in den ersten Stock hinauf und landete in einem Vorraum, wo Jyri gerade seinen Schlafsack aufrollte. Ein schmaler Flur schloss sich an, an dessen Ende ein großes Schlafzimmer lag, offenbar gehörte es Jukkas Eltern. Die Tür stand einen Spaltbreit offen, auf dem Bett sah ich die Beine einer Frau. Eine Männerhand streichelte sie. Sicher Sirkku und Timo.

In Jukkas Schlafzimmer war niemand. Ein Teenager-Zimmer, in dem in den letzten zehn Jahren wohl nichts verändert worden war. Meerblaue Textilien, an der Wand Segelposter, im Bücherregal zwei leere Rumflaschen, Segelbücher, daneben eine Gitarre. Auf dem Stuhl lag ein Pullover, die Schuhe waren unters Bett geschoben. Jukka war in seiner Todesnacht barfuß unterwegs gewesen – wahrscheinlich hatte er niemanden wecken wollen. Das Bett war nicht gemacht. Wohin Jukka auch gegangen war, offenbar hatte er vorher geschlafen und wollte danach wieder ins Bett.

Auf dem schmalen Bett im letzten Zimmer lag Antti Sarkela, die Hände im Nacken verschränkt. Bei meinem Anblick sprang er auf wie ein Rekrut vor dem Feldwebel.

«Und? Heiße Spuren entdeckt?» Seine Stimme klang gehässig.

«Vielleicht. Du hast in diesem Zimmer geschlafen?»

«Ja.»

«Du kennst … kanntest Jukka ziemlich gut. Würdest du mal eben in sein Zimmer kommen und nachsehen, ob etwas fehlt?»

Antti schien zu groß für das kleine Zimmer.

«Sieht nicht so aus, als ob was fehlt.» Er warf einen Blick in den Kleiderschrank. «Die gleichen Klamotten wie immer. Das meiste, was Jukka fürs Wochenende brauchte, hatte er hier im Haus, auf der Herfahrt hatte er nur eine kleine Tasche bei sich. Da steht sie ja … Ist weiter nichts drin, Noten, frische Socken … Das Zimmer sieht jedenfalls genauso aus wie sonst.»

Anttis Blick fiel auf eine abgegriffene Chormappe, die auf dem Tisch lag. Sie war bei Kuulas Lied «Stromab treibet mein Boot» aufgeschlagen. Für gereimte Verse habe ich eigentlich nichts übrig, aber Eino Leinos Gedicht, das Kuula vertont hat, mag ich sehr. Jukka hatte am Seitenrand eine Menge Notizen gemacht. Antti wandte den Blick ab, ich sah, dass er sich auf die Lippe biss.

«Habt ihr das gestern geübt?», fragte ich, um überhaupt etwas zu sagen.

«Unter anderem. Es waren finnische Lieder bestellt.»

Jukkas Brieftasche lag neben dem Notenbuch, ich nahm sie an mich. Ich hatte das seltsame Gefühl, nicht alles zu registrieren, was mir das Zimmer verriet.

Endlich konnten wir aufbrechen. Die Techniker blieben noch da und suchten nach einem Gegenstand, der als Mordwaffe infrage kam. Das Ufer wurde abgesperrt. Die Streifenbeamten blieben ebenfalls, sie sollten Jukkas Eltern in Empfang nehmen, die im Lauf des Abends eintreffen mussten.

Ich musterte das verwirrte Grüppchen, das ich bald vernehmen würde. Im Prinzip konnte irgendein Herumtreiber Jukkas Tod beobachtet oder gar verursacht haben, diese Möglichkeit durfte ich nicht außer Acht lassen, aber vorläufig stand das vom Doppelquartett übrig gebliebene Septett im Vordergrund. Das eine oder andere Chormitglied wusste mit Sicherheit mehr, als es mir erzählt hatte. Falls einer der sieben der Täter war, hatte ich es nicht mit einem kaltblütigen Berufsverbrecher zu tun, sondern mit einem ganz gewöhnlichen Menschen, der bald unter seiner Schuld zusammenbrechen würde, dachte ich optimistisch.

Antti und Tuulia standen am Ufer und gaben seltsame Töne von sich. Dann schienen sie den Schutzleuten etwas zu erklären. Ich ging hin, um sie zum Aufbruch zu mahnen.

«Was ist los?»

«Einstein. Meine Katze», erwiderte Antti. «Sie hat sich seit zwei Stunden nicht blicken lassen, ich kann doch nicht ohne sie abfahren.»

«Meinst du, sie hat sich verlaufen?», fragte Tuulia besorgt.

«Die ist doch hier geboren! Sie wird auf einem ihrer Streifzüge sein.»

«Ich schlage vor, du fährst trotzdem mit. Du kannst ja später zurückkommen und nach deiner Katze suchen», sagte ich unfreundlicher, als ich eigentlich wollte. Ich trug den zurückbleibenden Beamten auf, die Katze einzufangen, wenn sie auftauchen sollte. Sie sahen mich an, als hätte ich den Verstand verloren. «Katzen fangen, das fehlt uns noch!», brummte der eine wütend.

Jukkas Auto blieb vorläufig vor der Villa stehen, weil die Technik eine Voruntersuchung durchführen wollte. Später würde es irgendwer zum Labor fahren, die Schlüssel steckten. In den BMW von Piia Wahlroos passten fünf Chormitglieder. Es war sinnlos, einen Beamten mitfahren zu lassen, damit sie ihre Aussagen nicht absprechen konnten, denn das hatten sie längst tun können. Ich hätte wetten mögen, dass Mirja Rasinkangas und Antti Sarkela als Einzige bereit waren, im Polizeiauto mitzufahren. Die Wette hätte ich glatt gewonnen. Ich spürte Anttis Knie im Rücken und schob meinen Sitz nach vorn.

«Was machst du eigentlich bei der Polizei, Maria?», fragte Antti, als wir von dem Waldweg auf die Straße bogen. «Als ich dich zuletzt gesehen hab, hast du doch Jura studiert.»

«Ich hatte vorher die Polizeischule besucht. Und die Vertretungsstelle kam mir jetzt gerade recht.»

«Hast du viele ... Mordfälle gelöst?»

«Genügend.»

«Unterschätz mir das Mädchen nicht, die hat Grips genug, um den Schuldigen zu finden», mischte sich Rane pikiert ein. Ich feixte innerlich. Das Größensyndrom machte sich wieder mal bemerkbar. Rane, der das Mindestmaß für Polizisten nur um Haaresbreite überschritt, verhielt sich automatisch ablehnend gegenüber Männern, die wesentlich größer waren als er selbst. Dass er mich schon wieder Mädchen nannte, ließ ich ihm diesmal durchgehen, immerhin hatte er ja Partei für mich ergriffen. Nach außen hielten Polizisten eben zusammen, trotz allem.

«Du hast doch mit Jaana zusammengewohnt», rief Mirja auf einmal. «Jetzt erinnere ich mich ...» Es klang, als hätte sie mich nicht gerade in guter Erinnerung. Vielleicht war ihr der bierselige Abend eingefallen, an dem ich den Fehler begangen hatte, meine Ansichten über Sinn und Zweck des Chorgesangs kundzutun.

Ich nahm mir vor, Jaana in Deutschland anzurufen. Sie war Jukkas Freundin gewesen und konnte mir vielleicht wichtige Informationen geben. Außerdem kannte sie vermutlich die meisten der in den Mord verwickelten Chormitglieder – die schicksalhafte Deutschlandtournee lag ja erst zwei Jahre zurück.

Den Rest des Weges legten wir schweigend zurück. Bevor ich mit den Vernehmungen anfing, wollte ich rekapitulieren, was ich bisher erfahren hatte. Nach dem vorläufigen Urteil des Gerichtsmediziners hatte Jukka einen Schlag auf den Kopf erhalten, der von vorn und aus leicht erhöhter Stellung mit einem stumpfen, ungleichmäßig geformten Gegenstand ausgeführt worden war. Der Täter war also entweder wesentlich größer als Jukka – dann kam von den Anwesenden nur Antti infrage –, oder Jukka hatte vor ihm gesessen oder gekniet. Vorgebeugt hatte er sich jedenfalls nicht, sonst hätte ihn der Schlag aus einem anderen Winkel getroffen.

War Jukka am Bootssteg mit jemandem verabredet, mit dem er ungestört sprechen wollte? Oder war er einfach so nach draußen gegangen und überraschend angegriffen worden?

Das war nur mit harter Arbeit herauszufinden, indem ich mit Leuten redete und ihnen zuhörte. Die Tötungsdelikte, mit denen ich es bisher zu tun gehabt hatte, waren klare Fälle gewesen: Betrunkene, die ihrem Kumpel ein Messer in die Rippen gerammt oder ihrer Frau eine Axt über den Kopf gezogen hatten. Totschlag jedes Mal. War dies mein erster Mord?

Zwei

Um Kiel und Planken Gischtwellen branden

Kinnunen hatte sich immer noch nicht im Präsidium blicken lassen. Der Diensthabende hatte beim x-ten Anruf in Kinnunens Wohnung endlich dessen neue Freundin erreicht, die ihm erzählt hatte, mein Vorgesetzter säße beim vierten Bier auf der Terrasse des «Kappeli». Rane und ich beschlossen, ohne ihn anzufangen, damit wir die Leute nicht den ganzen Abend auf dem Präsidium behalten mussten.

Ich wollte mir die Chormitglieder in alphabetischer Reihenfolge vornehmen, da mir nichts Besseres einfiel. Rane sollte nur mitschreiben, denn er würde sowieso nicht mehr lange an dem Fall mitarbeiten. Er war in Gedanken schon beim Montag, an dem er ausschlafen und alle Mordfälle vergessen konnte. Immerhin würde er aber hören, was die Zeugen zu sagen hatten, und sein Urteil darüber abgeben können, bevor er in Urlaub ging. In den wenigen Monaten, die ich mit ihm zusammengearbeitet hatte, war mir klar geworden, dass Rane trotz seiner Vorurteile und seiner gelegentlichen Boshaftigkeit ein scharfsichtiger Beobachter war. Wahrscheinlich fuchste es ihn, einer fast zehn Jahre jüngeren Frau unterstellt zu sein.

Sirkku Halonen war als Erste an der Reihe. Sie wirkte sehr nervös, darum stellte ich ihr zuerst einfache Routinefragen, um sie zu beruhigen. Ich bin nicht mütterlich veranlagt, sanfter Umgang mit verletzlichen Menschen liegt mir nicht. Mit hartgesottenen Typen komme ich besser zurecht als mit zu Tode erschrockenen kleinen Mädchen, die ein böser Onkel belästigt hat. Timo Huttunen wollte unbedingt mitkommen, um seiner Freundin beizustehen, aber ich scheuchte ihn zurück auf den Gang.

Sirkku erzählte, sie hätte Jukka vor ungefähr drei Jahren kennen gelernt. Bevor sie in den Chor eingetreten war, hatte sie ihn ein paar Mal auf Feten getroffen, die Piia und ihr Mann veranstaltet hatten. Mit Timo Huttunen war sie seit etwa einem Jahr befreundet. Jukka war ihrer Meinung nach «ganz nett», und sie konnte sich überhaupt nicht vorstellen, wer ihn umgebracht haben könnte.

«Das Wochenende hatte so schön angefangen … Ich hab einen Ferienjob in einem Kaufhaus in der Parfümerieabteilung, das ist wahnsinnig anstrengend. Ich hatte mich so auf die paar Tage gefreut!» Anscheinend trauerte Sirkku eher dem verpatzten Ausflug nach als ihrem toten Bekannten.

Anfangs glaubte ich, nichts Brauchbares aus ihr herausholen zu können. Ihren Worten nach war am Samstag nichts Besonderes vorgefallen. Sie hatten eine Weile gesungen, es hatte ganz gut geklappt, dann waren Antti und Jukka losgezogen, um die Sauna zu heizen, Jyri hatte Klavier gespielt, Timo und Sirkku hatten auf der Terrasse gesessen und Erdbeerwein getrunken, und Mirja und Tuulia hatten sich um das Essen gekümmert.

«Es war sehr lecker, Ratatouille oder so was. Tuulia kann echt gut kochen – obwohl sie für meinen Geschmack zu viel Knoblauch genommen hat. Dann sind Timo und ich eine Weile gerudert … Die anderen waren inzwischen in der Sauna. Wir wollten ungestört sein und sind erst reingegangen, als die anderen fertig waren. So gegen elf, glaub ich, sind wir dann ins Haus.»

Als das Liebespaar aus der Sauna kam, saßen die anderen im Erdgeschoss am Kamin. Alles war ruhig und friedlich.

«Wann seid ihr ins Bett? Vor oder nach Jukka?»

«Wir sind wohl als Erste gegangen. Timo und ich haben oben im großen Schlafzimmer geschlafen. Ich war in der Nacht einmal auf der Toilette, und zwar oben, draußen war ich nicht. Timo auch nicht, der hat die ganze Nacht geschlafen.»

Ich fragte mich, woher Sirkku das so genau wissen wollte, wenn sie selbst geschlafen hatte.

«Hat sich Jukka deiner Meinung nach tagsüber irgendwie anders verhalten als sonst?»

«Nein. Er war gut gelaunt. Bei der Probe hat er nicht mal die Nerven verloren, obwohl Piia dauernd gepatzt hat. Sie singt den zweiten Sopran und müsste bei Kuulas «Stromab treibet mein Boot» als Erste einsetzen, aber das wollte und wollte nicht klappen. Aber mit Piia hat ... hatte Jukka viel Geduld ...»

Sirkku schien anzudeuten, dass Piia nicht wegen ihrer Gesangskünste, sondern wegen anderer Verdienste in die Gruppe aufgenommen worden war.

«Na, zwischen Piia und Jukka lief bestimmt was, wo doch Peter, Piias Mann, fast ein halbes Jahr in Amerika ist, zum Regattasegeln. Schrecklich lange, nicht? Jukka hat sich gleich auf Piia gestürzt. Das hätte ich vielleicht jetzt nicht sagen sollen ... Aber Piia wird das bestimmt selbst sagen, es ist ja auch nichts dabei. Dass sie zusammen ins Kino gehen und so. Aber zum Glück ist Peter noch auf der «Marlboro of Finland», so heißt nämlich sein Boot, denn er hätte immerhin einen Grund gehabt, Jukka umzubringen. Das heißt eigentlich keinen richtigen Grund, aber er ist ziemlich eifersüchtig ...»

«An Frauen hat es Jukka wohl nicht gemangelt? Wie war es denn mit Jukka und dir, ist da auch mal was ... gelaufen?» Ich erinnerte mich vage, dass Jaana bei unserem letzten Treffen ärgerlich gesagt hatte, Jukka hätte «überhaupt kein Niveau» mehr und würde neuerdings «alle möglichen kleinen Gören abschleppen».

«Ja, das war so ein Urlaubsflirt in Deutschland, nichts Ernstes.» Sirkku ließ sich durch meine direkte Frage nicht aus dem Konzept bringen. Sie hatte ihre Nervosität verloren und sprach inzwischen schon mit einem gewissen Stolz. «Jukka und Jaana hatten schon vorher Schluss gemacht, aber Jukka hat sich trotzdem geärgert, als Jaana anfing, mit diesem Franz zu flirten. Es war schön mit Jukka, und von Timo hatte ich damals ja noch keine Ahnung. Aber die Sache war gleich nach der Reise zu Ende, ich war ja damals noch mit Jari zusammen …»

«War Timo eifersüchtig auf Jukka?»

«Wegen der Sache in Deutschland? Glaub ich nicht, warum auch? Danach war ja nichts mehr zwischen uns. Ich würde Timo nie betrügen!»

Aber deinen damaligen Freund hast du sehr wohl betrogen, dachte ich belustigt. «Als du nachts auf der Toilette warst, hast du da irgendwen gesehen oder gehört?»

«Die Toilette ist ja gleich nebenan, da sieht man nicht viel, außerdem war ich halb im Schlaf und ein bisschen betrunken und bin gleich wieder eingeschlafen. Aber dass Tuulia unten schnarchte, hab ich schon gehört. Ich begreif nicht, wie Piia und Mirja bei dem Krach schlafen konnten. In Jukkas Bett hätte es Piia viel bequemer gehabt. Eingeladen war sie ja.» Sirkku sah plötzlich schuldbewusst drein. «Ich war nach der Sauna kurz oben, da haben sie sich scheinbar gerade gestritten. Jukka hat Piia gebeten, bei ihm zu schlafen, aber sie wollte nicht. Aber sonst hab ich wirklich nichts gehört.»

«Wovon bist du denn mitten in der Nacht wach geworden?»

«Na, ich musste eben aufs Klo!» Sie wurde nachdenklich. «Ich weiß nicht … Vielleicht hab ich ein Poltern gehört, aber ich bin mir nicht sicher. Ich muss meistens nachts aufs Klo, wenn ich abends spät noch was trinke.» Sie warf Rane einen Blick zu und wurde rot.

Kleinmädchengehabe mag ich nicht – womöglich nur, weil ich selber diese Kunst nicht beherrsche. Ich sagte Sirkku, ich würde mich Anfang der Woche noch einmal bei ihr melden, dann ließ ich sie gehen und bat sie, Timo Huttunen hereinzuschicken.

«Warum macht sie so einen Wind um Jukkas Techtelmechtel mit ihrer Schwester? Glaubt sie vielleicht, dass etwas dahinter steckt?», überlegte ich halblaut. «Auf jeden Fall muss die ‹Marlboro of Finland› … weißt du noch, Rane, was für ein Theater im Frühjahr um die Schleichwerbung gemacht wurde? Also wir sollten überprüfen, ob das Boot vielleicht gerade in irgendeinem Hafen liegt und ob dieser Peter Wahlroos, aus welchem Grund auch immer, zwischendurch nach Finnland geflogen ist. Halte ich allerdings für unwahrscheinlich. Aber wer weiß, vielleicht fließt in seinen Adern heißes Wikingerblut, und wenn seine Penelope nicht brav war, bringt er den Nebenbuhlern das Fürchten bei.»

Ich gab es auf, Mythen zu mischen, weil Huttunen hereinkam. Ein rachsüchtiger Ehemann, der in Segelschuhen durch den Schlick watete, das klang noch unglaubwürdiger als Sirkkus Vermutung, der Mörder könne nur ein Fremder sein, der zufällig vorbeigekommen war. Das hofften sie wohl alle.

Timo Huttunen sah aus, als hätte er die ganze Geschichte satt. Äußerlich wirkte er wie ein Naturbursche vom Land: blassblaue Augen, strohblondes Bürstenhaar, robuste Statur. Man hätte ihm auf den ersten Blick nicht zugetraut, dass er sich mit irgendetwas Künstlerischem befasste, am allerwenigsten mit klassischer Musik. Die nächste Überraschung kam, als er den Mund aufmachte, denn seine Sprechweise war ungemein geziert:

«Hoffentlich warst du nett zu Sirkku. Sie ist in der Tat zutiefst erschüttert ob des Vorfalls.»

Timo arbeitete in den Semesterferien in einer Verkaufsstelle für Landwirtschaftsmaschinen. Im Chor sang er seit drei Jahren. Sein Bericht über die Ereignisse des gestrigen Abends unterschied sich kaum von dem, was Sirkku gesagt hatte: essen, auf der Terrasse sitzen, Sex in der Sauna (an dieser Stelle errötete der Knabe voller Stolz, und ich war geneigt, ihn doch als Rustikalmacho einzustufen), Liebesgeflüster am Kamin. Timo hatte geschlafen wie ein Murmeltier, war auch nicht aufgewacht, als Sirkku auf die Toilette ging, er wusste also nicht, wie lange sie unterwegs gewesen war. Jedoch hatte er seine eigene Theorie, weshalb Jukka ermordet worden war.

«Ich habe persönlich nichts gegen Jukka, aber er hat es doch recht bunt getrieben. Es hat mir nicht gefallen, wie er mit Piia geflirtet hat, immerhin ist sie verheiratet. Antti mochte das auch nicht. Das hat er Jukka ja auch gesagt.»

«Was meinst du damit?»

«Na, Peter, also Piias Mann, ist ein alter Freund von Jukka und Antti, durch die beiden haben Piia und Peter sich kennen gelernt. Als ich den anderen ein paar Flaschen Bier in die Sauna brachte, hörte ich Antti zu Jukka sagen: «Misch dich nicht in das Leben deines Freundes ein, der hat's schon schwer genug», oder so ähnlich. Jukka antwortete, dessen Frau hätte ganz und gar nichts dagegen. Da habe ich kehrtgemacht und bin ins Haus zurückgegangen, weil ich nichts mehr davon hören wollte.»

«Es war aber nicht eindeutig von Piia und Peter die Rede?»

«Nein ... Aber von wem denn sonst?» Timos blassblaue Augen fixierten mich fragend. «Jukka war ziemlich anstrengend mit seinen Frauengeschichten. An jedes Mädchen musste er sich ranmachen. Ich habe ihn eigentlich erst richtig kennen gelernt, nachdem er mit Jaana Schluss gemacht hatte – mit der hast du doch früher zusammengewohnt? Seitdem ist es bei ihm ganz schön rundgegangen. Musikalisch hat er, oder hatte er, einiges drauf, er war ein guter Sänger. Das wusste er selbst, darum hat er ja auch unser Ensemble geleitet.»

Das klang säuerlich. Hatte Jukka womöglich Timos Gesangsstimme kritisiert?

«Ein gutes Examen hat er gemacht, und er ist wohl auch gerade befördert worden. Ich glaube, er hat ziemlich viel verdient, jedenfalls nach seinen Kleidern zu urteilen, und was er sonst noch so alles hatte ... aber irgendwie hatte man immer das Gefühl, dass er fast ausschließlich an Frauen dachte.»

Timo schien erleichtert zu sein, weil Jukka nun keine Gelegenheit mehr hatte, anderer Männer Frauen zu verführen. Jyri Lasinen dagegen schien ehrlich zu trauern. Jedenfalls wirkten seine geröteten Augen geradezu rührend, als er Jukka einen guten Kumpel nannte. Ich fragte mich, was das für ein Gefühl war, frühmorgens in verkatertem Zustand über die Leiche eines Freundes zu stolpern. Im IOL sang Jyri erst seit einem Jahr, aber er hatte schon seit Jahren in ostfinnischen Kammerchören und bei den Opernfestspielen in Savonlinna gesungen.

«Ich war vorher noch nie in Jukkas Sommerhaus, war echt toll, vom Feinsten. Wir sind in Piias Wagen gefahren, ich durfte fahren, weil ich mal probieren wollte, wie das ist, am Steuer vom BMW zu sitzen. Timo und Sirkka waren bei uns im Auto, die anderen sind vor uns gefahren, und dann wollt ich Jukka überholen, da haben wir dann so 'n bisschen Rallye gespielt. Das letzte Stück auf dem Waldweg hat richtig Spaß gemacht.» Jyris merkwürdig hohe Stimme klang kindlich begeistert. Nach seiner Fahne zu urteilen, hatte er auf dem Rückweg versucht, seinen Kater im Alkohol zu ersäufen.

«Jukka war ein guter Autofahrer, aber ein bisschen Angst hab ich schon gehabt, wie er mich geschnitten hat … und die Mädchen haben vielleicht gekreischt! In der Villa haben wir dann gesungen. Klang richtig gut, allmählich kann ich meine Partie auch schon. Timo kommt bloß bis zum F, aber der ist ja auch zweiter Tenor. Als wir keine Lust mehr hatten zu singen, hab ich mich noch ans Klavier gesetzt, da lagen nämlich die Noten von Lenskis Arie, kennst du die?» Jyri summte die ersten Takte. Von einem Lenski hatte ich noch nie gehört, darum verbarg ich meine beschämende Unwissenheit hinter einem verhaltenen Lächeln. Rane sah wütend aus.

«Dann ist Tuulia gekommen und hat gesagt, ich soll nich so traurige Lieder spielen, und wir haben ein anderes Notenbuch durchgeblättert. Dann gab's wohl Essen, und anschließend waren wir in der Sauna. Ich bin mit Jukka um die Wette geschwommen und hab gewonnen. Dann war ich ziemlich blau, Jukka hatte anständigen Whisky da, Jack Daniels, kennst du den?»

Mit diesem Herrn hatte ich allerdings Bekanntschaft geschlossen, ein paar Mal sogar allzu intim.

«Ich hab noch mit Tuulia getanzt, aber die Musik, die da von der Platte kam, passte nicht, das war Bach. Dann muss ich abgesackt sein, und heute Morgen war mir schlecht.»

Rane tippte eifrig, Jyri wirkte zapplig. Er war klein und schlank und wirkte noch jünger, als er war, fast kindlich. Sah man von den verkaterten Augen und dem Dreitagebart ab, war er eigentlich ein ganz adretter junger Mann. Das leicht rötliche Haar – ob die Farbe wohl echt war? – war modisch geschnitten, und die Kleidung wirkte sorgfältig gewählt, die Socken passten zu dem violett gemusterten Hemd und zum Brillengestell.

Jyri war es, der die Leiche gefunden hatte. Mirja hatte erzählt, wie er in der Nacht in der unteren Etage herumgeirrt war. Als ich ihn danach fragte, wurde er rot, als fühlte er sich schuldig.

«Ach ja … Daran hab ich gar nicht mehr gedacht, ich muss wohl ziemlich blau gewesen sein. Das war noch mitten in der Nacht. Also, ich hab zuerst nur so getan, als ob ich eingepennt wäre, aber ich hab dann doch nicht geschlafen, sondern bin gucken gegangen, was Tuulia macht. Sie hat auf dem Fußboden gelegen und geschnarcht, und Mirja hat im Bett gesessen und mich angestarrt, aber Piia … Die war nirgendwo.»

«Oben hast du sie auch nicht gesehen?»

«Da muss sie gewesen sein, bei Jukka … Na ja, weil, als ich mich schlafend gestellt habe, da haben die oben im Flur geredet, und Jukka hat gesagt, Piia soll in seinem Zimmer schlafen, und Piia hat gesagt, das macht sie nicht und Küssen ist das eine, aber Bumsen was ganz anderes. Du weißt, dass die was miteinander hatten …»

Alle schienen begierig zu sein, mich über das Verhältnis zwischen Piia und Jukka zu informieren. Jyri sprach fast mit Bewunderung darüber.

«Und dann?»

«Nix. Piia ist, glaub ich, wieder runtergegangen, und dann kam Antti rauf und hat sich schlafen gelegt. Ich hab 'ne Weile gewartet und bin dann runter zu Tuulia, aber die hat schon geschnarcht. Und dann bin ich wirklich eingepennt, weil ich auf den Kummer noch einen Whisky getrunken hab.»

«Wann bist du endgültig schlafen gegangen?»

«Das war wohl so gegen drei ...»

«Und da war Jukka in seinem Zimmer?»

«Weiß ich nicht, die Tür war zu. Und ich weiß auch nicht, ob Piia bei ihm war oder irgendwo anders.»

«Als du Jukka im Wasser gefunden hast, ist dir da irgendwas Besonderes an ihm aufgefallen?»

«Was Besonderes? Er war tot, das ist doch was Besonderes. Sonst ist mir nix aufgefallen, ich wollte auch nicht so genau hinschauen ... Außerdem hat mich der Kater gepackt, mir kam alles hoch.»

«Du bist danach nicht mehr ans Ufer gegangen?»

«Nee. Mirja und Antti sind hin, und als sie zurückkamen, hat Antti gesagt, es ist besser, wenn wir nicht hingehen und alles durcheinander bringen.»

Nach Jyris Redeschwall war mir Mirja Rasinkangas mit ihrem phlegmatischen Ernst doppelt unsympathisch. Sie ließ mich deutlich spüren, wie wenig sie von meinen kriminalistischen Fähigkeiten hielt. Inzwischen erinnerte ich mich schon klarer an ihre Besuche in unserer Studentenwohnung. Damals hielt sie mich für minderwertig, weil ich keine anständige Musik machte. Bass in einer Punkband zählte bei ihr nicht. Eines Abends, als einige aus dem Chor bei Jaana geprobt hatten und wir anschließend noch zusammensaßen, hatte ich aus purer Boshaftigkeit angefangen, die nostalgischen Klagelieder über das verlorene Karelien zu kritisieren, die im Repertoire des IOL eine große Rolle spielten und die sie im Nachbarzimmer drei Stunden lang geträllert hatten. In Wahrheit war meine Einstellung zur klassischen Musik nicht annähernd so negativ, wie ich damals behauptet hatte, und außer Mirja hatte mich wohl auch niemand ernst genommen.

Noch mehr als über Mirja selbst ärgerte ich mich über meine

eigenen Vorbehalte ihr gegenüber – Polizisten sollten unparteiisch in eine Vernehmung gehen.

«Wir sind gegen sechs Uhr angekommen», begann Mirja. «Jyri und Jukka sind ziemlich idiotisch über die Nebenstraßen gerast, gut, dass wir nicht im Graben gelandet sind, und mir war ganz schön übel, aber natürlich mussten wir singen – denn zum Proben waren wir ja hingefahren, obwohl einige das bald zu vergessen schienen. Ein paar Stunden haben wir einigermaßen intensiv gearbeitet, aber dann wurde es unruhig, Jyri schrie nach Bier und so weiter.»

«Was habt ihr sonst noch geprobt, außer dem Lied von Kuula?»

«Für Kuula ist die meiste Zeit draufgegangen, weil der zweite Sopran den Anforderungen wieder mal nicht gerecht wurde und Jyri furchtbar lange brauchte, bis er seine Einsätze beherrschte. Danach haben wir aus den ‹Piae cantiones› gesungen und zum Schluss leichte finnische Volkslieder.»

«Wer von euch singt den zweiten Sopran?»

«Piia natürlich», fauchte Mirja, als verstünde sich das von selbst. Ich erinnerte mich, dass auch Jaana zweiter Sopran gewesen war. Sie hatte sich immer als zweitklassigen Sopran bezeichnet, ihre Stimme war nicht hoch genug für einen richtigen Sopran und nicht tief genug für den Alt.

«Und dann, nach der Probe?»

«Ich habe mit Tuulia das Essen gemacht und gespült – so geht es ja immer, ein paar arbeiten und der Rest faulenzt. Dann bin ich in die Sauna. Alles war ganz normal, außer dass Jyri versucht hat, mit Tuulia anzubandeln, was vielleicht ein bisschen außergewöhnlich ist, aber ansonsten war es ungefähr dasselbe wie immer, wenn der Chor einen gemeinsamen Abend verbringt, Sauna, Gequatsche, Trinken. Ich trinke selten mehr als zwei Glas und hatte keine große Lust auf Geselligkeit, deshalb bin ich für eine Weile mit der Angel zum Bootssteg gegangen, und ich habe tatsächlich einen Hecht gefangen, drei Pfund …

da haben die anderen gestaunt.» Mirja war offensichtlich stolz, aber ich konnte sie mir nur schwer beim Auswerfen der Angel vorstellen, beim Totmachen des Fisches schon eher. «Nachdem ich den Hecht ausgenommen hatte, war ich müde, deshalb bin ich als Erste schlafen gegangen, das muss so gegen zwölf gewesen sein …»

«Nachts musst du aber wach gewesen sein, wenn du Jyri in der unteren Etage gesehen hast?»

«Tuulia hat fürchterlich geschnarcht, davon sind Piia und ich aufgewacht. Piia ist zur Toilette gegangen, in dem Moment kam Jyri herunter. Ich war auch noch auf der Toilette und habe dann versucht, Tuulia vom Bauch auf die Seite zu drehen, damit sie aufhört zu schnarchen, aber das ist mir nicht gelungen. Ich bin dann trotzdem wieder eingeschlafen.»

«Wo war Piia zu der Zeit? Ist sie zurückgekommen?» Es kam mir vor, als ob Mirja die ganze Zeit auf eine bodenlos dumme Frage wartete. Ich fühlte mich wie vor einer strengen Lehrerin, die genau weiß, dass die scheinbar brave Schülerin heimlich auf dem Klo raucht.

«Das weiß ich nicht. Wahrscheinlich habe ich gedacht, sie ist mit Jyri gegangen. Am besten fragst du sie selbst. Jedenfalls bin ich am nächsten Morgen als Erste aufgewacht, irgendwann nach acht, habe den schönen Sommermorgen genossen und Kaffee gekocht. Gegen zehn habe ich dann Musik angestellt, um die anderen zu wecken, schließlich wollten wir noch singen. Genau genommen habe ich mich gewundert, dass Jukka sich nicht blicken ließ, er war immerhin unser Gastgeber. Andererseits lassen Männer ja immer gern die Frauen den Kaffee kochen.»

Endlich war ich mal einer Meinung mit Mirja.

«Als Jyri angerannt kam und rief, Jukka läge am Ufer, bist du mit Antti hingelaufen. Warum?»

«Was soll das heißen, warum? Wenn einer schreit, dass jemand tot ist, geht man doch nachsehen! Die anderen waren wie erstarrt. In jeder größeren Gruppe gibt es nur ein paar Leute, die handeln, wenn es darauf ankommt.»

«Nach Anttis Worten habt ihr den Puls gefühlt und seid zu dem Ergebnis gekommen, dass Jukka tot ist. Du hast zuerst die Polizei verständigt und dann erst einen Krankenwagen angefordert. Warst du dir so sicher?»

«Ich bin gar nicht so nahe herangegangen, und Antti hat sich verhalten, als wollte er nicht … als wollte er mir Jukkas Anblick ersparen. Ich habe Jukka nicht richtig gesehen, aber ich habe mich auf das verlassen, was Antti gesagt hat, und auf dem Zettel mit den Notrufnummern stand die Polizei vor dem Krankenwagen.»

«Bist du nochmal ans Ufer gegangen, nachdem du die Polizei verständigt hattest?»

«Nein. Antti ist auch zum Haus zurückgekommen, und dann haben wir eben gewartet.»

Antti Sarkela war also allein bei der Leiche gewesen und hatte Gelegenheit gehabt, Spuren zu beseitigen. Vielleicht war es doch ein sehr finnisches Verbrechen, eine Auseinandersetzung zwischen zwei betrunkenen Männern. Aber worum ging es? Um eine Schnapsflasche? Um eine Frau?

«Hast du irgendeine Idee, wer einen Grund gehabt haben könnte, Jukka Peltonen umzubringen?»

«Frag mich lieber, wer keinen Grund dazu gehabt hat.»

«Na gut. Wer?»

«Ich. Ich habe nie etwas mit ihm gehabt. Antti hatte wohl auch keinen Grund, ihm etwas anzutun, er war ja sein bester Freund. Aber die anderen … Sirkku hatte in Deutschland eine Affäre mit Jukka, und danach ist die Beziehung zu ihrem damaligen Freund kaputtgegangen. Vielleicht hat Sirkku geglaubt, Jukka hätte ernste Absichten, naiv genug wäre sie … Timo ist immer eifersüchtig auf Jukka gewesen.»

Mirja begeisterte sich zusehends für ihre Theorien.

«Piia ist womöglich mit Jukka weiter gegangen, als sie eigentlich wollte, und Jukka hat ihr vielleicht gedroht, Peter davon zu erzählen und die beiden auseinander zu bringen. Na, und Tuulias Beziehung zu Jukka war erst recht merkwürdig, mal waren sie bloß Kumpel, und dann hatten sie plötzlich wieder was miteinander, immer hin und her. Was Tuulia wirklich von Jukka hält, weiß keiner so recht. Jyri wiederum hat Jukka viel zu sehr bewundert, er war irgendwie abhängig von ihm. Außerdem ist er gerade fürchterlich in Tuulia verknallt, und Jukka hat ihn damit aufgezogen. Tuulia macht dem armen Jungen schöne Augen, dabei kann es doch gar nicht sein, dass sie Jyri ernst nimmt. Ich würde Tuulia am ehesten für die Täterin halten, jeder andere hätte längst die Nerven verloren», erklärte Mirja triumphierend.

Jeder andere, außer dir vielleicht, dachte ich und bat sie mit stark gebremster Freundlichkeit, Tuulia hereinzuschicken. Ich wünschte mir, alle Daten ebenso systematisch ordnen zu können wie Mirja, aber mein Gehirn schien die ganze Zeit ins Stocken zu geraten.

Tuulias Vernehmung sollte mir noch schwerer fallen, denn sie hatte ich immer gemocht. Wir waren uns ab und zu im Uni-Café über den Weg gelaufen und hatten jedes Mal ein paar Witze gerissen. Ähnlich wie ich war auch Tuulia unsicher gewesen, welche Richtung sie einschlagen sollte. Sie hatte mit wenig Erfolg Kommunikationswissenschaft und Soziologie studiert, zwischendurch auch eine Weile Theaterwissenschaft; neuerdings war sie an der Universität Turku, wo sie sich auf Kulturgeschichte verlegt hatte. Nebenbei hatte sie allerhand Aushilfsjobs gehabt, offenbar lag ihr gar nichts daran, ihr Studium abzuschließen oder eine feste Anstellung zu finden.

«Hey, kannst du nach mir die Piia als Nächste drannehmen, weil wir nämlich anschließend zu mir wollen, die Reste vom Wochenende aufessen und so eine Art Gedenkfeier für Jukka halten, aber Antti will nicht mitkommen, also könnte er der Letzte sein. Du machst das wohl alphabetisch?» Tuulia sprach mit gezwungener Munterkeit.

«Okay. Sitzen die anderen noch im Flur?»

«Ja, keiner mag allein weggehen – und zu zweit sicher auch nicht. Wer weiß, wer von uns gefährlich ist. Das ist vielleicht ein komisches Gefühl, ich hab Jukka fast zwanzig Jahre gekannt, und jetzt ... Wir waren im Gymnasium in einer Klasse, er und Antti und ich.»

«Was machst du eigentlich so?»

«Ich studier immer noch Kulturgeschichte in Turku, geh einmal die Woche zu einem Kurs an der Sommeruni, und dann hab ich zwei Tage pro Woche Aufsicht auf einem Spielplatz, und den Rest der Zeit sauf ich – also immer noch kein geregeltes Leben, obwohl ich schon fast dreißig bin», grinste Tuulia.

«Was ist gestern passiert?» Ich durfte nicht zurückgrinsen, so gern ich es getan hätte.

Tuulias Bericht ähnelte den bisherigen Aussagen. Friedliches Beisammensein, Singen, ein schöner Sommerabend. Mirja hatte sich als Erste schlafen gelegt, dann Jyri – Tuulia war froh gewesen, dass er absackte, denn sie war nicht in Flirtstimmung –, danach Timo und Sirkku und zum Schluss die anderen mehr oder weniger gleichzeitig.

«Es muss kurz nach eins gewesen sein, als ich Jukka gute Nacht gesagt hab, weiter war dann nichts mehr. Am Morgen hab ich dann an seine Tür gehämmert und gerufen, der Kaffee wäre fertig, aber im Zimmer war es ganz still. Ich hab die Tür aufgemacht, aber er war nicht da, und vielleicht hab ich gedacht, er ist schwimmen gegangen, aber vielleicht hab ich auch gar nichts gedacht.»

«Warum bist du nicht mit ans Ufer gegangen, um nach Jukka zu sehen?»

«Leichen sind nicht unbedingt mein Geschmack. Und irgendwie dachte ich auch, Jyri übertreibt. Der Kleine war ja immer noch nicht ganz nüchtern. Mirja ist natürlich sofort hingerannt, aus purer Neugier, die muss ja überall ihre Nase reinstecken. Und Antti ... Ich hätte ihm so gewünscht, dass er

Jukka nicht zu sehen braucht, er hat ihn wirklich gern gehabt.» Tuulia verbarg ihr Gesicht in den Händen, die blonden Haare fielen ihr in die Stirn. Ich durfte ihr keine Gelegenheit geben, sich auszuweinen, sondern bombardierte sie weiter mit Fragen.

«Du hast Jukka ja ziemlich lange gekannt. Kannst du dir vorstellen, wer ihn so sehr gehasst hat, dass er ihn umbringen würde?»

«Woher soll ich das wissen? Natürlich denkt man die ganze Zeit verzweifelt darüber nach; es muss doch eine vernünftige Erklärung geben! Die Einzige, der ich einen kaltblütigen Mord zutrauen würde, ist Mirja, aber was sollte die für ein Motiv haben?»

«Vielleicht war sie heimlich in Jukka verliebt oder so was?» Es amüsierte mich, dass die beiden Frauen sich gegenseitig bezichtigten.

«Doch nicht in Jukka! Hinter Antti ist sie her, jedenfalls seit Antti und Sarianna vor zwei Jahren Schluss gemacht haben. Natürlich hat sie mir das nicht anvertraut, aber alle wissen es. Auf irgendeiner Fete hat sie sich Jukka regelrecht in die Arme geworfen, bloß um Antti auf sich aufmerksam zu machen, aber das hat natürlich nicht geklappt. Gestern hat sie dann ihren Fisch angeschleppt, eine pikante Methode, Eindruck auf einen Mann zu machen, oder? Ach ja, es ist schon ein Elend, für Mirja, meine ich. Antti bräuchte meiner Meinung nach was ganz anderes als diesen Eisberg.»

«Und wie war deine Beziehung zu Jukka?»

«Ach, bestens. Ich hab ihn wirklich gut gekannt, man konnte Spaß mit ihm haben, echt. Wir hatten so eine Art Unterstützungsabkommen für alle Lebenslagen. Wir hatten Sex, wenn uns danach war, haben uns gegenseitig auf Cocktailpartys begleitet, einer hat dem anderen Geld geliehen oder was er sonst so brauchte. Das geht schon lange so und hat wunderbar funktioniert. Traurig, wenn eine echte Freundschaft so zu Ende geht ...» Tuulia stand wieder kurz davor, in Tränen auszubrechen, glaubte aber offensichtlich, dass sich so etwas bei einer polizeilichen Vernehmung nicht gehört, und schaltete verzweifelt wieder auf Munterkeit um.

«Hoffentlich fällt dir für diese blöde Mirja ein Motiv ein, ich möchte nämlich nicht, dass sich einer von den anderen als der Schuldige herausstellt.» Tuulia verzog ihr Gesicht zu einem missratenen Lächeln.

«Warum wart ihr immer noch im ILO, Jukka und du? Ist das nicht eher ein Studentenchor?»

«Ich hab doch noch kein Examen», schnaubte Tuulia. «Mir gefällt es besser bei den Jüngeren, von denen gehen immer ein paar nach der Probe was trinken. Letzten Herbst hab ich den Cantiamo-Chor ausprobiert, aber da waren alle schon älter und hatten Familie. Total langweilig. Ich geb's ja zu, ich will meine Jugend ein bisschen ausdehnen und weiter mit Zwanzigjährigen herumhängen. Und Jukka, der wollte eben der King sein. Beim IOL hat er alle Solos gekriegt, in den besseren Chören wäre er nur einer unter vielen gewesen. Antti hat ja schon oft aufhören wollen, aber wir haben ihn immer wieder überreden können.» Sie stand auf. «Willst du noch was wissen, oder soll ich Piia reinschicken? Wir können ja mal ein Bier trinken gehen, wenn das hier vorbei ist.»

Rane blickte Tuulia missbilligend nach. Seiner Meinung nach hatten Frauen daheim zu bleiben und Kinder zu kriegen, und solche wie Tuulia hasste er regelrecht. Er brachte die trockene Bemerkung an, es sei nicht angebracht, mit einzelnen Zeugen freundschaftlicher umzugehen als mit anderen. Das habe er jedenfalls vor zwanzig Jahren auf der Polizeischule gelernt.

Ich musste mir eine passende Antwort verkneifen, denn Piia Wahlroos kam ohne anzuklopfen herein. Sie wirkte eher nervös als traurig, sie zupfte an ihren glänzenden Haaren und drehte den zu groß aussehenden Trauring um den zierlichen Finger – ein Zeichen für den unbewussten Wunsch, den Ring loszuwerden, hatte ich in einer Frauenzeitschrift gelesen. Das musste aber nichts heißen, denn ein Charaktertest in der gleichen Zeitschrift hatte mir bescheinigt, warmherzig und mütterlich zu sein.

Piia und Peter Wahlroos waren seit gut anderthalb Jahren verheiratet. Jetzt war Peter ein halbes Jahr auf Segelregatta, Piia würde sich erst in drei Wochen in Amerika mit ihm treffen. Trotz allem, was die anderen ihr nachgesagt hatten, hörte ich aus ihrer Stimme Sehnsucht heraus.

«Ich hab Jyri erlaubt, meinen Wagen zur Villa Maisetta zu fahren, weil ich so nervös war … Ich hab seit zwei Tagen nichts mehr von Peter gehört, und in der Gegend waren fürchterliche Stürme, und die Zeitungen haben schon ewig keine Zwischenzeiten mehr von dieser Teilstrecke gebracht.»

Die Sorge um ihren Mann schien sie stärker zu beschäftigen als Jukkas Tod.

«Wie hast du zu Jukka Peltonen gestanden?» Ich hielt es für das Beste, direkt zur Sache zu kommen, von Umschweifen hatte niemand etwas. Piia wurde zuerst rot, geriet dann aber fast in Wut.

«Aha, der Klatsch ist also schon bis hierher vorgedrungen! Ich habe mich sehr einsam gefühlt, seit Peter weg ist, und dass ich zu jeder Zwischenstation fliege, können wir uns nicht leisten. Jukka ist ein alter Freund von Peter, außerdem fährt Jarmo, Jukkas jüngerer Bruder, auch auf der ‹Marlboro› mit. Natürlich hab ich mich oft mit Jukka getroffen, schon wegen der Nachrichten von der Regatta, und wir sind auch zusammen essen gegangen und ins Kino, aber sonst war nichts … Auch wenn die anderen mir das nicht glauben wollten … Sirkku hat sogar unserer Mutter erzählt, ich wäre mit Jukka ins Bett gegangen, aber das stimmt überhaupt nicht!»

«Hat Jukka es denn probiert? Sorry, aber das ist Teil meiner Ermittlungen, ich weiß noch nicht, was letzten Endes wichtig ist und was nicht», erklärte ich hastig und bereute im nächsten Moment, mich dafür entschuldigt zu haben, meine Arbeit zu tun.

«Na ja, versucht hat er es schon, gestern auch wieder. Aber ich wollte nicht.»

«Könnte es sein, dass Jukka den anderen weismachen wollte, es wäre mehr zwischen euch?»

«Ich weiß es nicht … Jukka war nicht so geradlinig, wie er sich gab. Manchmal hab ich ihm beinah geglaubt, wenn er sagte, er hätte sich in mich verliebt. Aber wenn man seinen Ruf kannte – ich hab ihn einfach nicht ernst genommen. Gestern war er allerdings ein bisschen merkwürdig, er hat gesagt, er hätte Angst, allein zu sein, und er wollte nur, dass ich in seiner Nähe bliebe, sonst nichts, aber das hab ich ihm natürlich nicht geglaubt – so hat er schon mal geredet, und dann hat er sich so aufgeführt, dass ich ihn schließlich rauswerfen musste. Aber diesmal … Vielleicht wäre er noch am Leben, wenn ich zu ihm gegangen wäre.»

Fasziniert beobachtete ich die filmreifen Tränen, die über ihre Wangen rollten. Sie verschmierten nichts, waren weder von einer laufenden Nase noch von Gesichtsverrenkungen begleitet, sondern schienen einfach dazuzugehören.

«Erinnerst du dich, was Jukka genau gesagt hat und wann das war?»

«Wir wollten schlafen gehen, wir beide, Antti und Tuulia waren als Einzige noch wach. Jukka hat mich gebeten, kurz mit nach oben zu kommen, und dann … haben wir uns geküsst und so, ich hatte auch ein bisschen mehr getrunken als sonst, aber Jukka war mir irgendwie zu zielstrebig, und ich hab was Unfreundliches gesagt. Da hat er sich aufs Betteln verlegt und geflüstert, er wolle diese Nacht nicht allein schlafen, weil er Angst habe. Ich hab gesagt, Jyri und Antti seien doch in der Nähe.»

«Und dann?»

«Jukka hat irgendwie seltsam gelacht und gesagt: ‹Jyri und Antti, die werden mir gerade helfen.› Ich hab mich geärgert und bin wieder nach unten gegangen.»

«Hast du irgendeine Ahnung, weshalb Jukka nervös war? Hat er es dir erklärt?»

«Nein. Ich dachte, das wäre ein neuer Trick, um mich ins Bett zu kriegen.»

Ich ließ Piia gehen und begleitete sie auf den Flur, wo alle anderen warteten, Timo und Sirkku eng aneinander geschmiegt, Jyri halb liegend, den Kopf in Tuulias Schoß. Ich bat alle, die Stadt in den nächsten Tagen nicht zu verlassen, weil ich sie eventuell noch einmal befragen müsse. Sie trollten sich mit Kommentaren wie «Hey, Sie haben uns doch noch nicht verhaftet», nur Antti Sarkela blieb zurück. Inzwischen war ihm die Situation wohl in ihrer ganzen Tragweite klar geworden, denn sein hageres Gesicht war blass und zerklüftet, er wirkte viel älter als dreißig. Er schien dermaßen aus der Fassung zu sein, einen Augenblick lang glaubte ich, er würde gleich ein Geständnis ablegen. Aber er beantwortete meine Routinefragen ruhig und besonnen. Trotzdem hatte ich das Gefühl, auf einer Bassgitarre zu spielen, deren höchste Saite eine Terz höher gestimmt ist als normal.

Antti hatte Jukka praktisch sein ganzes Leben lang gekannt, sie hatten schon miteinander gespielt, bevor sie in die Schule kamen. Sie waren immer in der gleichen Klasse gewesen und hatten sogar die ersten zwei Semester gemeinsam an der Uni Mathematik studiert, aber nach dem Wehrdienst hatte Jukka zur technischen Hochschule gewechselt. Antti hatte in Rovaniemi seinen Zivildienst abgeleistet und sich anschließend mit Jukka in Helsinki eine Wohnung in der Iso Roobertinkatu geteilt. Dann tauchten die ersten ernst zu nehmenden Freundinnen auf. Antti zog mit Sarianna zusammen, und Jaana hing dauernd bei Jukka herum, wollte aber, wie ich mich gut erinnerte, nicht bei ihm einziehen. Jetzt wohnte Antti in einer Studentenbude in Korso.

Antti hatte die Leiche oberflächlich untersucht. Er hatte seinen Zivildienst als Sanitäter gemacht und konnte einschätzen, ob jemand tot war oder nicht.

«Wir waren ausgelassen wie schon lange nicht mehr, als wir über den Ostring fuhren, besonders Jukka, er tobte rum wie ein kleiner Junge. In den Nachrichten wurde von irgendeiner Drogenrazzia berichtet, da fing er an, den Mafioso zu spielen und mit Jyri um die Wette zu rasen, der den Verräter abgab, und Tuulia hat voll mitgespielt. Man hatte das Gefühl, zwanzig Jahre jünger zu sein. So war Jukka eben, beim Segeln konnte er plötzlich Seeräuber spielen und so weiter. Dann haben wir geprobt, mit gutem Erfolg, meiner Meinung nach. Es war schön, mit Jukka die gleiche Stimme zu singen, er war sehr genau. Der Musikalischste von uns allen.»

Antti schien kurz zu zögern.

«Als wir dann runtergingen, um die Sauna zu heizen, hab ich gemerkt, dass was nicht in Ordnung war. Ich dachte, es läge an Piia. Ich weiß nicht, was Jukka letzten Endes von ihr wollte. Peter ist ein alter Kumpel von uns, der beste Freund von Jukkas kleinem Bruder. Ich fand das nicht richtig, was Jukka mit Piia gemacht hat, und das hab ich ihm auch gesagt. So im Nachhinein glaub ich allerdings nicht, dass er bloß deshalb so nervös war.»

«Wie äußerte sich denn diese Nervosität?»

«Schwer zu sagen. Wenn man jemanden gut kennt, spürt man eben, in welcher Stimmung er ist. Gerade wenn er nervös war, hat Jukka oft angefangen, sich wie ein Kind aufzuführen. Er war auch bei der Probe irgendwie hyperaktiv, er hat Jyri angemotzt, weil der seine Stimme nicht richtig gehalten hat, und Mirja hat er zwischendurch angeschnauzt, sie solle gefälligst nur halb so laut singen.»

«Er war aber eher nervös als zum Beispiel verängstigt?»

«Ja. Am Abend, als wir ein bisschen was getrunken hatten, wirkte alles schon normaler. Wir haben über Musik geredet und über unseren Auftritt und die nächsten Projekte des Chors. Mirja war angeln, und da gab es dann einen kleinen Tumult, weil sie einen Hecht gefangen hatte und kreischte, einer von uns sollte ihr den Käscher und so weiter bringen. Ein toller Hecht, willst du mal gucken?» Antti trat gegen seine Tüte. «Keiner wollte ihn haben, also hab ich ihn mitgenommen, für meine Katze. Sofern die jemals wieder auftaucht.»

«Du hast in der Nähe von Jukkas Zimmer geschlafen. Hast du in der Nacht etwas gehört?»

«Ich bin aufgewacht, als Jyri aufs Klo ging. Ich dachte, er müsste kotzen, er hatte nämlich wieder mal zu viel getrunken. Und später bin ich nochmal wach geworden, da war es schon hell. Da war irgendein Geräusch, ich hab die ganze Zeit schon überlegt, was das war, irgendwas hat geklappert. Das Fenster stand offen, und die Vögel haben einen irrsinnigen Lärm gemacht. Vielleicht war es eine Tür, ich weiß es nicht.»

«Wer hat Jukka umgebracht?»

«Weiß ich doch nicht!», stieß Antti hervor. «Aber ich bin froh, dass Peter am anderen Ende der Welt sitzt, der wäre nämlich fähig, aus Eifersucht jemanden umzubringen, er ist ganz schön besitzergreifend.»

«Wir finden schon heraus, wo er sich aufhält. Und du kannst jetzt deine Katze suchen gehen.»

Als Antti weg war, legte ich erschöpft den Kopf auf die Arme. Rane raschelte mit seinen Notizblättern. Ich hatte gehofft, durch die Vernehmungen zu klären, ob es sich um einen Unfall handelte oder tatsächlich um Mord oder Totschlag. Selbstmord schien eher unwahrscheinlich, aber auch diese Möglichkeit musste ich vorläufig im Auge behalten.

Wir würden mit Jukkas Eltern reden müssen, und wo sich Jarmo Peltonen befand, musste auch festgestellt werden. Außerdem brauchten wir einen Durchsuchungsbefehl für Jukkas Wohnung. Dann mussten wir Jukkas Kollegen befragen und herausfinden, mit wem er sonst noch befreundet war. Eine feste Freundin hatte keiner der Chorsänger erwähnt, aber es konnte trotzdem eine geben – oder, wie ich Jukka kannte, auch mehrere.

Jukkas finanzielle Situation musste ebenfalls durchleuchtet

werden. Er fuhr einen ungewöhnlich teuren Wagen, man sollte meinen, dass ein so junger Mann noch an der Abzahlung seines Studiendarlehens zu knabbern hatte. Wie hoch mochte sein Gehalt sein? Vielleicht hatte sein Beruf etwas mit dem Fall zu tun?

Ich durfte mich nicht zu sehr auf die Chorsänger konzentrieren. Und ich durfte kaum erwarten, gleich bei der ersten Vernehmung auf Indizien zu stoßen oder gar ein Geständnis geliefert zu bekommen. Auffällig war, wie unglaublich gefasst alle gewesen waren, gerade als käme jeden Tag einer ihrer Freunde ums Leben. Einer von ihnen musste ein außergewöhnlich guter Schauspieler sein. Oder waren sie doch alle unschuldig? Aber warum sollte sich ein Außenstehender für einen Mord ausgerechnet eine Villa aussuchen, in der es von Menschen wimmelt? Einbrecher kamen wohl auch nicht infrage, jetzt in der Hauptsaison, wo praktisch alle Sommerhäuser bewohnt waren.

«Nehmen wir mal an, einer von denen hat Peltonen ermordet, auf wen würdest du tippen?», fragte ich Rane. Er zuckte mit den Schultern.

«Zum Glück muss ich mir darüber nicht den Kopf zerbrechen. Komische Typen sind das, die scheinen regelrecht Angst zu haben, sich aus den Augen zu lassen. Meine Kandidatin ist die Rundliche … Rasinkangas. Der reinste Eisklumpen. Genau wie meine Schwiegermutter. Die hat garantiert die Nerven, einen zu erschlagen.»

«Und das Motiv?»

«Na, das wirst du schon rausfinden. Dieses forsche Mädchen, die Rajala, hat doch ausgesagt, die Rasinkangas hätte sich dem Peltonen mal in die Arme geworfen. Vielleicht hatte das peinliche Folgen, von denen keiner was weiß, und sie ist seitdem auf Rache aus.»

«Wie schade, dass ich deine blühende Phantasie nicht mehr lange anzapfen kann. Mir graust vor dieser Geschichte, ich habe Jukka gekannt, ich will diesen Fall nicht übernehmen! Ich kann einfach nicht objektiv sein!»

«Immer mit der Ruhe. Du solltest es ausnutzen, dass du Peltonen und ein paar andere aus der Gruppe kennst. Sie behandeln dich wie einen Kumpel. Vielleicht nehmen sie dich nicht ganz ernst, aber diesmal kannst du davon nur profitieren.»

Rane hatte im Lauf des Sommers mehrmals erlebt, dass ich in meiner Polizistenrolle nicht ernst genommen wurde. Zu meiner Überraschung versuchte er jetzt, mir Mut zu machen.

«An deiner Stelle würde ich nochmal mit der Rasinkangas sprechen, die weiß garantiert mehr, als sie sagt. Sie ist ein bisschen in der Außenseiterposition und betrachtet die anderen die ganze Zeit. Den Lasinen würde ich auch unter die Lupe nehmen. Vielleicht war er so betrunken, dass er sich nicht mehr daran erinnert, wie er den Peltonen erschlagen hat.»

«Wird gemacht, Onkel Rane. Erholsamen Urlaub!»

Einem Rane, der mir den Rücken stärkte, konnte ich in aller Aufrichtigkeit schöne Ferien wünschen.

Drei

Was ist menschliches Sein?
Unruhvoller Irrlichtschein, unruhvoller Irrlichtschein

Am Montagmorgen betrachtete ich zufrieden mein Spiegelbild. Der enge dunkelblaue Dienstrock und die mühsam glatt gebügelte Hemdbluse sahen ordentlich aus. Die Haare hatte ich zu einem straffen Knoten aufgesteckt, und das dunkle Make-up machte mich älter. So wirkte ich reif und sachlich, während ich in Jeans und Tennisschuhen automatisch fluchte und rannte. Ich trug noch etwas Lippenstift auf, es kam mir vor, als malte ich mir eine Maske ins Gesicht, hinter der ich mich verbergen konnte. Gut so, denn um zehn Uhr musste ich Jukkas Vater, Diplomingenieur Heikki Peltonen, gegenübertreten. Zuvor wollte ich mir die Ergebnisse der Laboruntersuchungen und den Obduktionsbericht ansehen.

Heikki Peltonen hatte mich am Sonntagabend noch angerufen. Die bei der Villa wartenden Polizisten und Antti, der nach Vuosaari zurückgekehrt war, hatten den Peltonens berichtet, was geschehen war. Maisa, Jukkas Mutter, hatte einen Schock erlitten, aber Heikki Peltonen wollte mich, das heißt die Beamtin, die den Tod seines Sohnes – er vermied es geflissentlich, von Mord zu sprechen – untersuchte, so bald wie möglich treffen. Er schien erbost darüber, dass der Bootssteg abgesperrt war und die Polizisten im Gebüsch am Ufer nach einer eventuellen Mordwaffe suchten. Sein kalter Zorn war vermutlich nur eine Reaktion auf die Erschütterung. Trauernde benehmen sich oft irrational, und Heikki Peltonen gehörte der Männergeneration an, die darauf gedrillt worden war, unter keinen Umständen Tränen zu vergießen.

Der Dezernatsleiter, mein nächster Vorgesetzter nach Kinnunen, hatte für den nächsten Morgen eine Besprechung angesetzt. Kurz angebunden hatte er erklärt, Kinnunen werde «wegen Magenverstimmung» vermutlich ein paar Tage nicht zum Dienst kommen, und bis dahin müsse ich die Ermittlungen über Jukkas Tod leiten.

Ich hatte mir überlegt, vielleicht einen Taucher einzusetzen. Vielleicht lag die Tatwaffe auf dem Meeresgrund. Vorläufig war noch unklar, unter welchen Umständen Jukka gestorben war. Wieso ging ich eigentlich davon aus, dass es sich um einen Mord handelte, obwohl dafür bisher noch keinerlei Beweise vorlagen? Vielleicht war es ja nur Totschlag, vieles sprach für eine Affekthandlung, daher waren auf der Tatwaffe sehr wahrscheinlich Fingerabdrücke – wenn sie nicht das Wasser abgewaschen hatte.

Nach dem Dezernatsleiter hatte dann Mahkonen angerufen, der Pathologe. Er bestätigte, dass die unmittelbare Todesursache Ertrinken gewesen war. Der Schlag auf den Kopf hatte vermutlich eine vorübergehende Bewusstlosigkeit verursacht, hätte aber für sich allein nicht zum Tod geführt. Jukka war entweder ins Meer gefallen oder hineingestoßen worden und hatte unglücklicherweise Wasser in die Lungen bekommen. Mahkonen konnte noch nicht mit Sicherheit sagen, ob die anderen Quetschungen an Jukkas Körper von einem Kampf oder von den Steinen am Ufer herrührten. Mindestens eine Prellung im Gesicht war einige Zeit vor seinem Tod entstanden. Der Blutalkohol war ziemlich hoch, daher war nicht auszuschließen, dass Jukka ausgerutscht und mit dem Kopf aufgeschlagen war. Aber worüber sollte er auf dem leeren Bootssteg gestolpert sein?

«Der Schlag ist gegen drei oder vier Uhr geführt worden, wenn wir davon ausgehen, dass das Opfer sofort ins Wasser fiel. Da in der Wunde keine Fremdstoffe zu finden sind, ist von einem massiven Gegenstand auszugehen.»

«Was willst du damit sagen?»

«Na, zum Beispiel, dass es kein bröckliger Stein gewesen sein kann. Andererseits war der Gegenstand stumpf, aber nicht unbedingt ganz glatt, den Wundrändern nach.»

«Wie viel Kraft hat der Schlag erfordert?»

«Das hängt von der Waffe ab. Mit einem großen, schweren Gegenstand hätte selbst ein Kind eine solche Verletzung zustande gebracht. Wenn alle deine Verdächtigen Erwachsene sind, solltest du keinen von ihnen ausschließen.»

Mahkonens Bericht enthielt keine Überraschungen, war aber auch nicht gerade erhellend. Nach seinem Anruf war ich nach Hause gegangen, es war schon nach neun. Ich konnte nicht einschlafen, lechzte nach einem Schnaps, hatte aber nur einen ekelhaft süßen Kiwilikör im Haus, den ich vor einem halben Jahr von einem Abstecher nach Schweden mitgebracht hatte. Ich spielte mit dem Gedanken, irgendwo noch ein Bier zu trinken, fürchtete aber, dass es nicht bei einem bleiben würde. Außerdem war ich nicht gerade in geselliger Stimmung, ich hätte mich doch bloß über die aufdringlichen Kerle geärgert, von denen es in der Eckkneipe immer genug gab.

Zum Glück rief dann noch ein alter Schulfreund an, und wir tratschten eine geschlagene halbe Stunde über gemeinsame Bekannte. Er war die reinste Nachrichtenagentur und hatte immer ein paar saftige Geschichten parat, neben denen sogar Morde verblassten.

Jetzt saß ich in der Straßenbahn, starrte zum Fenster hinaus und versuchte, meine Gedanken zu ordnen. Die Abendblätter waren noch nicht erschienen, aber ich fürchtete, dass mindestens in einer der beiden Redaktionen schon jemand über der Story saß. Der Sommer war zur Hälfte vorbei, ganz Finnland machte Urlaub, es war Sauregurkenzeit. Ich hatte keine Lust, mich in den Schlagzeilen zu finden. «Frau leitet Ermittlungen: Mord noch ungeklärt» und dergleichen.

In Pasila herrschte schon Hochbetrieb, als ich ankam. Auf

meinem Schreibtisch lag eine Notiz, ich solle meinem Vorgesetzten über den Fall Bericht erstatten. Ich setzte mein Dienstgesicht auf und marschierte in das verqualmte Chefbüro. In nüchternem Zustand vertrug ich weder Zigarren- noch Zigarettenrauch, und ich scheute mich nicht, meine Aversion zu zeigen. Vielleicht fühlte er sich mit seinem Riesenschreibtisch und seiner Zigarre wie der Held einer amerikanischen Detektivserie. Ob er wohl auch eine Kognakflasche im Büro hatte?

Ich versuchte optimistisch, den Fall loszuwerden, indem ich erwähnte, dass ich das Opfer gekannt hatte. Das nutzte mir aber gar nichts, weil von meinen Kollegen niemand frei war.

«Vom Rauschgiftdezernat haben sie heute früh schon angerufen und um Unterstützung gebeten. Offensichtlich sind sie einem größeren Dealerring auf der Spur, aber mit ihren Verhaftungen ein bisschen voreilig gewesen. Die kleinen Fische, die sie geschnappt haben, bringen sie nicht weiter. Denen habe ich auch keinen zusätzlichen Mann geben können. Kinnunen ist die ganze Woche krankgeschrieben ... Ich habe gerade das Attest bekommen. Alle ranghöheren Ermittler sind völlig ausgelastet ... Wenn du also jetzt diesen Fall übernehmen würdest ...» Der Chef kaute verlegen auf seiner Zigarre herum. Für die älteren Mitarbeiter des Präsidiums war Kinnunens Alkoholismus offenbar ein Thema, an das man nicht rühren durfte.

«Du hast doch jetzt schon Erfahrung. Und Saarinen ist bis Ende September wahrscheinlich noch nicht wieder gesund, sodass wir dich auch noch länger beschäftigen können. Wenn du mit diesem Fall gut zurechtkommst, lässt sich vielleicht auch über eine feste Anstellung reden ... An Frauen herrscht in unserem Beruf ja nicht gerade Überfluss ...» Er zerdehnte die Worte, als spräche er sie ungern aus.

«Na ja, darüber können wir ja später noch sprechen.» Ich wollte keine Zusage machen, eigentlich hatte ich nämlich vor, meinen Job so bald wie möglich aufzugeben, aber gerade jetzt wollte ich meinen Boss nicht mehr verärgern als unbedingt nötig.

«Der Vater des Opfers aus Vuosaari, Diplomingenieur Peltonen, kommt doch heute zu dir? Sei vorsichtig mit ihm, das ist nicht irgendwer, er sitzt sogar im Aufsichtsrat vom Neste-Konzern. Und sein zweiter Sohn nimmt gerade an dieser großen Regatta teil, das kann unangenehme Publicity geben.» Sein Gesicht war drei Stufen grauer als sonst. Wenn Leute sich aufregen, werden sie im Allgemeinen rot im Gesicht, aber er wurde immer grauer, bis seine Gesichtsfarbe das genaue Gegenteil aller existierenden Farben zu sein schien.

Ich fragte mich, woher er wusste, wie bedeutend Peltonen war. Jedenfalls steckte ich ganz schön in der Tinte. Ohne die Autoritätsgläubigkeit des Chefs wäre die Arbeit im Dezernat leichter gewesen. Ich hatte am Rande miterlebt, wie er in der Angst um seine eigene Position die Voruntersuchung gegen einen aufstrebenden Politiker gebremst hatte, der der Vergewaltigung beschuldigt wurde. Zu guter Letzt hatte das Opfer seine Anzeige zurückgezogen. Ich selbst hatte mit den Ermittlungen nichts zu tun gehabt, obwohl bei Vergewaltigungen glücklicherweise in aller Regel weibliche Beamte eingesetzt wurden. Dafür kannte ich aber Kriminalhauptmeister Männikkö ganz gut, der bei den Ermittlungen assistiert hatte. Was er über den Fall berichtete, hörte sich an wie aus einer Seifenoper. Das Opfer war eine Frau in mittleren Jahren, die den Abendblättern zufolge mehrere Liebhaber hatte. Schließlich war die ganze Geschichte so hingebogen worden, dass der Politiker als Opfer einer Intrige erschien. Er spielte den Märtyrer und behauptete, die Frau habe den ganzen Vorfall inszeniert, um ihn in schlechten Ruf zu bringen. Die Boulevardblätter hatten sich seine Version zu Eigen gemacht, und seither hatte der Chef noch mehr Respekt vor hohen Tieren.

«Karppanen ist seit heute in Urlaub. Wir haben ein ziemliches Personaldefizit, aber wenn nötig, kannst du dir Koivu als Assistenten nehmen, und Miettinen arbeitet mal für dich und mal für Savukoski. Savukoski hat zwar noch mit dem Raubmord zu tun, aber wir wollen zusehen, dass wir deinen Fall möglichst schnell abschließen können.»

Das Cheftelefon klingelte, was mir die Gelegenheit gab, mich zu verdrücken. Ich wollte nicht über eine Verlängerung meines Arbeitsvertrags nachdenken. Natürlich wäre das eine bequeme Lösung für meine Berufswahlprobleme: Ich könnte meine Entscheidung wieder ein halbes Jahr vor mir herschieben.

Auch mein Telefon schrillte heftig, als ich in mein Büro kam.

«Hallo, hier ist Hiltunen aus Vuosaari.» Einer der Polizisten, die gestern bei der Villa im Einsatz gewesen waren. Ich erinnerte mich an ihn, ein blonder, energischer Bursche, dessen Stimme jetzt ganz aufgeregt klang. «Ich glaub, ich hab die Tatwaffe gefunden …»

«Was?!» Ich erschrak über meine eigene Lautstärke. «Was hast du gefunden?»

«Das ist so eine Axt, wo Blut dran ist … Sie hat unter der Sauna gelegen, im Gestrüpp. Soll ich sie nach Pasila rüberbringen?»

«Ich schick einen Fotografen hin. Du bist doch mit deinem Partner da? Okay, dann soll er bei der Villa bleiben, und du kommst mit der Axt her, sobald die Fotos gemacht sind. Seht zu, dass die Fundstelle möglichst unberührt bleibt, ich komm am Nachmittag raus, wenn ich es irgendwie schaffe.»

Eine Axt … das klang ebenso ekelhaft wie banal. Hiltunen schien sehr stolz zu sein. Gerade erst zwanzig, noch ein halbes Kind. Hoffentlich hatte er nicht alle Spuren zerstört. Wenn das Blut von Jukka stammte, konnten wir allen Ernstes von einem Mord ausgehen. Aber wie in aller Welt war die Axt ans Ufer geraten, so ein Werkzeug bewahrte man doch im Geräteschuppen auf?

Ich versuchte noch rasch, Jaana in Kassel anzurufen, kam aber nicht durch. Ihre Telefonnummer hatte ich auf einer alten Weihnachtskarte gefunden, die ich nur aufgehoben hatte, weil auf der Vorderseite ein gut gebauter Weihnachtsmann prangte, nur mit Rauschebart und Zipfelmütze bekleidet.

Heikki Peltonen war pünktlich. Nach unserem Telefongespräch hatte ich einen ergrauten älteren Herrn mit Bäuchlein erwartet, der sonntags gemütliche Segeltörns unternahm. Tatsächlich wirkte er fast zu jung, um Jukkas Vater zu sein, er sah aus wie vierzig, dabei musste er mindestens Anfang fünfzig sein. Sein Körper war voller Spannkraft, das Gesicht von vielen Wochenenden auf dem Meer gebräunt. Jukka hatte den blonden Wikinger-Look eindeutig von seinem Vater geerbt. Der Stoff des dunkelgrauen Anzugs sah verdächtig nach Seide aus. Der Händedruck und der Blick, der ihn begleitete, hätten mich unter normalen Umständen erröten lassen, obwohl ich nicht unbedingt für ältere Männer schwärme. Ich brauchte mir nicht den Kopf zu zerbrechen, wie ich das Gespräch eröffnen sollte, denn Heikki Peltonen übernahm die Initiative.

«Fräulein Kallio, oder Frau Kallio, ich hoffe sehr, dass der Tod meines Sohnes Jukka möglichst bald aufgeklärt wird. Ein solcher Unglücksfall ist auch ohne polizeiliche Vernehmungen schlimm genug. Es wäre einfach zu viel verlangt, meiner zutiefst erschütterten Frau irgendwelche Fragen zu stellen. Wie ich gehört habe, wurden selbst Jukkas Freunde aufs Präsidium zitiert und ausgefragt.»

«Es tut mir Leid, aber wir müssen alle Möglichkeiten ins Auge fassen. Einer seiner Freunde war möglicherweise dabei, als Jukka starb.»

«Sie behaupten also, dass mein Sohn ermordet wurde?»

«Ich behaupte vorläufig gar nichts. Aber wir müssen auch diese Möglichkeit in Betracht ziehen.»

«Jukkas Freunde sind gebildete junge Leute, aus welchem Grund sollten sie jemanden umbringen? Wenn es tatsächlich ein Mord war, was ich nicht glaube, war der Täter mit Sicherheit ein Fremder. Im Frühjahr hat es hier viele Einbrüche gegeben, und in der Gegend hausen alle möglichen Landstreicher. Und es ist doch immerhin denkbar, dass Jukka einfach ausgerutscht ist … Die jungen Leute haben offenbar ein bisschen viel getrunken und der Bootssteg ist manchmal glatt.»

«Tja … Woran hätte er sich dann aber den Kopf aufgeschlagen? Der Bootssteg liegt so hoch über der Wasserfläche, dass ihn die Wellen nicht erreichen, daher müssten Spuren zu sehen sein, wenn Jukka mit dem Kopf gegen den Rand geschlagen wäre. Neben dem Bootssteg befinden sich auch keine Steine, die infrage kämen. Die nächsten Felsbrocken sind die, an denen er lehnte, als er gefunden wurde. Es ist unmöglich, an diese Felsen zu schlagen, wenn man vom Bootssteg fällt. Wir haben das überprüft.»

Die Jungs von der Technik hatten über das Experiment gelacht, das hauptsächlich darin bestand, im flachen Wasser zu planschen, hatten es aber trotzdem ausgeführt.

Peltonen wollte Fakten. Mit Theorien allein war er nicht zu überzeugen. Nicht zum ersten Mal wurde ich im Gespräch mit älteren, einflussreichen Männern selbst in die Rolle der Vernommenen gedrängt. Ich regte mich auch nicht mehr über die neugierige Frage nach meinem Familienstand auf und ließ mich ohne Protest als Fräulein titulieren statt als Kriminalhauptmeister. Egal. Ich hatte die Nase voll davon, in jeder Kleinigkeit die Welt verbessern zu wollen.

«Es hat meine Frau im Übrigen sehr schockiert, dass man ihr Fingerabdrücke abgenommen hat wie einer Verbrecherin. Damit hätte man zumindest noch ein paar Tage warten können!»

«Man hat Ihnen gestern Fingerabdrücke abgenommen? Das tut mir aufrichtig Leid, das ist irrtümlich geschehen.»

Da war wohl einer der Techniker übereifrig gewesen. Ich hatte gebeten, sicherheitshalber Fingerabdrücke von den Chormitgliedern zu nehmen, aber von den Peltonens war nicht die Rede gewesen. Ich versuchte, mir meine Verlegenheit nicht anmerken zu lassen.

«Sie haben noch einen zweiten Sohn, Jarmo Peltonen? Er ist

außer Landes, auf einer Regatta in den USA, bin ich da richtig informiert?»

«Ja. Jarmo fährt als zweiter Segelmacher auf der ‹Marlboro of Finland›, die an einem neuen großen Cup für Riesenjollen teilnimmt. Wir wissen nicht recht, ob wir ihn jetzt schon von dem traurigen Ereignis in Kenntnis setzen sollen oder erst nach dem Rennen. Diese Regatta bedeutet ihm sehr viel … Auf dem gleichen Boot fährt auch ein Bekannter von Jukka, Peter Wahlroos, dessen Frau Piia meines Wissens auch in der Villa Maisetta war. Hoffentlich wird den beiden nicht das ganze Rennen verdorben …»

Wieder dieses Festbeißen an Trivialitäten, eine typische Abwehrreaktion, dachte ich.

Ansonsten erfuhr ich nicht viel. Peltonen schien über das Leben seines älteren Sohnes nur sehr oberflächlich informiert zu sein. Jukka war ab und zu zum Essen in sein Elternhaus im Espooer Luxusviertel Westend gekommen, und in der Villa hatten sie sich häufiger gesehen, aber der Sohn war schon vor Jahren ausgezogen und lebte sein eigenes Leben.

«Jukka wechselte seine Freundinnen vielleicht ein bisschen zu häufig, und natürlich hofften wir, dass er allmählich eine feste Bindung eingeht. Aber ansonsten hatte er sein Leben im Griff. Seine Wohnung ist abbezahlt, er hat an der technischen Hochschule ein glänzendes Examen gemacht, seine Arbeit bei der Suomen Metalli AG schien ihm Freude zu bereiten, seine Hobbys, Segeln und Musik, waren ihm wichtig. Von seinen Frauengeschichten abgesehen, führte er ein normales, ruhiges Leben. Es ist mir unbegreiflich, wieso ihn jemand umgebracht haben sollte.»

Die Falten in Heikki Peltonens gebräuntem Gesicht waren tiefer geworden. Offensichtlich versuchte er sich um jeden Preis einzureden, dass der Tod seines Sohnes ein Unfall gewesen war. Das war leichter zu ertragen, es gab dann keine schmerzlichen Fragen und Antworten wie bei einem Mord.

«Hatte Jukka außer den Chormitgliedern noch andere Freunde?»

«Richtige Freunde wohl ziemlich wenig. Kollegen und Segelbekanntschaften natürlich. Ich bin über sein Leben nicht so genau im Bild. Vielleicht weiß Antti Sarkela mehr.»

«Wann haben Sie Jukka zuletzt gesehen? Wirkte er da irgendwie verändert?»

«Er hat uns am Dienstagabend angerufen und sich vergewissert, ob die Villa frei ist. Gesehen haben wir uns länger nicht, denn meine Frau und ich haben die letzten drei Wochen vor der schwedischen Küste gesegelt und sind erst am Montag zurückgekommen.»

Peltonen überlegte einen Moment. Mit seiner konzentrierten Miene sah er ganz genauso aus wie Jukka, der auch die Angewohnheit gehabt hatte, die Stirn zu runzeln.

«Ich weiß nicht, ob es irgendeine Bedeutung hat, aber vor ein paar Monaten hat Jukka mich gefragt, welche juristischen Möglichkeiten es gibt, einen Gläubiger zur Verantwortung zu ziehen, wenn kein rechtsgültiger Schuldschein vorliegt. Als ich nach Einzelheiten fragte, wich er mir aus. Um eine größere Summe wird es sich wohl nicht handeln, etwa zehntausend Finnmark, denke ich. Jedenfalls hatte ich den Eindruck, dass jemand Jukka Geld schuldete und sich weigerte zu zahlen.»

«Danke. Das kann ein wichtiger Hinweis sein. Zum Schluss noch eine reine Routinefrage: Wo haben Sie in der Nacht von Samstag auf Sonntag vor Anker gelegen? Wir müssen nun einmal alles überprüfen ...» Ich war auf wütenden Protest gefasst, aber er schien sich endlich in sein Schicksal ergeben zu haben.

«Ich verstehe. Wir waren in einem kleinen Bootshafen westlich von Barösund, und am Morgen haben wir in einem Café in der Nähe gefrühstückt. Jarl und Brita Sundström, ein befreundetes Ehepaar, waren mit an Bord, bei ihnen können Sie unser ... hm ... Alibi überprüfen. Ich kann Ihnen die Telefonnummer geben.»

Ich nahm mir vor, auf jeden Fall dort nachzufragen. Zu überprüfen gab es genug, obwohl ich bisher kaum Resultate hatte. Routine, Gespräche, Abwägen verschiedener Möglichkeiten. Im Prinzip fand ich diese Gedankenarbeit erfrischend, nur war das Faktenmaterial allzu mager. Auch mit Maisa Peltonen musste ich sprechen, sobald sie sich ein wenig gefangen hatte.

Ich wählte noch einmal die Vorwahl für Deutschland, und diesmal hatte ich Glück. Eine Frau Schön meldete sich, und ich brauchte eine volle Sekunde, um zu begreifen, dass es Jaana war.

«Hier ist Maria, Maria Kallio aus Finnland. Hallo, Jaana. Wie geht's?»

«Maria! Wie schön, deine Stimme zu hören, nach so langer Zeit! Willst du uns besuchen kommen? Ich bin jetzt im Mutterschaftsurlaub, ich hab vor drei Monaten ein Baby gekriegt, Michael. Stell dir vor, ein Kind, ich! Manchmal weiß ich gar nicht, wie ich mit ihm umgehen soll.»

«Also, das wüsste ich auch nicht. Leider hab ich keine Reise zu euch geplant, ich ruf dienstlich an. Ich bin wieder bei der Polizei, frag nicht, warum, das ist eine lange Geschichte. Jedenfalls geht es um Folgendes: Jukka, dein Exfreund Jukka Peltonen, ist tot, wahrscheinlich ermordet.»

Erst bei Jaanas erschrockenem Ausruf und ihrem Schluchzen dämmerte mir, dass ich ihr die Nachricht auch etwas weniger abrupt hätte beibringen können. Allmählich beruhigte sie sich, und ich konnte ihr den Fall in groben Linien schildern.

«Ich weiß ehrlich nicht, warum ihn jemand umbringen sollte. Du erinnerst dich doch, wie Jukka war, immer hinter den Frauen her. Deshalb hab ich ja mit ihm Schluss gemacht. Anstrengend war er, das schon. Jukka konnte so verdammt arrogant sein; wenn man ihm Untreue oder Verantwortungslosigkeit vorwarf, lachte er einem ins Gesicht und sagte, er lebt, wie er lebt. Als ob für ihn andere Regeln galten als für mich. Wehe, wenn ich mal zu eng mit einem anderen tanzte oder so. Manchmal kam es mir vor, als ob ihm die Gefühle anderer Menschen völlig egal waren. Andererseits war er einfach wundervoll, er konnte wahnsinnig charmant sein, wenn er wollte. Aber er spielte gern mit dem Feuer, er hat sich zum Beispiel irgendwo mit mir verabredet und kam dann mit der Frau von seinem vorigen Rendezvous da an und so weiter … Wartest du mal eben, Michael schreit. Ich geb ihm schnell seinen Schnuller.»

Jaana legte den Hörer hin. Im Hintergrund hörte ich Babygeschrei und Jaanas mütterliches Gurren. Solche Geräusche hätte ich ihr gar nicht zugetraut. Das Gewimmer verstummte.

«Wahrscheinlich hat Jukka wieder einem andern die Freundin ausgespannt», seufzte Jaana, als sie wieder an der Strippe war. «Er hat ja immer alle Frauen auf sich aufmerksam machen müssen. Manchmal hatte ich das Gefühl, ihm ist wirklich jede recht.»

«Du kennst doch praktisch alle, die in der Villa waren. Weißt du, ob jemand von ihnen eine Rechnung mit Jukka offen hatte?»

«Ja, ich kenn alle außer diesem Jyri. Eine Rechnung offen …» Jaana machte eine lange Pause. «Sirkku Halonen vielleicht. Nach der Deutschlandreise hat sie sich von ihrem Freund getrennt, weil sie unterwegs was mit Jukka hatte. Das war wieder so eine von Jukkas Demonstrationen. Ich hatte kurz vor der Reise mit ihm Schluss gemacht und dann bald den Franz kennen gelernt … Als wir wieder in Finnland waren, hat Jukka versucht, mich zurückzugewinnen, er wollte einfach nicht wahrhaben, dass ich mein Herz in Kassel verloren hatte … Jedenfalls hat Sirkku nicht ganz begriffen, was da los war, und Jukka später vorgeworfen, er hätte die Beziehung zu ihrem Freund kaputtgemacht.»

«Sirkku ist jetzt mit Timo Huttunen zusammen. Glaubst du, das hat was zu bedeuten?»

«Mit dem Huttunen? Das ist doch ein Gockel. Da ist Sirkku mit ihren Ansprüchen aber ganz schön runtergegangen. Ich hab keine Ahnung, was für leidenschaftliche Gefühle Timo in seinem Herzen trägt, der gibt sich immer so wichtig. Vielleicht ist er insgeheim eifersüchtig auf alle, die mal mit Sirkku befreundet waren.»

Zum Schluss trug mir Jaana Grüße an alle auf, besonders an Tuulia. Ich bat sie, mich anzurufen, wenn ihr noch etwas einfallen sollte, das ihr wichtig erschien. Nachdem sie aufgelegt hatte, ließ ich vom Passbüro überprüfen, ob sich Jaana oder Franz Schön am vergangenen Wochenende in Finnland aufgehalten hatte. In Jaanas Fall konnte man das nicht sofort ermitteln, weil sie die finnische Staatsbürgerschaft behalten hatte, aber jedenfalls war, zumindest über die Flughäfen, kein deutscher Staatsangehöriger namens Franz Schön nach Finnland eingereist. Ich bat darum, auch noch nachzuprüfen, ob einer der beiden aus Deutschland ausgereist war, obwohl ein Verdacht gegen die Schöns zweifellos an den Haaren herbeigezogen war.

Die «Marlboro of Finland» war die ganze vorige Woche über den Atlantik geschippert. Von der Crew hatte keiner den Fuß auf festen Boden setzen können, also waren sowohl Peter Wahlroos als auch Jarmo Peltonen aus dem Schneider – ich hatte es auch nicht anders erwartet.

Hastig schlang ich in der Polizeikantine das Mittagessen herunter. Mein Fall war glücklicherweise noch nicht in den Schlagzeilen der Boulevardpresse aufgetaucht. Dem Vernehmen nach hatten einige Journalisten versucht, mich zu erreichen, aber die Zentrale hatte Anweisung, alle Anrufe von der Presse zu meinem Chef durchzustellen, der lediglich die Auskunft gab, Kriminalhauptmeister Kallio leite die Ermittlungen. Wenn die Zeitungen herausfanden, dass ich eine Frau war, würden sie eine Riesenstory daraus machen, das war mir klar, denn weibliche Ermittler hatten Seltenheitswert. Ich begegnete dieser Aussicht mit zwiespältigen Gefühlen. Einerseits konnte mein Beispiel andere junge Frauen ermutigen, einen etwas ausgefalleneren Beruf zu wählen, andererseits war ich auf die Publicity nicht unbedingt scharf, weil ich gar nicht so genau wusste, ob ich wirklich Polizistin sein wollte. Die größten Schlagzeilen galten an diesem Tag einem estnischen Freudenmädchen: «Estnisches Freudenmädchen raubte Freier aus», ereiferte sich «Ilta-Sanomat», während das Konkurrenzblatt «Iltalehti» verkündete: «Luxushure knöpfte Männern Geld ab.» Das versteht sich bei solchen Geschäften doch wohl von selbst, dachte ich.

Nachdem ich den überbackenen Fisch verdrückt hatte, kehrte ich in mein Zimmer zurück. Schon auf dem Flur hörte ich mein Telefon schrillen, und dank eines Fünfzig-Meter-Sprints schaffte ich es gerade noch rechtzeitig, den Hörer abzunehmen.

«Huikkanen hier, vom Labor, grüß dich. Ich hätte jetzt was über die Axt, wenn's dich interessiert.»

«Schieß los!»

«Sie ist offenbar im Meer abgespült worden, den Salzspuren nach, aber Blut ist auch noch dran. Zweierlei sogar. Die eine Sorte ist noch nicht identifiziert, vielleicht brauchen wir Blutproben von deinen Verdächtigen. Die andere stammt eindeutig von Peltonen. Ein ganz kleines Stück vom Hinterkopf war auch noch dran, Haare und so weiter. Und Erde. In welchem verdammten Wald hat dein Schutzmann das Ding bloß ausgegraben?»

«Peltonen ist also damit niedergeschlagen worden?»

«Sieht ganz so aus. Mit der stumpfen Seite, bitte schön.»

«Von wem kann denn das andere Blut sein?»

«Ich bin mir nicht hundertprozentig sicher, aber da ich auch noch was Schuppenartiges gefunden habe, würde ich fast meinen, es stammt von einem Fisch. Von welcher Sorte, kann ich dir allerdings nicht sagen.»

Von einem Fisch ... Mirja hatte einen Hecht gefangen. Hatte sie ihn vielleicht mit der Axt totgemacht?

«Sind Fingerabdrücke dran?»

«Jede Menge. Ich nehme an, der Mörder hat nicht die ganze Axt abgewaschen, sondern nur kurz die Klinge abgespült, am Griff sind nämlich überhaupt keine Salzspuren. Es sind Fingerabdrücke von zwei Leuten drauf: von Sarkela und Rasinkangas.»

«Wow! Wie sehen sie aus?»

«Die von der Rasinkangas sind ziemlich interessant. Sie stammen alle von der rechten Hand, und ihre Anordnung entspricht eigentlich nicht der Haltung beim Zuschlagen – sie sehen eher so aus, wie wenn man eine Axt aufhebt, mit der scharfen Seite der Klinge nach unten. Mag sein, dass man auch aus dieser Haltung heraus mit der stumpfen Seite zuschlagen kann, aber da müsste man das Handgelenk ziemlich verdrehen.»

«Die Position ist also ungefähr so, wie wenn man eine Axt von einer Stelle zu einer anderen trägt.» Ich versuchte mir das Ganze bildlich vorzustellen, packte mein dickes Lineal, das die Rolle der Axt spielte, und verdrehte den Arm. «Vielleicht hat sie ihre Hände die ganze Zeit geschützt und es nur einmal vergessen.»

«Kann sein. Von Sarkela sind massenhaft Abdrücke vorhanden. Er hat die Axt ungefähr in jeder denkbaren Position gehalten, unter anderem in der klassischen Holzhackerstellung. Und er hat ziemlich oft den Griff gewechselt. Das war alles, was ich gefunden hab.»

«Gut. Ich hab vor, heute nochmal nach Vuosaari rauszufahren, aber vorher muss ich noch ein paar andere Sachen erledigen. Den schriftlichen Bericht krieg ich doch sicher mit der nächsten Hauspost?»

Ich nahm mein Notizbuch und suchte die Telefonnummern von Mirja und Antti heraus. Mirja hatte einen Sommerjob ganz in der Nähe, auf dem Standesamt. Witzig.

«Kriminalhauptmeister Kallio, guten Tag. Ich würde gern so bald wie möglich mit dir reden, passt es dir um zwei?» Mirja äußerte keinerlei Verwunderung über meinen Anruf, sondern antwortete überraschend sanftmütig, sie würde versuchen, ihre Kaffeepause auf zwei Uhr zu verlegen. Antti an der Universität aufzustöbern war schon schwieriger, aber ich erreichte ihn schließlich in der Bibliothek des Mathematischen Instituts.

«Ich mach mir meinen Terminplan selbst, vor allem jetzt im

Sommer, wenn wir keine Lehrveranstaltungen haben. Ich kann um drei Uhr da sein.» Auch er stellte keine weiteren Fragen.

Ich ließ mir einen Wagen reservieren, denn ich wollte hinterher noch nach Vuosaari, um mir den Bootssteg und den Fundort der Axt anzuschauen. Ich war müde und bezweifelte sehr, Mirja oder Antti heute noch festnehmen zu können, so willkommen mir ein Geständnis auch gewesen wäre.

Mirja erschien pünktlich um zwei. Der schwarze Rock und die weiße Bluse wirkten wie Trauerkleidung, aber in ihrem Verhalten war von Trauer nichts zu spüren. Sie gab sich, als wäre es ihr vollkommen egal, ob sie gerade Geld vom Konto abhob oder zur Vernehmung auf dem Polizeipräsidium saß.

«Hattet ihr gestern noch einen netten Leichenschmaus?», fragte ich geradeheraus. Ich wollte irgendeine Gefühlsäußerung provozieren.

«Es hat uns allen gut getan.» Ihr Gesicht blieb ausdruckslos.

«Inwiefern?»

«Keiner von uns wollte allein zu Hause sitzen – außer Antti, obwohl wir natürlich versucht haben, ihn zu überreden. Es hat uns gut getan, über die Sache zu sprechen und uns zu überlegen, wie das alles passiert ist.»

«Und zu welchem Ergebnis seid ihr gekommen?»

«Es war wohl ein Unfall. Hoffentlich. Selbstmord kommt jedenfalls nicht infrage, Jukka mochte sich selbst viel zu gern, um so etwas zu tun. Aber sollte ihn tatsächlich jemand umgebracht haben? Das klingt so unwahrscheinlich, obwohl Jukka einem schon auf die Nerven gehen konnte. Natürlich ist uns allen klar, dass jeder von uns als potenzieller Mörder gilt, solange der Fall nicht aufgeklärt ist.»

«Habt ihr euch gegenseitig beschuldigt?»

«Ein paar haben natürlich Antti im Verdacht, sie finden, dass er sich so absondert, ist ein Beweis für seine Schuld. Aber so denken nicht alle. Jyri behauptet, er hätte ganz sicher gehört, dass Antti in der Nacht in Jukkas Zimmer war, aber so betrunken, wie er war, konnte Jyri definitiv nichts gehört haben … Wenn Jukka wirklich ermordet worden ist, tippe ich nach wie vor auf Tuulia. Sie hat manchmal entsetzliche Wutanfälle.»

«Ob es sich um Mord handelt, weiß ich noch nicht, aber in Vuosaari ist eine Axt gefunden worden, an der Jukkas Blut klebt. Deine Fingerabdrücke sind auch drauf. Hast du dafür eine Erklärung?»

Mirja sah mich einen Augenblick verblüfft an, dann lächelte sie belustigt.

«Deshalb hast du mich also herbestellt? Die Axt hab ich sogar zweimal in der Hand gehalten. Irgendwer hatte sie mitten auf der Saunaterrasse liegen gelassen, da hab ich sie aus dem Weg geräumt, damit niemand drüber stolpert. Und später am Abend war ich doch angeln und hab den großen Hecht gefangen. Ich hab zum Haus hochgerufen, jemand soll mir was bringen, womit ich ihn totmachen konnte. Da hat Antti die Axt aus der Sauna geholt und den Hecht erledigt. Wahrscheinlich ist sie dann auf dem Steg liegen geblieben. Wenn ich einen umbringen wollte, wäre ich ja wohl schlau genug, Handschuhe zu tragen, das kann man ja in jedem Krimi nachlesen», schnaubte Mirja. «Wessen Fingerabdrücke habt ihr denn noch gefunden, sicher Anttis? Der hat an dem Abend noch Holz gehackt, von den Jungs hat sich natürlich sonst keiner dazu bequemt. Antti sagt, Holzhacken macht ihm Spaß, und sein Bizeps ist ja auch danach.» Mirja wurde plötzlich rot.

Ich erinnerte mich, dass Tuulia mir von Mirjas Schwärmerei für Antti erzählt hatte. Irgendwie erschien sie mir dadurch menschlicher. Einen schlechten Geschmack hat sie jedenfalls nicht, dachte ich, seufzte aber gleichzeitig enttäuscht. Für alles fand sich eine natürliche Erklärung. Natürlich musste Mirja nicht unbedingt die ganze Wahrheit gesagt haben. Es war durchaus möglich, dass Antti die Axt nach dem Holzhacken noch einmal benutzt hatte, er verfügte auf jeden Fall über genügend Kraft und die richtige Technik. Außerdem war der Schlag von oben geführt worden, und wenn Jukka im Stehen niedergeschlagen worden war, kam als Täter nur Antti infrage. Hatte Jukka allerdings gesessen, spielte die Körpergröße keine Rolle. Eigentlich fand ich Mirjas Bemühen, Antti zu schützen, ganz lustig. Immerhin schien sie es nicht für nötig zu halten, ihre Gefühle für ihn zu verbergen.

«War sonst noch was? Meine Kaffeepause dauert nicht ewig, aber ich bin ja in der Nachbarschaft, da kannst du mich jeden Tag antanzen lassen», sagte Mirja unfreundlich, als ob sie ihre Redseligkeit schon bereute.

Als sie gegangen war, fluchte ich wieder mal über meine Blödheit – als Entschädigung für die entgangene Pause hätte ich ihr wenigstens eine Tasse Kaffee anbieten können. Andererseits verwandelte so etwas eine Vernehmung schnell in familiäres Geplauder, und die Gefahr bestand bei diesem Fall nur allzu oft.

War Mirja ruhig und beherrscht gewesen, so sah Antti wenigstens so aus, als ob er trauerte. Schwarze Jeans und schwarzes T-Shirt mochten seine Standardkluft sein, aber in Verbindung mit dem blassen Gesicht und den rot geränderten Augen wirkten sie wie Trauerkleidung. Was war wohl der Grund für die geröteten Augen: eine durchwachte Nacht, Alkohol, Tränen – oder vielleicht alles zusammen?

«Grüß dich – wie war noch gleich dein Titel? Hauptmeister? Schon was ermittelt?», fragte er mit müder Stimme und ließ sich auf den Stuhl fallen.

«Ja. Die Tatwaffe ist gefunden worden, mit deinen Fingerabdrücken drauf», gab ich unwirsch zurück. Über Anttis Feindseligkeit ärgerte ich mich viel mehr als über Mirjas. Und noch mehr ärgerte ich mich, weil ich mich ärgerte. Jukka war hübsch anzusehen gewesen, aber mit Antti hatte ich mich früher immer gern unterhalten. Im Übrigen sah auch er nicht gerade schlecht aus, Männer mit großem Mund und Hakennase hatte ich immer schon sexy gefunden. Eine Kreuzung aus Mick Jagger und Dustin Hoffman, das wäre ideal. Mit gespielter Gleichgültigkeit betrachtete ich den Bizeps, von dem Mirja gesprochen hatte. Das schwarze T-Shirt umspannte gut geformte Schultern. Das war nicht zu leugnen.

«Was, zum Teufel! Willst du damit sagen, dass Jukka tatsächlich ermordet worden ist?» Es war ihm am Gesicht abzulesen, wie sehr ihn meine Worte erschreckt hatten.

«So sieht es jetzt langsam aus.»

«Von was für einer Mordwaffe redest du?»

«Von einer Axt, die unter der Sauna versteckt war. Die Laboruntersuchungen haben ergeben, dass es sich um die Tatwaffe handelt.»

«Ach, die Axt.» Ein zaghaftes Lächeln schlich sich in seine Mundwinkel. «Mit der hab ich am Samstagabend mindestens einen halben Kubikmeter Holz gehackt. Die Peltonens besitzen nur eine einzige brauchbare Axt. Typisch für sie – Rindenschäler haben sie mindestens vier verschiedene. Das kann dir jeder bestätigen – das mit dem Holzhacken meine ich, nicht das mit den Rindenschälern. Und wenn du noch einen Beweis brauchst, ich hab mir dabei Blasen geholt, hier, guck sie dir an!» Antti legte die Hände umgedreht auf den Tisch, und ich konnte nicht umhin, die langen, schmalen Finger zu betrachten. Und die Blasen auf der Handfläche.

«Ganz schön verweichlicht, wenn man von so einem bisschen Holzhacken Blasen kriegt. Natürlich sind meine Fingerabdrücke auf der Axt.»

«Später am Abend hast du sie dann nochmal verwendet, zum Töten.»

«Verdammt nochmal, was soll das denn heißen?»

«Du hast kaltblütig einen Fisch ermordet …» Anttis angespannte Gesichtszüge lockerten sich, er fing an zu lachen. Es schien ihm gut zu tun. Ich hätte beinahe mitgelacht, riss mich aber zusammen.

«Schon recht, den hab ich ermordet. Es half ja nichts, dabei hätte ich den armen Fisch lieber wieder ins Wasser gelassen.

Offensichtlich ist die Axt dann auf dem Steg liegen geblieben, und … O du verdammte Scheiße!»

«Hast du eigentlich deine Katze wieder gefunden?»

«Einstein? Ja, der lag schlafend auf dem Saunadach, als ich kam. Da liegt er nachmittags gern in der Sonne, wenn wir in Vuosaari sind. Einstein ist unter der Sauna geboren, er ist ein Junges von Peltonens Katze, die inzwischen schon nicht mehr lebt.»

Antti taute sichtlich auf, als er von seiner Katze sprach, aber ich musste wieder zum Thema kommen.

«Wie hoch waren deine Schulden bei Jukka?»

«Schulden bei Jukka? Was redest du denn jetzt schon wieder für einen Quatsch? Ich hab keine Schulden bei Jukka! Wieso?»

«Wer war denn bei ihm verschuldet?»

«Tuulia bestimmt, aber das kann keine große Summe sein. Jyri hat immer finanzielle Probleme, anders kenne ich ihn gar nicht. Jukka hat ihm ziemlich viel geliehen, glaub ich. Jyri kann überhaupt nicht mit Geld umgehen. Er spendiert schönen Mädchen Champagner in den besten Restaurants, so in dem Stil. Jukka hat sich ihm gegenüber immer wie ein großer Bruder gefühlt und wollte ihm bestimmt helfen.»

«Okay. Wir werden das nachprüfen. Du hast gestern die Beziehung zwischen Jukka und Piia erwähnt. Wie war die?»

Antti schaute verlegen.

«Wenn ich das wüsste … Im Allgemeinen war es Jukkas Frauen genau anzusehen, welche Funktion sie für ihn hatten. Er hat nur zwei ernst zu nehmende Freundinnen gehabt, Jaana und vorher in der Schule eine, die hieß Minna. Die anderen …» Antti breitete die Arme aus. «Piia war irgendwie ein besonderer Fall. Mit mir hat Jukka nicht viel über sie gesprochen, wahrscheinlich weil er wusste, wie ich darüber dachte. Vielleicht war er zum ersten Mal in seinem Leben wirklich verliebt. Das werden wir wohl nie erfahren.»

«Wohl nicht. Ist dir noch irgendetwas eingefallen, was Licht auf diesen Fall werfen könnte?»

«Nein. Die ganze Geschichte ist völlig absurd. Ich hab Angst. Die ganze Nacht hab ich über meine alten Bekannten nachgedacht, über Piia und Tuulia zum Beispiel, und mich gefragt, ob einer von ihnen meinen besten Kumpel umgebracht haben könnte. Und heute kommst du an und erzählst mir, dass Jukka tatsächlich ermordet worden ist. Ist dir überhaupt klar, was jetzt passiert? Wir werden uns alle gegeneinander stellen, um unsere eigene Haut zu retten. Ich hab jetzt schon das Gefühl, dass ich dir schleunigst einen Mörder präsentieren muss, bevor du mich verhaftest.

Und dann der IOL ...», fuhr Antti nach kurzem Schweigen fort. «Unser Chorleiter, Toivonen, heißt bei uns nur Herr Hoffnungslos. Er hat mich heute angerufen und seinem Spitznamen alle Ehre gemacht. Mirja hatte ihm schon berichtet, was passiert ist. Der beste Bass ist tot, ein gut bezahlter Auftritt fällt ins Wasser, der Chor macht negative Schlagzeilen, und obendrein ist wahrscheinlich eine der tragenden Kräfte ein Mörder ... Kannst du es nicht so hinbiegen, dass Jukka sich das Loch im Kopf selbst beigebracht hat?»

«Du hast große Angst, dass sich eine ganz bestimmte Person als Täter entpuppt, nicht wahr? Oder als Täterin. Wer ist es denn?»

«Das musst du schon selbst herausfinden, du Meisterdetektivin. Die Beerdigung ist wahrscheinlich in zwei Wochen. Sieh zu, dass du vorher keinen verhaftest, der Kerntrupp soll da nämlich singen.» Antti vergrub das Gesicht in den Händen. Dann schüttelte er sich, als wollte er die dunklen Gedanken vertreiben. «Für Maisa ... für Jukkas Mutter ist es das Beste, wenn Jukka möglichst bald beerdigt wird. Sie ist seelisch nicht ganz stabil, und ich fürchte, sie zerbricht an dieser Geschichte endgültig. Für sie ist das alles besonders schlimm.»

Seit ich in den Polizeidienst zurückgekehrt war, hatte ich ein knappes Dutzend Tötungsdelikte bearbeitet, alles Totschlag im Affekt. Jeder einzelne Fall war für einige Menschen eine schlimme Sache, nicht nur für das Opfer und den Täter, sondern auch für ihre Angehörigen, die von Unsicherheit, Selbstvorwürfen, Angst und Zweifel geplagt wurden. Auch mir hatte das immer wehgetan, obwohl ich mich bemühte, kühl und distanziert zu bleiben. Jetzt fühlte ich mich noch schlechter. Ich wünschte, ich hätte einen Schalter im Kopf, mit dem ich alle Gefühle abstellen konnte, damit nur noch der mechanisch ermittelnde Verstand übrig blieb.

«Nochmal zu der Axt … Wo hast du sie gelassen, nachdem du den Fisch geschlachtet hattest?»

«Ich hab die gröbsten Schuppen von der Klinge abgespült, und dann hab ich sie wohl am rechten Rand vom Steg liegen gelassen. Da lag sie dann ja gleich parat, verdammt nochmal! Wenn ich sie zur Sauna zurückgebracht hätte …»

«Zerbrich dir darüber nicht den Kopf!» Der freundliche Tonfall, den ich anschlagen wollte, misslang mir gründlich, es klang eher wie ein Befehl. Ich murmelte etwas von Eile und schickte Antti weg. Ich hatte es wirklich eilig, denn am Tatort war noch vieles zu überprüfen. Aber eins schien mir klar: Es handelte sich aller Wahrscheinlichkeit nach nicht um Totschlag, sondern um Mord. Jedes der Chormitglieder konnte gewusst haben, dass die Axt am Bootssteg liegen geblieben war, und Jukka dorthin gelockt haben. Aber falls Mirja und Antti unschuldig waren, fehlten die Fingerabdrücke des Täters. Er war also darauf bedacht gewesen, keine zu hinterlassen. Und wer einen Mord beging, hatte vielleicht auch schon vorher geplant, wie er die Polizei in die Irre führen würde.

Vier

Und Wandern über trügerisches Gelände

Am frühen Nachmittag herrschte auf dem Ostring überraschend wenig Verkehr. Ich fuhr unseren Dienstwagen, einen schmutzig grauen Lada, während sich die Jungs von der Technik über die Rücklehne hinweg Geschichten erzählten. Es war mir gelungen, sie loszueisen, in der Hoffnung, nach diesem Besuch am Tatort die Villa der Peltonens freigeben zu können.

Auf der Brücke vor Vuosaari war eine Kontrolle. Ich hatte erheblich mehr auf dem Tacho als die erlaubten sechzig Stundenkilometer, aber ich zog in aller Gemütsruhe an den kindlich wirkenden Verkehrspolizisten vorbei. Es schien eine Ewigkeit her zu sein, seit ich selbst diese Arbeit getan hatte. Als wäre ich vor sechs Jahren ein anderer Mensch gewesen.

Im Gewaltdezernat tat ich mich insofern leichter, als mir die Arbeit im Allgemeinen keine moralischen Probleme bereitete. Leute zu jagen, die andere misshandelten oder töteten, war immerhin irgendwie sinnvoll. Bei der Ordnungspolizei war ich mir geradezu kleinlich vorgekommen, wenn ich hinter Radarfallen saß, Betrunkene verhaftete oder Bußgelder von braven Tanten kassierte, die ohne Licht Fahrrad fuhren.

Dann war ich auf eigenen Wunsch zur Sitte versetzt worden. Ich hatte mir eingebildet, dort könnte ich die Welt verbessern und Dutzenden von Menschen zu einem besseren Leben verhelfen, aber das einzige Ergebnis meiner Arbeit war die Einsicht, völlig machtlos zu sein. Der gute Wille einer einzigen Frau reichte nicht aus, um verkorksten Heimkindern, Suchtkranken, minderjährigen Prostituierten und geprügelten Kindern zu helfen. Ich hatte mir in der Schulzeit ausgemalt, eines Tages eine Art Mutter Teresa im Polizeidienst zu werden, aber nun konnte ich absolut nichts ausrichten. Ich reagierte übertrieben heftig auf alles, was um mich herum geschah, und begriff erst später, dass ich viel zu jung gewesen war, um das permanente Chaos der Kriminalität zu ertragen. Das Jurastudium war eine Flucht gewesen, die verzweifelte Suche nach Vernunft innerhalb des Systems, in dem ich gearbeitet hatte.

Und nun war ich also wieder am Ausgangspunkt angelangt, bei der Polizei. Ich erinnerte mich an das, was mein Chef am Morgen gesagt hatte: Wenn ich wollte, könne mein Vertrag über den September hinaus verlängert werden. Saarinen, der Kollege, dessen Vertretung ich übernommen hatte, war wegen schwerer Rückenschmerzen krankgeschrieben. Rane behauptete, es handle sich um ein psychosomatisches Leiden: Saarinen sei völlig erschöpft, habe es satt, Kinnunens Alkoholprobleme vertuschen und seine Fehler ausbügeln zu müssen, und versuche deshalb, die Rückkehr an den Arbeitsplatz so lange wie möglich vor sich herzuschieben.

In mancherlei Hinsicht war die Vertretung eine bequeme Lösung. Mein Interesse für das Studium war immer noch nicht zurückgekehrt, andererseits wollte ich nicht noch einmal das Fach wechseln. Mein Bafög hatte ohnehin schon schwindelnde Höhen erreicht. Natürlich war es verrückt, das Studium hinzuschmeißen, schließlich brauchte ich nur noch die Abschlussarbeit zu schreiben und zwei größere Prüfungen abzulegen, aber mir fehlte jede Motivation.

Auf der Rückbank ging es jetzt um die jüngsten Patzer des Rauschgiftdezernats. Wenn die ungeduldigen Drogenfahnder mit ihren Verhaftungen noch eine Woche gewartet hätten, wäre ihnen ein großer Teil des Dealerrings in der Hauptstadtregion ins Netz gegangen. Nun hatten sie bloß ein paar kleine Haschischdealer erwischt, die über den Aufbau der Organisation praktisch nichts wussten.

Ich lächelte über die Witze der Kriminaltechniker. Zur Drogenfahndung hatte es mich nie gezogen. Die Arbeit dort wurde immer gefährlicher. In letzter Zeit hatten Rauschgift- und Gewaltdezernat häufig zusammengearbeitet, da es bei vielen Tötungsdelikten um Auseinandersetzungen zwischen rivalisierenden Dealerbanden ging. Es war längst nicht mehr so wie zu der Zeit, als ich die Polizeischule besuchte – damals hatte das Rauschgiftdezernat noch genügend Ressourcen, um sogar gelegentliche Haschischkonsumenten festzunehmen und zu verhören.

Jetzt blitzte am Straßenrand zum ersten Mal das Meer auf. Auf dem mit Rainfarn überwachsenen Feld neben der Straße setzte eine Katze einem Vogel nach. Ich drehte das Fenster herunter.

Die Villa der Peltonens wirkte so idyllisch wie am Tag zuvor. Der Mann von der Schutzpolizei, der zur Überwachung abgestellt war, saß mit nacktem Oberkörper Zeitung lesend auf dem Rasen und sah uns verdutzt an. Es wurmte ihn ganz offensichtlich, als ich ihm sagte, eine Bewachung sei wohl nicht mehr nötig.

«Warst du hier, als die Peltonens angekommen sind?»

«Ja, war ich. Kurz vorher war einer von diesen Chorleuten aufgetaucht. Du hattest ihm angeblich erlaubt, seine Katze zu holen. Der hat's dann den Eltern erzählt. Die Frau hat einen furchtbaren Anfall gekriegt und gar nicht mehr aufgehört zu schreien, bis ihr der Mann irgendwelche Beruhigungsmittel in den Mund gestopft hat. Zum Glück sind sie dann bald aufgebrochen und haben den anderen Burschen mitsamt seiner Katze mitgenommen. Hast du übrigens schon gehört, dass die Technik da unten am Steg ein bisschen Blut gefunden hat? Sie haben es ins Labor geschickt. Vielleicht ist es von dem Ermordeten. Oder es ist von der Axt getropft.»

«Aha, schön.» Ich wandte das Gesicht ab, bei dem Gedanken an eine bluttriefende Axt und an Jukkas zerquetschten, rot beschmierten Schädel drehte sich mir der Magen um.

Ich ging zur Sauna am Ufer, weil ich hoffte, am Fundort der Axt etwas Neues zu lernen. Das zehn Meter lange Segelboot der Peltonens ankerte an einer Boje. Geld hatte die Familie wahrhaftig genug. Die Villa in Vuosaari, eine Wohnung in Westend. Soweit ich mich erinnerte, besaßen sie außerdem noch ein Blockhaus in Lappland. Jedenfalls war Jaana ein paar Mal mit Jukka irgendwo da oben zum Skilaufen gewesen. Ein Gesprächsfetzen kam mir in den Sinn, seltsam, dass ich mich nach all den Jahren noch so genau daran erinnerte:

«Manchmal geht mir der verdammte Kerl auf den Keks, der ist doch mit 'nem silbernen Löffel im Mund auf die Welt gekommen», hatte Jaana nach einem Streit mit Jukka wütend geschnaubt. «Er ist es einfach gewöhnt, zu kriegen, was er will. Ich halt das nicht mehr aus. Wenn er mit einer anderen schlafen will, dann tut er's und schert sich einen Dreck darum, wie ich mich fühle. Will er mit mir übers Wochenende nach Stockholm, kein Problem, Papa zahlt. Und dabei ist er furchtbar nett und klug und gut aussehend und was weiß ich nicht alles – wenn er will. Manchmal hab ich richtig Angst ... es ist, als steckte irgendetwas Kaltes in ihm. Er versucht es zu verbergen, aber ab und zu blitzt es doch auf.»

Ich sah Jaanas Beine vor mir, braun gebrannt von den Segeltörns, sah den gehetzten Blick in ihren meerblauen Augen und die Bierflasche in ihrer Hand, aus meiner Hälfte unseres gemeinsamen Kühlschranks, wo sich immer genügend Nachschub befand.

«Ich kann seine Logik einfach nicht begreifen. Er erklärt mir, er wäre nicht mein Eigentum, was ja auch stimmt, aber mich betrachtet er trotzdem als seinen Privatbesitz. Er genießt es, dass er Macht über mich hat. Er will Menschen besitzen, sie beherrschen. Durch Sex, durch Flirten, indem er ihnen Geld leiht und so weiter. Jukka ist exakt der Typ Mann, der einem absolut wunderbar vorkommt, solange man ihn nicht zu genau kennt.»

Kurz nach diesem Gespräch war Jukka angetanzt, um sich mit

Jaana zu versöhnen, und diesmal hatte sie sich noch ziemlich leicht besänftigen lassen. Auch in dieser Kunst war Jukka Meister gewesen, mal brachte er Jaana Blumen als Versöhnungsopfer, mal Champagner.

Aber diesmal hatte seine Besänftigungskunst versagt. Er musste irgendwen dermaßen erzürnt haben, dass keine andere Lösung mehr möglich war als die eine unwiderrufliche.

Hinter der Sauna blühte schon das Heidekraut, vereinzelt ragten auch verspätete Wachtelweizenhalme zwischen den Blaubeersträuchern hervor. Die Sauna hatte keinen festen Sockel, sondern stand auf Pfosten, sodass zwischen dem Häuschen und dem Erdboden ein Zwischenraum blieb, wo man allerhand verstauen konnte. Ich fragte mich, was Hiltunen auf die Idee gebracht hatte, dort nachzusehen, und wie er es geschafft hatte, die Axt zu entdecken. Nach den Fotos, die ich gesehen hatte, war sie nämlich nicht einfach unter die Sauna geworfen, sondern sorgfältig verstaut worden. Vom Hinschauen wurde ich allerdings auch nicht klüger.

Jemand war also aus dem Haus gekommen, hatte mit der Axt, die am Bootssteg liegen geblieben war, Jukka niedergeschlagen und sich dann die Mühe gemacht, bis zur Sauna zu gehen, um die Axt zu verstecken. Warum bloß? Warum hatte er – oder sie – die Tatwaffe abgespült, statt sie einfach ins Meer zu werfen? Wenn der Mörder ein Fremder war, der mit dem Boot gekommen war, hätte er die Axt doch mitgenommen und draußen im Meer versenkt. Das Versteck unter der Sauna schien auf eins der Chormitglieder hinzudeuten.

War der Mörder zur Sauna gegangen, um sich zu waschen? Aber aus Jukkas Wunde konnte eigentlich kein Blut gespritzt sein. Besaßen die Fingerabdrücke irgendeine Beweiskraft? Antti und Mirja hatten glaubwürdige Erklärungen geliefert. Aber wie hatte der Mörder die Axt angefasst? An ihrem glatt polierten Stiel waren keine Handschuhfasern entdeckt worden. Handschuhe sprachen für eine vorsätzliche Tat. Ich kroch unter die

Sauna, um nach Handschuhen zu suchen, und schnitt mir an einer Glasscherbe das Handgelenk auf. Überall lagen Glassplitter herum. Mit dem Hintern voran kroch ich fluchend ans Tageslicht.

Möwen kreischten am Ufer, weit draußen auf dem Meer schwamm ein Wasservogel, wahrscheinlich ein Haubentaucher. Würden die Peltonens ihre Villa je wieder als Idylle erleben, oder schwamm Jukkas Leiche in alle Ewigkeit neben dem Bootssteg? In stürmischen Herbstnächten würde er aus dem Wasser steigen und zu spuken beginnen ...

Ich musste an meine Eltern denken. Wenn eins ihrer Kinder in ihrem geliebten Sommerhäuschen umgebracht worden wäre, würden sie ganz sicher keinen Fuß mehr in das Haus setzen. Meine Mutter hatte gestern Abend angerufen und sich besorgt erkundigt, wie es mir ginge. Sie fand es schrecklich, dass ich mich von Berufs wegen mit Gewaltverbrechen befasste. Schon meine Entscheidung für die Polizeischule war für meine Eltern eine furchtbare Enttäuschung gewesen. Ihrer Ansicht nach hätte ich mit meinem blendenden Abiturzeugnis etwas Besseres anfangen können, z. B. Sprachen studieren, irgendetwas, das sich für Mädchen schickte. Mit dem Jurastudium waren sie dann allerdings einverstanden, obwohl es mit keinem ihrer Fächer zu tun hatte – mein Vater unterrichtete Mathematik und Chemie, meine Mutter Englisch. Meine eine Schwester studierte Deutsch und Schwedisch und war mit einem Chemiker verheiratet, die andere studierte Englisch und hatte einen Mathematiker als Freund. Ich war der Sonderling in der Familie, mit meinem Beruf ebenso wie mit meinem Single-Status. Meine Mutter, nach deren Ansicht der größte Vollidiot immer noch besser war als gar kein Mann, machte sich allmählich schon Sorgen um mich.

Ich ging noch einmal in Jukkas Zimmer. Alles lag an seinem Platz, aber auf den Tisch hatte jemand ein Foto von Jukka an Bord des Segelboots gestellt. Daneben stand eine halb heruntergebrannte Kerze.

Auf dem Tisch lag außerdem Jukkas Armbanduhr, offenbar ein teures Stück. Wo kam die wohl her? Die Uhr tickte unermüdlich. Ich nahm sie in die Hand, bewunderte die kunstvollen Zeiger. Die Stunden- und Minutenzeiger waren leicht gebogen und golden, der Sekundenzeiger silbern. Der bronzene Weckzeiger stand auf halb vier. Eine seltsame Weckzeit, dachte ich. Warum sollte jemand um halb vier aufstehen wollen? Außer … außer, wenn Jukka heimlich mit einem aus der Gruppe reden wollte und für halb vier Uhr morgens ein Treffen vereinbart hatte. Vielleicht war es auch umgekehrt gewesen, der andere hatte sich mit Jukka treffen wollen – um ihn zu ermorden.

Mittlerweile war es mir gelungen, den vermutlichen Tathergang zu rekonstruieren, aber weitergekommen war ich trotzdem kaum. Der Täter hatte für mich nach wie vor weder Gesicht noch Geschlecht.

Wen sollte ich noch befragen? Jukka war stellvertretender Leiter des IOL gewesen, also konnte mir Toivonen, der eigentliche Chorleiter, vielleicht einige Auskünfte geben. Eventuell auch die anderen Mitglieder des Chors … Ob es etwas brachte, zu ihren Proben zu gehen?

Wie ging es jetzt weiter?, fragte ich mich auf der Rückfahrt nach Pasila. Mit Jyri musste ich so bald wie möglich sprechen, seine Schulden konnten durchaus ein Motiv sein. Und die Vorstellung, dass der verängstigte, betrunkene Jyri mit der Axt zuschlug, schien mir gar nicht so abwegig.

Fünf

Einem ward die Freude, dem andern nichts als Leid

Jyri wohnte in der Helsinginkatu. Die Fenster des Hauses gingen direkt auf den berühmt-berüchtigten Schnapsladen, auf der Straße polterten Straßenbahnen, zerlumpte Penner liefen herum. Einer stolperte blindlings vor die von Osten kommende Acht, mit einer Vollbremsung rettete ihm der Straßenbahnfahrer das Leben. Ich war wieder mal froh darüber, nicht mehr bei der uniformierten Polizei zu sein – sonst hätte ich jetzt eingreifen müssen. So aber setzte ich meinen Weg fort und überließ es anderen Leuten, den Streit zwischen dem Fahrer und dem Penner zu begaffen.

Es war nicht so einfach, in der Backsteinwand, die auf der Hofseite mehrere Häuser verband, die richtige Tür zu finden. Nach ein paar Fehlversuchen entdeckte ich schließlich auf einer Wohnungstafel den Namen Lasinen und stieg die Treppen zum dritten Stock hinauf. Offensichtlich war ich gut in Form, die sportliche Leistung brachte mich nicht außer Atem. Ich klingelte, und als ich von drinnen Schritte hörte, schaltete ich das kleine Tonbandgerät in meiner Handtasche ein. Die Aufnahme war nicht rechtsgültig, aber ich hatte auch gar nicht die Absicht, sie als Beweismittel zu verwenden. Es handelte sich ohnehin nicht um eine offizielle Vernehmung, denn dafür hätte ich einen zweiten Beamten als Zeugen gebraucht. Ich wollte mich möglichst inoffiziell mit Jyri unterhalten.

Er wirkte bei meinem Anblick überrascht, aber keineswegs erschrocken. Jetzt, wo seine Augen nicht mehr rot unterlaufen waren und er sich rasiert hatte, sah er aus, als wäre er gerade erst volljährig geworden.

Jyris Wohnung entsprach ganz und gar dem Klischee von einer Junggesellenbude. Aus der engen Diele kam man in ein geräumiges Zimmer mit einem Schlafboden über der Kochnische. Das Zimmer war hübsch, ja beinahe elegant eingerichtet, aber es herrschte ein unglaubliches Durcheinander. Volle Aschenbecher standen auf sämtlichen freien Flächen, überall lagen zerknitterte Kleidungsstücke herum, auf dem Fußboden tummelten sich Apfelsinenschalen und in den Ecken leere Bierflaschen. Selbst für meine Begriffe war es eine extrem unordentliche Bude.

Jyri räumte einen schwarzen Ledersessel für mich frei, indem er sorglos ein paar Benetton-Hemden auf den Fußboden beförderte. Er selbst nahm mir gegenüber auf dem ungemachten Bett Platz. Er steckte sich eine Zigarette an und hielt mir nach kurzem Zögern die Schachtel hin. Ich schüttelte den Kopf, ich rauche nur, wenn ich sturzbetrunken bin.

«Sorry, es ist ein bisschen unordentlich, aber ich hab keine Zeit gehabt aufzuräumen, ich hab so viel zu tun. Jetzt müsst ich auch schon wieder weg», seufzte er. «Im Sommer, wenn keine Proben sind, spielen wir jeden Montag auf dem Sportplatz in Kaisaniemi Kyykkä.»

«Kyykkä? Was soll das denn sein? Schon gut, das kannst du mir ein andermal erklären», unterbrach ich seinen begeisterten Redeschwall. «Bringen wir erst mal den offiziellen Teil hinter uns. Du hast gestern Abend, bei eurem gemeinsamen Essen, gesagt, du hättest gehört, wie Antti Samstagnacht in Jukkas Zimmer gegangen ist. Bei der Vernehmung hast du das aber nicht erwähnt. Was ist denn nun die Wahrheit, hast du was gehört oder nicht?»

«Na ja … ich bin mir eben nicht sicher. Vielleicht hab ich geträumt oder so, ich hatte bloß das Gefühl, dass sich in Jukkas Zimmer wer bewegt, und irgendwie hab ich gedacht, das wäre Antti, aber ich weiß nicht genau …»

In Wirklichkeit interessierte ich mich weniger für Jyris Halluzinationen als für seine Finanzlage. Vielleicht war er nur darauf verfallen, Antti zu bezichtigen, weil die anderen vorher ihn verdächtigt hatten. Deutete das auf Jyri als Täter hin? Da ich nicht wusste, wie ich weiter drum herum reden sollte, kam ich direkt zur Sache.

«Wie hoch waren nochmal deine Schulden bei Jukka?»

Sein eben noch so fröhliches Gesicht wirkte auf einmal ängstlich.

«So um die fünftausend, oder? Und natürlich kannst du keinen Pfennig davon zurückzahlen. Jukka wurde plötzlich unangenehm, als er sein Geld nicht bekam, nicht wahr? Ihr müsst euch ganz schön gestritten haben.»

«Ja schon, aber das war doch schon am Donnerstag ...», stotterte Jyri, drückte die Zigarette in einem der überquellenden Aschenbecher aus und zündete sich gleich die nächste an. Offensichtlich hatte ich richtig geraten, aber mir war nicht ganz klar, wie ich ihn dazu bringen konnte weiterzureden.

«Von deiner Bank bekomme ich genaue Angaben über dein Konto», log ich munter drauflos. «Besser wäre es allerdings, wenn du mir alles selbst erzählst.»

Er zog nervös an seinem Glimmstengel, stand auf, öffnete das Fenster, sodass sich die verrauchte Zimmerluft mit den Abgasschwaden von der Straße mischte, und setzte sich dann schicksalsergeben wieder hin.

«Fast zehntausend hab ich ihm geschuldet», stieß Jyri hervor. «Aber er hat mir versprochen, keinem was davon zu erzählen! Von wem hast du das überhaupt? Hast du 'ne Haussuchung gemacht und den Schuldschein gefunden? So einen hat er mich nämlich unterschreiben lassen, der verdammte Kerl, kein Vertrauen zu seinem Kumpel ...»

Der Durchsuchungsbefehl war noch nicht ausgestellt, ich hoffte, ihn am nächsten Tag zu bekommen. Aber das brauchte Jyri nicht zu wissen, also nickte ich.

«Ich hab für alles Mögliche Geld gebraucht! Von der beschissenen Studienbeihilfe kann ja keiner leben, und Jobs gibt's auch keine. Ich hab mir kurz vor Weihnachten zum ersten Mal was von ihm geliehen, als mir das Geld ausgegangen ist, aber das hab ich ihm gleich zurückgezahlt, im Frühjahr, da kam das nächste Darlehen. Aber dann war das Geld wieder alle. Und zu Hause wollt ich nicht fragen, da wär ja doch wieder die alte Platte gelaufen, was musst du auch dauernd verreisen und wie viel trinkst du eigentlich und warum kaufst du dir so teure Klamotten, kannst du nicht in Jeans gehen wie alle anderen … Jukka war voll in Ordnung, er hat mir was geliehen und gesagt, ich brauch keine Zinsen zahlen. Aber den Schuldschein wollte er haben … Und jetzt hab ich ja auch 'nen Job als Pizzabote, total langweilig, aber ich will im August nach Nizza …»

«Aber am Donnerstag hat Jukka dann gesagt, er will sein Geld sofort zurück, sonst macht er dir die Hölle heiß, stimmt's?»

«Ja … er hat mich bei der Arbeit angerufen, und dann hat er mich abgeholt und hierher gebracht. Ich hab mich zwar gewundert, warum wir nicht in die Kneipe gehen, aber er hat gemeint, er will in Ruhe mit mir reden. Er hat gesagt, er braucht viel Geld, weil er 'ne neue Karre kaufen muss, obwohl ich bei Gott nicht weiß, was er an der alten auszusetzen hatte. Und als ich gesagt hab, ich hätte das Geld nicht, da hat er mir gedroht, er würde der Polizei sagen, dass …» Jyri schluckte.

«Was denn?»

«Na, dass ich Schulden bei ihm hab! Verdammt nochmal, ich konnte doch nicht ahnen, wie gemein er ist!» Wütend malträtierte Jyri sein Kopfkissen.

«Sind zehntausend Finnmark Grund genug, einen Freund umzubringen?»

Jyri starrte mich entsetzt an. Dann sprang er auf.

«Ich hab ihn nicht umgebracht! Am Freitag war er wieder ganz normal und hat kein Wort über die Sache verloren, und ich dachte, er war nur mal 'nen Moment nervös. Aber das Wettrennen hat mir schon Angst gemacht, das war, als ob er mich wirklich in den Graben drängen wollte … vielleicht sollte das 'ne Drohung sein. Aber umgebracht hab ich ihn nicht, Maria, so was könnt ich gar nicht tun. Du glaubst mir doch?» Er hatte Ähnlichkeit mit einem Hündchen, als er mich jetzt anschaute wie ein kleines Tier, das von einem größeren, übermächtigen Gegner angegriffen wird. Aber ich durfte nicht nachgeben.

«Jukkas Tod kam für dich aber genau zur rechten Zeit», blaffte ich ihn an. Ich brachte es nicht fertig, einen freundlicheren Ton anzuschlagen, dazu erinnerte Jyri mich viel zu sehr an Pete. Die gleichen treuen Hundeaugen, der gleiche gedankenlose Umgang mit Geld. Pete war einer meiner Exfreunde. Ich hatte über die Summen, die ich ihm geliehen hatte, nie Buch geführt, aber von dem, was ich in meinem ersten Jahr bei der Polizei verdiente, hatte Pete sicher die Hälfte in die Kneipen des Stadtteils Kallio, wo wir damals wohnten, getragen. Dann machte er Zivildienst, wo er zu der Erkenntnis kam, er könne nicht mit einer Polizistin zusammen sein, weil sie die etablierte Gesellschaft repräsentiere. Ich hatte ein paar Wochen um ihn geweint, danach aber hauptsächlich dem verlorenen Geld nachgetrauert.

Jyri hatte sich wieder ans Fenster geschleppt, als wäre er am liebsten geflohen. Ich hielt es nach wie vor für möglich, dass er der Täter war, obwohl das Motiv zugegebenermaßen auf schwachen Füßen stand.

«Erinnerst du dich überhaupt so genau, was Samstagnacht passiert ist?»

«Du meinst, ich hätt Jukka umgebracht und wüsste es nicht mehr? Mach keine Witze. Willst du mich verhaften?»

Jyris Stimme schlug in ein schrilles Falsett um, die Hand, die die Zigarette hielt, zitterte heftig. Das weltmännische Gehabe war restlos von ihm abgefallen.

«Wenn ich genügend Beweismaterial beisammen hätte, würdest du jetzt schon in Pasila sitzen, aber lassen wir es vorläufig gut sein», sagte ich maliziös. «Dafür könntest du mir aber erzählen, wem Jukka sonst noch Geld geborgt hat.»

Jyri ging in die Kochnische und öffnete den Speiseschrank, in dem hauptsächlich Flaschen zu stehen schienen. «Einen Whisky kann ich ja wohl trinken», murmelte er. «Du auch, oder bist du im Dienst?»

«Einen kleinen», sagte ich, obwohl ich besser abgelehnt hätte. Aber vielleicht würde Jyri ja offener reden, wenn ich mittrank.

«Davon weiß ich eigentlich nichts ... Obwohl, Jukka hatte viel mehr Geld als alle anderen, die ich kenne, war schon mit dem Studium fertig und hat gut verdient ... Bestimmt haben wir uns alle ab und zu was von ihm geliehen, also in der Kneipe zum Beispiel, wenn uns da das Geld ausging, dann hat Jukka seine Visa-Karte gezückt. Die Tuulia hat mal gesagt, sie würde Jukka viel schulden, aber das klang eher nach Dankesschuld. Vielleicht hat Jukka ihr geholfen, Arbeit zu finden oder so was. Mit Timo hatte er wohl auch irgendwelche Geldgeschichten laufen ...»

«Was für welche?»

«Weiß ich nicht so genau, da musst du Timo fragen.» Sein verschlagener Gesichtsausdruck ließ mich vermuten, dass er mehr wusste, als er zugab. «Ich glaub allerdings, dass Mirja die Mörderin ist», setzte er hinzu und goss sich den zweiten Whisky ein. Ich hatte erst einen Schluck getrunken, obwohl an Jyris Ballantine's nichts auszusetzen war.

«Mit welcher Begründung?»

«Na, weil sie so wahnsinnig ruhig ist. Als ob sie was wüsste. Ich hab allerdings keine Ahnung, warum sie gerade Jukka umgebracht hätte. Antti ist doch der, in den sie verknallt ist.»

Schon wieder dieser Hinweis auf Mirja und Antti. Ich hasste die Vorstellung, die beiden nach ihrem Liebesleben ausfragen zu müssen.

«Was wird eigentlich aus deinem Spiel, wenn du jetzt Whisky trinkst?»

«Wir haben doch immer Bier dabei, das macht beim Kyykkä-

Spielen überhaupt nichts aus. Du scheinst nicht viel davon zu wissen! Außerdem glaub ich nicht mal, dass wir heute groß spielen, wahrscheinlich bereden wir, was wir bei Jukkas Beerdigung singen. Die ist nächste Woche Samstag, wusstest du das schon?»

«Natürlich.» Die Technik und die Pathologen hatten die Untersuchungen an Jukkas Leiche heute abgeschlossen, und der Tote war den Angehörigen übergeben worden. Einige Ergebnisse der Faseruntersuchungen standen noch aus.

«Auf der Beerdigung eines Freundes singen, das könnte ich nicht.»

«Na ja, ich find das auch furchtbar. Mal sehn. Du kannst ja kommen und den verhaften, der nicht weint – aber das wär ja sowieso Mirja.»

Jyri war viel gelöster, seit er wusste, dass ich ihn nicht nach Pasila schleifen würde. Ich trank meinen Whisky langsam und genoss seine beruhigende Wirkung. Erst jetzt wurde mir bewusst, wie schrecklich verkrampft und angespannt ich den ganzen Tag über gewesen war. Ich sehnte mich nach einem langen Spaziergang in frischer Luft. Im Allgemeinen half mir das, Klarheit in meine Gedanken zu bringen.

Jyri wollte allmählich aufbrechen und bat mich zu warten, bis er sich umgezogen hatte, damit wir zusammen gehen konnten. Nach dem dritten Whisky hatte er auch den letzten Rest seiner Befangenheit verloren und erzählte mir Klatschgeschichten über den Chor, die mir irgendwie bekannt vorkamen. Die meiste Zeit verwendete er darauf, seine eigenen Gesangskünste herauszustreichen und andere Sänger, vor allem die Tenöre, schlecht zu machen. Mit welchem Eifer Sänger ihre Kollegen kritisieren, hatte ich schon gemerkt, als ich mit Jaana zusammenwohnte, und bei Jyris Worten gewann ich allmählich den Eindruck, dass der IOL ein wahrer Tummelplatz von Neidhammeln war. Allerdings würde kaum jemand einen anderen nur deshalb ermorden, weil er regelmäßig eine Spur zu tief sang.

In der Straßenbahn schlug Jyri mir vor, mitzukommen und mich in die Feinheiten des Kyykkä-Spiels einweihen zu lassen, aber dafür konnte ich mich nicht begeistern. Er stieg in Kaisaniemi aus, ich fuhr weiter bis nach Eira und spazierte am Ufer entlang. Die Helsinkier Ufer sind nicht gerade überwältigend, aber das Meer ist und bleibt das Meer. Einen Moment lang wünschte ich mir, nicht allein zu sein, jemanden neben mir zu haben, mit dem ich über die zankenden Krähen lachen und die kleine, wie ein Elefant geformte Wolke bewundern konnte, aber der Gedanke verflüchtigte sich bald.

Ein Segelboot am Horizont rief mir Jukka ins Gedächtnis. Mit Piia Wahlroos sollte ich bald noch einmal sprechen, vielleicht konnte sie mir etwas über Jukkas Liebesleben sagen. Ich wusste nicht recht, was ich von Piia halten sollte, aber instinktiv hatte ich sie auf meiner Rangliste der Verdächtigen in das obere Feld gesetzt. Jyri ebenfalls, trotz seiner Beteuerungen. Timo und Sirkku musste ich wohl oder übel am unteren Ende der Liste platzieren, eine kurze Affäre, die noch dazu zwei Jahre zurücklag, war kein schlüssiges Motiv für einen Mord. Zudem konnte ich mir nicht recht vorstellen, dass Sirkku jemanden mit einer Axt erschlug. Vielleicht sollte ich mich auf die Art konzentrieren, wie der Mord verübt worden war, um Rückschlüsse auf den Täter zu ziehen.

Der Mörder hatte es offensichtlich eilig gehabt, Jukka loszuwerden. Es sah so aus, als wäre er entweder wütend oder erschrocken gewesen. Wer von meinen Verdächtigen war fähig, richtig wütend zu werden? Antti ganz bestimmt, ebenso Timo. Unter den Frauen war Sirkku am ehesten der Typ, der ausrastete, aber so wie ich sie einschätzte, hätte sie dann, «typisch Frau», angefangen zu weinen und mit ihren hübsch manikürten Händen gegen Jukkas Brust zu trommeln.

Und Mirja? Ich kannte viele extrem beherrschte Menschen, die selten wütend wurden, bei denen aber die Hölle losbrach, wenn sie doch einmal ausrasteten. Womit konnte Jukka Mirja zu einem Wutausbruch provoziert haben? Auch Tuulia konnte furchtbar wütend werden, aber ihre Waffe wäre Gift, da war ich mir sicher.

Und wenn Jukka Piia belästigt hatte? Vielleicht war er im Rausch zudringlich geworden, und sie hatte keinen anderen Ausweg gesehen, als die Axt zu nehmen und zuzuschlagen. Ach, wenn es doch Selbstverteidigung wäre! Ich fand es plötzlich furchtbar, jemanden für Jahre ins Gefängnis zu bringen, dabei lief meine ganze Arbeit doch darauf hinaus.

In den Polizeidienst zurückzukehren war eine idiotische Idee gewesen. Ich hatte immer noch die Fachzeitschrift «Der Polizist» abonniert (obwohl ich größte Lust hatte, sie wegen ihres dämlichen Namens zu boykottieren) und darin das Stellenangebot entdeckt. Wahrscheinlich hatte ich die Stelle bekommen, weil ich eine Frau war. Es gab wenig Frauen im Polizeidienst, und man machte es ihnen auch nicht gerade leicht, mir jedenfalls nicht. Ab und zu wünschte ich mir, mindestens zehn Jahre älter zu sein und Familie zu haben. Ein Kollege nach dem anderen wollte mit mir ausgehen, genau wie damals auf der Polizeischule, und da ich jedes Mal ablehnte, machten wilde Spekulationen die Runde. «Sieht ja ganz gut aus, die Kleine, aber sie hat nicht mal einen Freund. Die ist bestimmt lesbisch, deswegen hat sie sich ja auch einen Männerberuf ausgesucht.»

Weshalb hätte ich meinen Kollegen über mein Liebesleben Bericht erstatten sollen? Ich hatte nämlich eins, manchmal, aber die Zeit rannte mir davon, und die Männer machten meistens einen Rückzug, wenn sie erfuhren, dass ich Polizistin war. So beschäftigt, wie ich in letzter Zeit war, hatte ich fast vergessen, dass es so etwas wie Sex überhaupt gab. Ich wollte meine Arbeit gut machen, und beim Gewaltdezernat hatte ich eine Menge zu lernen. Als Pete damals mit mir Schluss gemacht hatte, war ich überzeugt gewesen, mich nie mehr zu verlieben. Ein Jahr später war Harri aufgetaucht, ein passionierter Pflanzen- und Vogelforscher, dessen faszinierendste Eigenschaft leider darin bestand, alle Pflanzen- und Vogelarten zu kennen und sie mir beibringen zu wollen. Davon abgesehen, hatte Harri mir nichts entgegenzusetzen, er war viel zu brav, sanft und empathisch, und ich behandelte ihn schäbig. Zum Glück hatte er irgendwann genug davon, sich von mir herumkommandieren zu lassen.

Nein, ich wollte von niemandem abhängig sein. Ich konnte mir nicht mehr vorstellen, meine Gewohnheiten mit irgendwem zu teilen. Ich wollte frühstücken, ohne dass jemand mir die Zeitung wegnahm oder mich ansprach, bevor ich meinen Kaffee getrunken hatte. Ich wollte mir Schmachtfilme im Fernsehen anschauen, ohne dass jemand hämische Kommentare abgab oder sich wunderte, wenn das Happy End mich zu Tränen rührte. Ich wollte um zwei Uhr nachts Schokolade essend und Whisky trinkend in der Badewanne liegen, wenn mir danach war. Ab und zu hätte ich bei meinen düsteren Monologen allerdings ganz gern einen Zuhörer gehabt, weshalb ich mit dem Gedanken spielte, mir eine Katze zuzulegen. Wir würden uns verhältnismäßig selten in die Quere kommen. Eine Katze zu halten, ließ sich vielleicht trotz meiner unregelmäßigen Arbeitszeiten einrichten. Ein Mann würde mehr Umstände machen. Sex war zwar ab und zu ganz angenehm, aber ich war schon eine ganze Weile ohne ausgekommen. Vielleicht war meine Libido nicht so ausgeprägt.

Völlig in Gedanken verloren, war ich mittlerweile in der Ratakatu gelandet, wo mich ein Bekannter von der Polizeischule, der jetzt bei der Sicherheitspolizei arbeitete, durch seinen lauten Gruß aus meinen Gedanken riss. Zu meinem Verdruss stellte ich fest, dass ich vorwiegend über mich selbst nachgedacht hatte statt über Jukka. Möglicherweise würde ich in seiner Wohnung eine Antwort auf die Frage finden, warum er sterben musste. Eigentlich war es erschreckend, wie ein Mensch zum Allgemeinbesitz wurde, wenn er einem Mord zum Opfer fiel. Zuerst schnitt man seinen Körper auf, untersuchte den Zustand seiner inneren Organe, stellte die Zusammensetzung seiner letzten

Mahlzeit fest. Dann durchwühlte man sein ganzes Leben, überprüfte seine Wohnung, seine Beziehungen, seine Finanzen, seine Freunde. Schamlos drang man in das Privatleben des Opfers und der Tatverdächtigen ein. Und ich spähte neugierig in das Leben anderer Menschen und konnte doch nur einen Teil der Zeichen entziffern, die ich dort sah.

Sechs

Und jeder trägt im Herzen das Uhrwerk seiner Zeit

Als ich am Dienstagmorgen zur Arbeit kam, lag der Durchsuchungsbefehl auf meinem Tisch, neben der Bestätigung, dass sich weder Jaana noch Franz Schön im Lauf der letzten Woche in Finnland aufgehalten hatte. Koivu hatte sich die Telefonnummern vorgenommen, die mir Heikki Peltonen gegeben hatte. Die Segelfreunde hatten seine Angaben über den Kurs seiner Yacht bestätigt. Auch der Pächter der Servicestation in Barösund erinnerte sich gut an ihn, denn Heikki Peltonen hatte bei ihm eine Wurstpackung umgetauscht, die seiner Meinung nach verdorben war. Mir war über Nacht kein vernünftiger Grund eingefallen, weshalb die Peltonens ihren Sohn ermordet haben sollten, also konnte ich sie wohl definitiv ausschließen. Zwar bestand immer noch die entfernte Möglichkeit, dass der Täter ein Unbekannter war, aber fürs Erste blieb mir nur das Septett der Chorsänger, aus denen ich die Wahrheit herausholen musste.

Ich rief im Labor an, um mich nach dem Ergebnis der Blutanalyse zu erkundigen, und der Chemiker verarschte mich gründlich.

«Hör mal, Mädchen, ich glaub, der Blutfleck, den ihr da auf dem Bootssteg gefunden habt, ist wahnsinnig wichtig.»

«Ehrlich? Wieso?», fragte ich begierig.

«Das war wirklich seltsames Blut. Wenn ich nicht die Vergleichsprobe von der Axt gehabt hätte, wär ich echt aufgeschmissen gewesen. Es stammt nämlich vom gleichen Hecht», erklärte er trocken.

«Also nicht von Peltonen?», fragte ich nach, obwohl ich am liebsten den Hörer aufgeknallt hätte. Der Typ ließ noch ein paar bissige Kommentare über unnötige Analysen vom Stapel, bevor ich ihn endlich loswurde.

Wenn am Steg kein Blut von Jukka zu finden war, musste der Schlag so heftig gewesen sein, dass Jukka direkt ins Meer gefallen war. Das klang sehr kaltblütig. Vielleicht hatte sich der Mörder nicht einmal vergewissert, was mit Jukka passiert war. Mir wurde übel. Zu allem Überfluss spähte jetzt auch noch mein Chef durch die Tür, die unvermeidliche Zigarre im Mundwinkel. Bevor ich etwas sagen konnte, stand er auch schon im Zimmer und fing an, mich einzuräuchern. Ich spürte, wie meine Stirnader zu pochen begann.

«Na, ist die Sache mit Peltonens Sohn schon aufgeklärt?», fragte er und starrte auf meinen Busen, der in einer etwas zu engen Hemdbluse steckte. Es war die einzige saubere und halbwegs faltenfreie Bluse, die ich gefunden hatte, sodass mir nichts anderes übrig geblieben war, als sie anzuziehen, obwohl der dritte Knopf die ganze Zeit abzuplatzen drohte.

«Hat Peltonen Druck gemacht?», platzte ich heraus, bevor ich Zeit hatte, mir zu überlegen, was ich sagte. Mein Chef schnaubte, Zigarrenasche segelte auf meinen unaufgeräumten Schreibtisch.

«Ich fahr gleich mit Koivu zur Haussuchung in Jukka Peltonens Wohnung. Ach übrigens, wärst du so freundlich, in meinem Zimmer nicht zu rauchen, ich kann Zigarrenqualm nicht ausstehen», setzte ich hinzu.

Jetzt war die Stirnader des Chefs mit Klopfen dran, aber immerhin verzog er sich mitsamt seiner Zigarre aus meinem Zimmer. An der Tür drehte er sich noch einmal um und sagte:

«Wenn man euch Frauen schon Gelegenheit gibt, anspruchsvolle Aufgaben zu übernehmen, solltet ihr zeigen, dass ihr auch was anderes könnt, als über Nebensächlichkeiten zu nörgeln.» Damit knallte er die Tür zu, die sich jedoch gleich wieder öffnete. Diesmal kam Koivu herein.

«Was hat der Alte da zu dir gesagt?», fragte er mit weit aufgerissenen Augen. «Hab ich richtig gehört?»

«Ja. Der Arsch hat sich aufgeregt, weil ich ihm verboten hab, in meinem Zimmer zu rauchen.»

«Was hast du?», prustete Koivu los.

«Verboten hab ich's ihm, verdammt nochmal!»

«Rate mal, wie viele das auch gern täten! Kann ich es überhaupt wagen, mit dir auf Achse zu gehen, wenn du so in Fahrt bist? Ich soll dir von ihm ausrichten, dass Mustikkamaa zwei vorläufig ruht, bis der Fall Peltonen geklärt ist.»

Vor dem Mord an Jukka hatte ich zwei Messerstechereien bearbeitet, die sich beim Mittsommernachtsfest auf der Insel Mustikkamaa ereignet hatten. Der eine Fall war mehr oder weniger klar, noch am gleichen Abend war der Saufkumpan des Opfers aufgegriffen worden, der sich, als er wieder halbwegs nüchtern war, entsetzt erinnerte, seinen Kumpel nach einem Streit über eine Schnapsflasche niedergestochen zu haben. Der zweite Fall würde wahrscheinlich nie geklärt werden, denn der eine der beiden Kontrahenten im mitternächtlichen Kampf war der berühmte große Unbekannte. Alle Tatzeugen waren betrunken, ihre Beschreibungen des Mannes fielen völlig widersprüchlich aus. Das Opfer hatte in diesem Fall, der bei uns unter dem Namen Mustikkamaa zwei lief, überlebt, aber eine Niere eingebüßt. Wahrscheinlich würde der Fall nie abgeschlossen werden, denn nach dem Mord an Jukka würde sicher wieder etwas anderes auftauchen, das nach Ansicht des Chefs wichtiger war. Mit Auseinandersetzungen zwischen Pennern musste sich unser Dezernat nur allzu oft befassen.

Ich war froh, Koivu als Assistenten zu haben. Von den Männern in meiner Abteilung war er der lockerste und der intelligenteste. Ich hasste es, in Jukkas Wohnung eindringen zu müssen, und vor Koivu brauchte ich mich für mein Unbehagen wenigstens nicht zu rechtfertigen.

«Hübsche Bude», meinte Koivu, als wir das Wohnzimmer in

Jukkas Zweizimmerappartement betraten. Von der Wohnung am Ende der Iso Roobertinkatu hatte man eine phantastische Aussicht auf den Sinebrychoff-Park. Das Wohnzimmer war sparsam möbliert, es enthielt nur ein bequemes Sofa, ein Klavier und massenhaft Bücher und Schallplatten. Im Schlafzimmer standen ein breites Bett und ein Nachttisch, auf dem ein siebenarmiger Leuchter prangte. Liebe bei Kerzenschein, wie romantisch! Ich überlegte, ob der Kerzenständer wohl schon da war, als Jaana hier ihre Nächte verbrachte.

Auf einem kleinen Tisch im Flur stand das Telefon. Der Anrufbeantworter blinkte. Mein Herz setzte einen Schlag aus: Womöglich hatte jemand etwas auf Band gesprochen, was uns weiterhalf.

Es waren zwei Nachrichten. Der erste Anruf kam zweifellos aus einer Telefonzelle, man hörte die Münzen fallen. «Hier ist Tiina. Die Pläne sind jetzt ins Wasser gefallen. Du bist ein billiger Kerl, auf dich kann man sich nicht verlassen. Komm dann am Sonntag zu mir.» Ein billiger Kerl?, überlegte ich verwirrt. Die zweite Nachricht war noch seltsamer. «ÄM hier. Sonntagabend. Ich hau morgen ab. Ruf sofort an.» Der Anrufer war ein Mann, seine Stimme heiser und wütend. Ich nahm das Band aus dem Gerät und steckte es ein. Jukka würde es nicht mehr brauchen.

Der Notizblock neben dem Telefon hatte perforierte Blätter zum Abreißen, daher war nur das oberste Blatt beschrieben: «Tuulia nicht am Montag!» Als wäre das Ausrufezeichen nicht genug, war der Satz auch noch unterstrichen. Ich musste Tuulia fragen, was das bedeutete, wahrscheinlich etwas so Triviales wie eine rückgängig gemachte Verabredung zum Squash.

Koivu hatte sich inzwischen mit dem Plattenregal befasst. «Fast nur klassische Musik», stellte er enttäuscht fest. «Ein paar Platten von den Beatles und von Queen sind auch dabei, aber furchtbar viel von irgendeinem Bach. Das ist 'ne wahnsinnig gute Stereoanlage, die hat mindestens zwanzigtausend gekostet. Der Fernseher und das Videogerät sehen auch ganz neu aus. Was war der Typ eigentlich von Beruf?»

«Diplomingenieur, Bergwesen. Wir gehen morgen zu seiner Firma.»

«Die verdienen offenbar gut. Er hat sich aber nicht bloß für Technik interessiert, wenn er so viele Bücher hat.»

«Wahrhaftig.» Und zwar keine Buchklubware, stellte ich fest. Anstelle von Bestsellern im Prachteinband standen in den Regalen englisch- und französischsprachige Klassiker: Joyce, Proust, T. S. Eliot, Baudelaire. Ich konnte mir Jukka nur schwer bei der Lektüre von Ulysses vorstellen, aber vielleicht hatte er ja noch mehr Seiten, von denen ich nichts ahnte.

Die Kochnische war neutral und sauber, im Kühlschrank fand ich Milch, Käse und ein paar Dosen Beck's, auf dem Tisch lagen Obst und vertrocknetes Brot. Der Lebensmittelvorrat war spärlich, offenbar hatte Kochen nicht zu Jukkas Hobbys gehört. Im Geschirrschrank stand Designerware von Arabia und Iittala. Der Inhalt des untersten Schrankes machte mich stutzig: Unmengen von etikettlosen Flaschen, gefüllt mit einer klaren Flüssigkeit, in der jeweils ein Kräuterzweig schwamm. Ich schraubte eine Flasche auf, roch daran und probierte dann vorsichtig. Es schmeckte nach scharfem Schnaps und ganz leicht nach Anis.

«Koivu, komm mal her. Dienstlicher Auftrag.» Ich hielt ihm die Flasche hin. Er nahm einen kräftigeren Schluck als ich und verzog erstaunt das Gesicht.

«Schwarzgebrannter», sagte er. «Und irgendein Gewürz. Ein bisschen wie Anis. Irrsinnig stark. Ist da noch mehr?»

«Mindestens dreißig Liter. Gehört zu der Wohnung ein Keller oder ein Dachraum? Ruf mal den Hausmeister an und frag. Womöglich finden wir da den Destillierapparat.»

Während Koivu nach der Nummer des Hausmeisters suchte, machte ich mich über Jukkas Schreibtisch her. In der obersten Schublade lagen haufenweise alte Sparbücher, Kontoauszüge, Aktienbriefe und sonstige Papiere. Ich beschloss, sie aufs Präsidium mitzunehmen. In der nächsten Schublade fand ich alte Taschenkalender und einige Briefe. Die kamen auch mit. Die unterste Schublade enthielt Diplomarbeiten zum Bergwesen und zwei Fotoalben.

«Ein Keller gehört nicht zu der Wohnung, aber ein Verschlag auf dem Dachboden. Ich seh mal nach, ob einer von Peltonens Schlüsseln passt.» Koivu war offensichtlich scharf darauf, den Branntweinkessel aufzustöbern.

Ich schlug aufs Geratewohl eins der beiden Alben auf. Gleich auf dem ersten Bild grinste mir Jaana entgegen, die in der engen Küche unserer alten Wohnung saß und eine Möhre in der Hand hielt. Im Übrigen enthielt das Album hauptsächlich die üblichen Familienfotos. Jukka als Baby, beim Segeln auf einer Jolle, beim Angeln auf demselben Steg, an dem er gestorben war, Jukka, der mit seinem Bruder in eine Baumhütte kletterte, Klassenfotos aus der Volksschule. Auf den Fotos vom Gymnasium erkannte ich auch Antti und Tuulia. Das Trio schien beim Fotografieren immer das gleiche Gesicht aufzusetzen: Jukka schnitt eine komische Grimasse, Tuulia lächelte sinnlich in die Kamera, und Antti sah mager und verdrießlich aus. Fotos vom Konfirmandenlager in Lappland, Fotos von Jukka mit der Studentenmütze auf dem Kopf und einem Rosenstrauß im Arm. Ähnliche Bilder wie von uns allen.

Das neuere Album enthielt hauptsächlich Bilder vom Chor und einige Hochzeitsfotos von Freunden. Offensichtlich war Jukka kein begeisterter Fotograf gewesen, es sei denn, er hätte sich auf Dias verlegt.

Ich hatte das Album gerade zugeschlagen, als Koivu wiederkam. «Rate mal, was ich gefunden hab», schnaufte er. «Da oben auf dem Dachboden sind mindestens hundert Liter von dem Fusel. Ein Destilliergerät hab ich nicht gesehen, vielleicht hat er das woanders. Aber 'ne Schwarzbrennerei hat Peltonen betrieben, das steht fest.»

«Wow! Da müssen wir den Verschlag aber gut zusperren.

Kannst du mal im Schlafzimmer nachsehen, ob du was Interessantes findest?»

«Wir könnten ja ein paar Flaschen von dem Fusel für den Eigenbedarf beschlagnahmen, das würde eh keiner merken», schlug Koivu augenzwinkernd vor. «Bloß gut, dass Kinnunen nicht hier ist, der würde ausflippen.» Er nahm sich Jukkas Kleiderschrank vor. «Hier hängen übrigens ganz schicke Seidenhemden, damit könnt ich auch was anfangen. Nee, sind mir zu klein.» Es wirkte geradezu komisch, mit welchem Eifer er Jukkas Anzugtaschen durchsuchte. Was er wohl zu finden glaubte? Waffen? Drogen? Ich überlegte, wo das Destilliergerät wohl sein mochte und wem Jukka den Fusel geliefert hatte. Und wer waren Tiina und ÄM?

«Hier is weiter nichts außer einer hübschen Sammlung Sexheftchen.» Koivu kam mit einem aufgeschlagenen «Playboy» aus dem Schlafzimmer. «Warum haben Frauen, die so aussehen, an mir kein Interesse? Warum krieg ich immer nur brave Braunhaarige?»

«Weil du ein braver Blondschopf bist. Du müsstest versuchen, wie ein Tiger auszusehen und nicht wie ein Teddybär. Weißt du was, lass uns die Heftchen mitnehmen, für Jukkas Mutter wäre es vielleicht weniger angenehm, sie hier zu finden.» Bei jedem anderen Kollegen hätte ich es als sexuelle Belästigung empfunden, wenn er mir Pornofotos gezeigt hätte, aber Koivu behandelte mich wie eine große Schwester, mit der er ohne Hintergedanken über die verwirrenden Fakten des Lebens sprechen konnte.

Wir suchten nach Geheimverstecken, klopften Wände und Möbel ab, und ich kam mir lächerlich vor. Außer Jukkas Bankdokumenten, Briefen und Kalendern war nichts Interessantes mehr zu finden.

Auf dem Rückweg kaufte Koivu die «Ilta-Sanomat». Bei den Inlandnachrichten stand eine kleine Notiz über den Todesfall in Vuosaari; es hieß, es handle sich um einen Unglücksfall und die polizeilichen Ermittlungen dauerten noch an. Vielleicht hatte der Aufsichtsrat von Neste meinem Chef einen Wink gegeben, vorläufig sei ein bisschen Zurückhaltung wünschenswert. Mir konnte das nur recht sein.

Wir hielten bei Carrols und nahmen ein Hamburger-Meal zu uns. Dazu genehmigte ich mir noch einen Schoko-Shake, was Koivu mit einem Gesichtsausdruck quittierte, der nur «Typisch Frau!» bedeuten konnte. Er wollte anschließend in eine der Vorstadtsiedlungen, nach Kaarela, zu weiteren Ermittlungen in einem Fall von Körperverletzung, den er gemeinsam mit Savukoski bearbeitete. Mir blieb für heute die Aufgabe, die Papiere durchzusehen, die ich aus Jukkas Wohnung mitgenommen hatte. Ich überlegte, was mit dem Schwarzgebrannten geschehen sollte. Als Beweismaterial beschlagnahmen? Aber als Beweis wofür? Offensichtlich hatte Jukka illegal Schnaps verkauft. Sollte es dabei zu Meinungsverschiedenheiten gekommen sein, die dann zu seinem Tod geführt hatten? Ich sah schon die Schlagzeile vor mir: «Fuselkönig in Strandvilla ermordet».

Auf meinem Schreibtisch lag ein Stapel Rückrufbitten. Nachdem ich alle durchtelefoniert hatte, nahm ich mir Jukkas Papiere vor. Es kam mir vor, als hinge immer noch Zigarrenqualm in der Luft. Ich öffnete das Fenster und starrte die Betonwand des gegenüberliegenden Hauses an. Ich war schläfrig und hatte eigentlich keine Lust zu arbeiten. Trotzdem pflanzte ich mich auf meinen Schreibtischstuhl, legte die Füße auf den Tisch und stellte mir vor, ich wäre Philip Marlowe.

Bei den Ansichtskarten, die Jukka aufbewahrt hatte, handelte es sich um harmlose Grüße von Verwandten und Freunden. Jarmo und Peter hatten von ihren Segeltörns viele Karten geschickt, die letzte vor zwei Wochen. Ich wunderte mich, dass Jukka gerade diese Karten aufgehoben hatte. Bei mir landete so was meistens im Papierkorb.

Als ich mich über die Briefe hermachte, kam ich mir vor wie ein Voyeur. Es waren nicht viele. Jarmo und Peter hatten von ihrer Weltumseglung vor zwei Jahren wundervolle Berichte geschickt, bei deren Lektüre ich für eine Weile vergaß, was ich eigentlich tat. Auch Tuulias Briefe waren Reiseberichte, von einer Rundreise durch die USA vor ein paar Jahren. Sie waren warmherzig, lustig, persönlich … Über die Schilderungen ihrer diversen Missgeschicke musste ich laut lachen, gleichzeitig wünschte ich mir, auch einmal solche Briefe zu bekommen. Tuulia und Jukka hatten einander vertraut, das merkte man.

Antti hatte gleich in zwei Sommern aus Lappland geschrieben. Aus den Briefen ging hervor, dass Sarianna, seine damalige Freundin, ein tierärztliches Praktikum in Lappland gemacht hatte, während Antti sich mal als Waldarbeiter (ich musste wieder an seinen Bizeps denken) verdingt, mal an seiner Magisterarbeit geschrieben hatte. Seine Briefe enthielten detaillierte Naturbeschreibungen, Urteile über Bücher, die er gelesen hatte, und Überlegungen zu seiner Magisterarbeit, von denen ich kein Wort verstand – die Kategorientheorie war nie meine stärkste Seite gewesen.

Wirklich interessant waren eigentlich nur zwei Briefe. Der eine stammte von Piia, er war vor zwei Monaten datiert.

«Jukka», begann er schnörkellos. «Da du nicht glauben willst, was ich dir sage, versuche ich es schriftlich. Ich habe dir immer wieder gesagt, dass wir nur gute Freunde sein können. Ich liebe dich nicht. Ich liebe Peter.» Der Brief vermittelte den Eindruck, dass Jukka tatsächlich in Piia verliebt gewesen war und versucht hatte, sie zu einem Techtelmechtel zu überreden, Piia aber Peter nicht betrügen wollte. Irgendetwas musste jedoch vorgefallen sein, denn Piia schrieb: «Ich weiß, du kannst Dinge, die wirklich passiert sind, so darstellen, dass sie hässlich erscheinen. Wahrscheinlich wirst du es Peter erzählen, wenn du annimmst, davon zu profitieren.»

Erpressung? Das konnte interessant sein. Ich würde mich eingehender mit Piia über diesen Brief unterhalten müssen. Vielleicht konnte mir auch ihre klatschsüchtige Schwester noch mehr über die Beziehung zwischen Piia und Jukka erzählen.

Bei der Lektüre von Anttis letztem Brief wurde mir beinahe schlecht. Aus welchem verdammten Grund hatte ich mir einen Beruf ausgesucht, der mich zwang, in den Angelegenheiten anderer Leute herumzuwühlen? Aber gerade das hatte ich als Halbwüchsige ja gewollt: mich in die Angelegenheiten anderer Menschen einmischen, ihnen helfen. Auch denen, die meine Hilfe gar nicht wollten.

«Jukka. Manchmal muss man seine Gedanken zu Papier bringen, um sie zu klären. Man muss versuchen, sie so zu formulieren, dass auch ein anderer sie versteht. Manchmal habe ich das Gefühl, du kennst mich besser als ich selbst. Deshalb versuche ich, dir zu schreiben.»

Anttis Brief war ein Hilferuf oder eine Bitte um Rat, maßlos verzweifelt und intim. Er war vor etwa einem Jahr geschrieben, als Antti sich gerade von Sarianna getrennt hatte und anfing, an seiner Dissertation zu arbeiten. Ich hatte Antti als ziemlich lockeren und ruhigen Typ eingeschätzt, aber diesen Brief hatte er offensichtlich in tiefer Verzweiflung geschrieben.

Eine Stelle war auch für meine Ermittlungen von Interesse: «Du hast nicht gefragt, warum ich nicht einfach mit Mirja schlafe, das wäre doch ganz leicht für mich. Gerade das ist für mich eben nicht leicht. Ich finde es falsch, wie du mit Mirja gespielt hast, auch wenn sie natürlich genau wusste, was sie tat. Mirja ist nicht dumm. Dein Verhältnis zu Frauen habe ich nie verstanden. Manchmal wünschte ich mir, ich könnte auch so leichtfertig sein wie du, könnte Menschen wie Waren behandeln. Vielleicht wäre mein Leben dann leichter. Amüsier dich ruhig, soviel du willst, aber sieh um Himmels willen zu, dass du Tuulia nicht wehtust.»

In meinem Kopf schwirrte es. Zwischen Tuulia und Jukka war ja wohl nichts Ernstes gewesen – oder doch? Ich konnte nicht glauben, dass die realistische Tuulia sich plötzlich in Jukka verliebt hatte, obwohl sie ihn von Grund auf kannte. Aber was wusste ich schon von den Menschen? Piia, Tuulia – und Mirja.

Jukka «spielt» mit Mirja? Mirja lässt das zu? Offenbar waren meine Vorstellungen von diesen Menschen völlig falsch. Leider hatte ich keinen Kognak im Büro wie Marlowe, der meinen Gedanken auf die Sprünge geholfen hätte. Stattdessen holte ich mir am Automaten im Gang einen Becher wässrigen Kakao, denn Automatenkaffee bringe selbst ich nicht herunter.

Jukka schien in das Liebesleben jeder Frau auf meiner Verdächtigenliste verstrickt zu sein. Mit Sirkku hatte er sich in Deutschland vergnügt, mit Piia im Frühjahr, vor einem Jahr mit Tuulia, davor mit Mirja. Ein Glück, dass nicht der ganze Chor in Vuosaari geprobt hatte!

Nun nahm ich mir Jukkas sonstige Papiere vor. Obenauf lag ein Briefumschlag, der die Bilanz des IOL und den Revisionsbericht enthielt. Jukka war offenbar einer der beiden Kassenprüfer gewesen.

Im Mai hatte Jukka die letzte Rate des Darlehens für seine Wohnung abbezahlt, was mich wunderte. In den letzten zwei Jahren hatte er seine Kredite mit relativ großen Teilzahlungen getilgt. Vielleicht hatte ihm sein Vater einen Teil seines Erbes ausgezahlt. Ich machte mir eine Notiz, dass ich Heikki Peltonen anrufen und nach den Finanzen seines Sohnes fragen musste. Dabei konnte ich mich auch erkundigen, wann genau die Beerdigung stattfand.

Jukka hatte alle Kontoauszüge sorgfältig aufbewahrt, ebenso die Unterlagen für das Finanzamt. Er hatte sogar seine Steuererklärung vom letzten Jahr und sämtliche abgesetzten Quittungen kopiert. Wenn ich doch in finanziellen Dingen auch so penibel wäre! Ich wunderte mich, wovon der Mann eigentlich gelebt hatte, denn für die Wohnung war praktisch sein ganzes Gehalt draufgegangen. Zwar hatte er doppelt so viel verdient wie ich, aber einen Kredit über zweihundertfünfzigtausend Finnmark in drei Jahren abzuzahlen war trotzdem eine reife Leistung. Und der tolle Wagen – keinerlei Hinweis auf seine Finanzierung, auch kein Leasingvertrag. Ich fand eine Kopie des

Versicherungsscheins, der den Wert des Autos auf etwas mehr als einhunderttausend Finnmark bezifferte.

Der Schweiß trat mir auf die Stirn, als ich mir die Kontoauszüge genauer ansah. Das Gehalt war regelmäßig überwiesen worden, aber zusätzlich tauchten von Zeit zu Zeit überraschend hohe Bareinzahlungen auf. Und kurz vor Weihnachten waren fünfzigtausend Finnmark Termingeld fällig geworden.

Ich ging zur Toilette, wusch mir das Gesicht und holte mir noch einen Becher Kakao. Ein paar Mal wurde ich vom Klingeln des Telefons unterbrochen, aber als ich meine Arbeit fertig hatte, war ich ebenso verblüfft wie zufrieden.

Aus den Papieren, die ich geprüft hatte, ging eindeutig hervor, dass Jukka über sein normales Gehalt hinaus von irgendwoher riesige Summen bezogen hatte. Die Schwarzbrennerei konnte nicht so viel einbringen, wenn sie nicht in wahrhaft gigantischem Ausmaß betrieben wurde. Die Kreditkartenabrechnungen zeigten, dass Jukka häufig in Restaurants gesessen und überraschend oft auch im Nachtklub Hesperia und ähnlichen Aufreißerlokalen verkehrt hatte. Ich hatte nicht erwartet, dass er auf käuflichen Sex angewiesen war, aber woher wollte ich das so genau wissen. Vielleicht stand er auf so was.

«Aufwachen!», rief Koivu von der Tür her und riss mich aus meinen Überlegungen.

«Na, wie war's in Kaarela?»

«Langweilig. Und jetzt muss ich gleich nach Malmi, angestochene Zigeuner befragen. Bist du da auch hingerufen worden?» Koivu ließ sich auf den Besucherstuhl fallen, steckte sich drei Xylitolkaugummis in den Mund und schob mir die Packung hin.

«Danke. Nee, zu der Party bin ich nicht eingeladen. Ist vielleicht Miettinens Fall.»

«Und, hast du in Peltonens Papieren was Interessantes gefunden?»

«Und ob! Sag mal, Koivu, warst du schon mal auf dem Fleischmarkt im Hesperia?»

«Für so was hab ich kein Geld.»

«Du könntest heute Nacht hingehen, mit einem Foto von Jukka. Oder hast du schon was vor? Ich red mit dem Chef wegen der Überstunden. Du suchst dir die raus, die wie Professionelle aussehen, und fragst sie, ob sie Jukka gekannt haben. Sag ausdrücklich, dass es um einen Mord geht. Du weißt schon, wie im Fernsehen.»

Koivu schien begeistert zu sein. Endlich mal ein Tag, von dem er später seinen Fußballkumpels erzählen konnte.

«Es ist besser, du gehst hin als ich», setzte ich hinzu.

«Genau, du besitzt sicher keine Stöckelschuhe und Netzstrümpfe.»

«Du hast übrigens noch die Pornoheftchen …»

«Ich muss jetzt los», sagte Koivu hastig und stand auf. «Ich schau später wieder bei dir rein, dann reden wir über heute Abend», rief er mit rotem Gesicht und verschwand.

War Koivu für den Einsatz im Hesperia vielleicht doch nicht der richtige Mann? Am Ende ließ er sich noch von einer erfahrenen Professionellen ausnehmen. Während ich mich noch über meine mütterliche Besorgnis wunderte, klingelte das Telefon, und auch ich wurde nach Malmi beordert.

Sieben

Wenn es stillesteht, so nahet Todesstunde

Am Mittwochmorgen sorgte ein heftiger Nordwind dafür, dass man sich mitten im August wie im Oktober fühlte. Ich wäre am liebsten im Bett geblieben. Der vorige Abend in Malmi war völlig chaotisch verlaufen. Zwei Zigeunersippen hatten ihre Differenzen mit Messern ausgetragen und dabei einen Toten und drei Verletzte produziert. Koivu und ich waren zwischen Malmi und der Klinik in Meilahti hin- und hergegondelt und hatten versucht herauszufinden, wer nun auf wen eingestochen hatte.

Nach neun hatte ich den völlig erschöpften Koivu nach Hause geschickt. Seinen Ausflug in den Nachtklub sollte er erst unternehmen, nachdem wir uns an Jukkas Arbeitsplatz umgehört hatten. Vielleicht hatte er ja im Auftrag der Firma Kunden ins Nachtlokal begleitet. Aber hätte er dann mit seiner persönlichen Kreditkarte bezahlt?

Als ich an diesem Morgen endlich hinter meinem Schreibtisch saß, erstattete ich dem Chef telefonisch Bericht über die Ereignisse in Malmi. Nach zehn machte ich mich mit Koivu auf den Weg nach Niittykumpu. Ich hatte mich sorgfältiger geschminkt als sonst und trug zum Dienstrock eine saubere und nicht zu enge Bluse. Am Abend hatte ich heldenmütig Wäsche gewaschen, obwohl ich mich lieber mit Lord Peter Wimsey ins Bett verzogen hätte. Ach, wenn ich doch auch einen Bunter hätte, der sich um meine Kleidung kümmerte!

Koivu fuhr einen klapprigen Einsatzwagen, aus dessen Funkgerät bruchstückhafte Meldungen drangen. Wir sprachen über den Vorfall in Malmi. In unserem Beruf fühlte man sich mitunter regelrecht schizophren, man hatte viel zu viele Fälle gleichzeitig zu bearbeiten und konnte sich nie gründlich mit einer Sache befassen.

Ich hatte das Gespräch mit Jukkas Abteilungsleiter über die Sekretärin vereinbart. Sie hatte die ganze Zeit von Diplomingenieur Marjamäki gesprochen, und mit meinem feministischen Bewusstsein war es offenbar nicht weit her, denn ich war automatisch davon ausgegangen, dass es sich beim Leiter der Abteilung Internationale Projekte eines großen Konzerns der Bergwerks- und Metallbranche um einen Mann handelte. Darum war ich überrascht, als sich hinter dem Schreibtisch eine Sie erhob und uns begrüßte: Diplomingenieurin Marja Mäki.

«Kriminalhauptmeister Kallio und Kriminalmeister Koivu vom Gewaltdezernat der Kriminalpolizei Helsinki, guten Tag», sagte ich in möglichst offiziellem Ton.

Dipl.-Ing. Mäki war eine effiziente Karrierefrau von der Art, wie man sie in Frauenzeitschriften findet: schlank, in gut geschnittenem schwarzem Kostüm, grauer Seidenbluse, eleganten flachen Pumps. Ein dezentes Make-up und auf die Kleidung abgestimmter Schmuck vervollständigten den Gesamteindruck. Ihre Stimme war kultiviert und tief, fast maskulin. Ich hatte plötzlich das Gefühl, meine Bluse doch nicht ordentlich genug gebügelt zu haben, das Schuheputzen hatte ich sowieso vergessen.

Sie bat ihre Sekretärin, uns Kaffee zu bringen, trank selbst Kräutertee und rührte das knusprige Plundergebäck, das die Sekretärin uns hingestellt hatte, nicht an. Ich schaffte es, den größten Teil meines Kopenhageners auf meinen Rock zu krümeln.

«Diplomingenieur Peltonen war ein angenehmer Mitarbeiter, der sein Fach hervorragend beherrschte», begann Marja Mäki. «Er war bereits seit vier Jahren bei uns beschäftigt. Er hat seine Diplomarbeit in unserem Auftrag geschrieben, und wir waren so zufrieden, dass wir ihm eine feste Anstellung offeriert haben.

Er verfügte ja über außergewöhnliche Sprachkenntnisse, er sprach außer Englisch auch Französisch, Russisch, Estnisch und Deutsch.»

«Mit wem hat er hauptsächlich zusammengearbeitet?»

«Er war vornehmlich für die Kontakte zu unseren ausländischen Partnern zuständig, eine sehr selbständige Tätigkeit. Ich war natürlich seine direkte Vorgesetzte, und er hatte eine gemeinsame Sekretärin mit Diplomökonom Roivas. In letzter Zeit war Peltonen vorwiegend mit einem finnisch-estnischen Kooperationsprojekt beschäftigt. Wir versuchen, eine umweltfreundlichere Technologie für den Brennschieferabbau in Estland zu entwickeln», erklärte Mäki, als säße sie Journalisten gegenüber.

«Wie würden Sie ihn als Mensch beurteilen?»

«Ein sehr angenehmer junger Mann», sagte Mäki mit Nachdruck. «Charmant. Humorvoll.» Plötzlich brach ihre Stimme, die kühle Fassade zerfiel in Sekundenschnelle. Sie vergrub das Gesicht in den Händen. Ersticktes Schluchzen war zu hören, Koivu und ich sahen uns ratlos an. Marja Mäki war nicht der Mensch, dem man ohne weiteres tröstend auf die Schulter klopft.

Als sie endlich aufblickte, sah ich, dass ihr Mascara zerlaufen war und sich in den winzigen Fältchen unter ihren Augen gesammelt hatte. «Es tut mir Leid», stammelte sie. «Wir sind alle zutiefst erschüttert. Jukka … Es ist so schrecklich leer hier, ohne Jukka.» Wieder brach sie in Tränen aus, versuchte aber nicht länger, sie zu verbergen.

«Vielleicht könnten wir jetzt in Jukkas Büro gehen und seine Sachen durchsehen», schlug ich hastig vor.

Marja Mäki rief schluchzend ihre Sekretärin, die uns in Jukkas Büro führte. Es war klein und überraschend unpersönlich. Die Möblierung bestand aus einem Schreibtisch mit Computertisch, einem Regal, einem Bürostuhl und einem unbequem aussehenden Sofa. Besprechungen mit mehreren Teilnehmern hatte Jukka offensichtlich in anderen Räumlichkeiten geführt. Der einzige

Wandschmuck war eine riesige Weltkarte, die mit blauen und roten Nadeln besteckt war.

«Das war aber eine Trauertante», stellte Koivu fest, während er die Karte betrachtete.

«Wird aber auch Zeit, dass jemand um Jukka trauert. Ich frage mich, wieso diese Chorfritzen die ganze Zeit so gefasst sind. Was bedeuten denn die Nadeln?»

«Joint Ventures, Stand 13. 6.», las Koivu von der Karte ab. «Die haben sogar Gruben in China und Südamerika. Da muss er sich ja gewaltig geärgert haben, dass sie ihn bloß in Estland eingesetzt haben.»

Die Ordner und Bücher im Regal bezogen sich einzig und allein auf Jukkas Arbeit. Die Schreibtischschubladen waren fast leer, die oberste verschlossen.

«Koivu, hast du Peltonens Schlüsselbund dabei? Mal sehen, ob einer passt.»

Während Koivu nach dem Schlüsselbund kramte, öffnete ich den Schreibschrank.

«Schau an! So eine Flasche hab ich doch schon mal gesehen!» Ich stellte die mit einer klaren Flüssigkeit gefüllte Literflasche auf den Tisch. Sie war nur noch bis zur Hälfte gefüllt, ich roch vorsichtig daran.

«Derselbe Stoff, oder?» Ich hielt Koivu die Flasche hin. Er nahm einen Schluck und verzog das Gesicht. Hatte Jukka die Flasche parat haben wollen, um sich seine Überstunden erträglicher zu machen? Außerdem entdeckte ich im Schrank noch zwei Schnapsgläser, eines davon mit Lippenstiftspuren in dezentem Rot, ein weißes Hemd, noch in der Verpackung, und schwarze Socken, offenbar für Notfälle.

Koivu hatte inzwischen die Schlüssel gefunden, von denen tatsächlich einer auf die obere Schublade passte. Zu unserer Enttäuschung fanden wir auch dort nichts weiter als normale Arbeitsunterlagen, Quittungen und Rechnungen. Ich beschloss, trotzdem alles mitzunehmen und in Ruhe durchzusehen. Als ich den Papierstapel in meine Aktentasche legen wollte, fiel ein Foto heraus. Es zeigte eine lächelnde Piia an Bord der Yacht.

Es klopfte, und eine schmächtige, etwa fünfzigjährige Frau trat ein. Sie stellte sich als Jukkas Sekretärin Frau Laakkonen vor. Auch sie war über seinen Tod erschüttert, aber es schien ihr nichts auszumachen, dass sie immer wieder weinen musste. Tapfer beantwortete sie meine Fragen, auch wenn ihr Tränen über die Wangen liefen.

Jukka sei ein angenehmer Kollege gewesen. Anspruchsvoll und genau, aber angenehm. Ja, er habe häufig Repräsentationspflichten wahrnehmen, mit Geschäftspartnern Restaurants und Nachtklubs besuchen müssen. Zu diesem Zweck habe die Firma ihm eine Reihe von Kreditkarten zur Verfügung gestellt. Er habe seine Papiere tadellos in Ordnung gehalten, sicher würden wir alle Quittungen in seinen Aktenmappen finden.

«Mussten Sie auch private Termine für Herrn Peltonen vereinbaren, zum Beispiel Zusammenkünfte mit seinen Freunden?»

Frau Laakkonen lächelte.

«Im Prinzip war das ja nicht meine Aufgabe. Ich glaube aber, dass es sich bei einigen, mit denen ich in seinem Auftrag Treffen vereinbart habe, eher um persönliche Bekannte handelte als um Geschäftsfreunde. Das kam allerdings selten vor», fügte sie hastig hinzu.

«Erinnern Sie sich an irgendwelche Namen? Bitte verschweigen Sie uns nichts, für die Ermittlungen in einem Mordfall ist alles wichtig.» Das Wort Mordfall löste eine neue Tränenflut aus, und ich verfluchte meine Dummheit.

«Tuulia Rajala … und eine Frau Wahlgren.»

«Wahlroos? Piia Wahlroos?»

«Ja, richtig, Wahlroos war es. Und dann bekam er ziemlich oft Anrufe von einer Tiina, und auch von anderen Frauen, die wohl nichts mit geschäftlichen Dingen zu tun hatten.»

«Haben Sie vielleicht die Telefonnummer von dieser Tiina?»,

fragte ich und dachte an die Nachricht auf Jukkas Anrufbeantworter.

«Ich glaube nicht. Es ist doch ganz verständlich, dass die Mädchen hinter Jukka hertelefoniert haben, so ein hübscher junger Mann …»

Soweit Frau Laakkonen wusste, hatte sich Jukka außerhalb der Arbeitszeit mit keinem seiner Kollegen häufiger getroffen. Koivu und ich trennten uns und befragten noch einige andere Kollegen und die Telefonistin. Diejenigen, mit denen ich sprach, waren niedergeschlagen, Jukkas Tod war für alle ein Schock gewesen, aber etwas Wesentliches erfuhr ich von ihnen nicht.

Koivu dagegen stieß auf einen gesprächigen Betriebswirt namens Jantunen:

«Der hat allerhand Andeutungen gemacht. Peltonen und Mäki hätten ein Verhältnis, und Peltonen wäre wegen den Weibern so oft in Estland gewesen.»

«Die Mäki und Jukka? Wow!» Na klar, darauf hätte ich sofort kommen müssen, schließlich war sie eine Frau. Ob er in Tallinn eine Geliebte gehabt hatte?

Per Haustelefon rief ich Jantunen an, aber mir gegenüber war er auf einmal verschlossen. Offensichtlich fiel das Gequassel mit Koivu in die Kategorie Männergespräch. Oder er hatte nachträglich Skrupel, weil er Gerüchte über seine Chefin in Umlauf gebracht hatte.

Schließlich ließen wir uns noch einmal bei der Abteilungsleiterin melden. Marja Mäki hatte sich inzwischen beruhigt. Sie hatte die verschmierte Wimperntusche abgewischt und ihre Lippen nachgezogen. Die Farbe ihres Lippenstifts hatte verdächtige Ähnlichkeit mit den Spuren an dem Schnapsglas in Jukkas Schrank. War etwas dran an Jantunens Geschichten, hatte Jukka auch mit seiner Chefin ein Verhältnis gehabt?

«Sie haben doch eng zusammengearbeitet. Können Sie uns etwas über Peltonens Privatleben sagen?»

«Er hatte dieses Hobby, den Chor. War er nicht gerade an dem

Wochenende auf einer Probe, als er … als ihn jemand … Soweit ich weiß, war er ziemlich oft mit Leuten aus dem Chor zusammen.»

Das IOL-Ensemble hatte für das Sommerfest von Jukkas Firma geprobt, vielleicht hatte Marja Mäki davon gewusst und voller Eifersucht nachsehen wollen, mit wem Jukka das Wochenende verbrachte?

«Wo waren Sie in der Nacht von Samstag auf Sonntag?»

Sie starrte mich an, und ich sah, wie ihr die Angst in ihre Augen stieg und sich dann über das ganze Gesicht ausbreitete.

«Wie meinen Sie das? Ich war in Paris.»

«Allein? Mit Ihrem Mann?»

«Mit meiner älteren Tochter. Mein Mann war zu Hause … in Vuosaari.» Sie brach wieder in Tränen aus. Trotzdem bombardierte ich sie weiter mit meinen Fragen und bekam eindeutige Antworten.

Mäki und Peltonen hatten ein Verhältnis gehabt. Sie hatten ihre Überstunden auf dem Sofa in Jukkas Büro fortgesetzt und auf Dienstreisen die Nächte im gemeinsamen Hotelzimmer verbracht.

«Sie müssen nicht denken, dass wir ineinander verliebt waren», schniefte Frau Mäki. «Es war eher eine Art Unterstützungsabkommen. Wir haben uns gut verstanden.»

Unterstützungsabkommen … Tuulia hatte den gleichen Ausdruck verwendet.

«Ein Abkommen in welchem Sinn? Haben Sie Jukka Geld gegeben?»

Marja Mäki wurde rot vor Wut.

«Hören Sie mir mal zu, junge Frau», zischte sie. «Ich mag in Ihren Augen eine alte Schachtel sein, aber ich habe es noch lange nicht nötig, mir einen Gigolo zu halten. Jukka wollte Sex und ich auch. Keiner hat dafür beim anderen kassiert.»

Sie war überzeugt gewesen, dass ihr Mann nichts von der Geschichte wusste. Kurz vor ihrer Rückkehr aus Paris am Montagmorgen war ein Anruf von ihrer Firma gekommen, und ihr Mann erwartete sie mit der schrecklichen Nachricht.

«Er hat als Erstes gesagt, dein Gigolo ist tot. Und die Kinder standen dabei!»

Offensichtlich hatte Martti Mäki schon seit längerem von der Affäre gewusst und Marja befürchtete, ihr Mann könne Jukka umgebracht haben. Er hatte ihr gegenüber behauptet, er wäre die ganze Nacht allein im Haus gewesen. Die jüngere Tochter hatte das Wochenende auf einer Reiterfreizeit verbracht.

«Sie werden verstehen, dass ich Ihren Mann vernehmen muss. Wo kann ich ihn erreichen?»

«Das wird schwierig sein … Er ist gestern Abend für eine Woche zum Golfspielen in die Algarve geflogen.»

Ich war mehr als durcheinander, als wir uns auf den Rückweg nach Pasila machten. Koivu pfiff nachdenklich vor sich hin.

«Das war vielleicht ein Kerl», sagte er schließlich. «Wir haben noch keine einzige Frau getroffen, die er in Ruhe gelassen hat. Außer vielleicht die Sekretärin.»

«Die hat er garantiert auch becirct. So ein Mist, dass dieser Martti Mäki sich abgesetzt hat! Wenn er der Mörder ist, kommt er bestimmt nicht zurück. Aber woher soll er gewusst haben, dass Jukka in Vuosaari ist? Mit so wackligen Beweisen krieg ich nie und nimmer einen internationalen Haftbefehl. Koivu, ich hab Hunger. Gehen wir ins ‹Aurinkotuuli›? Vielleicht bringt vegetarisches Essen das Gehirn in Schwung.»

Am meisten wunderte mich, wie bereitwillig Marja Mäki über ihr Verhältnis mit Jukka und ihren Verdacht gegen ihren Mann gesprochen hatte. Trotz ihrer Trauer schien sie ein Mensch zu sein, der immer die Kontrolle behält. Hoffte sie insgeheim, dass ihr Mann Jukka ermordet hatte? Oder wollte sie etwas anderes? Ich hatte das Gefühl, als würde der tote Jukka als Spielfigur in einem Eheschach eingesetzt, mit dem ich nichts zu tun haben wollte.

Einen Großteil des restlichen Tages verwendete ich darauf,

Jukkas Papiere durchzusehen. Er hatte seinen dienstlichen und seinen privaten Kalender streng auseinander gehalten, im dienstlichen Kalender standen nur Vermerke über berufliche Dinge, Verhandlungen, Telefonate, Ankunftszeiten von Flugzeugen. In letzter Zeit waren mehrere Beratungen mit der Consultingfirma Mattinen eingetragen, bei denen es offenbar um das Projekt in Estland ging. Die Firma stand nicht im Telefonbuch, also würde ich mich bei Marja Mäki erkundigen müssen.

In den Privatkalendern stand Privates. Proben und Auftritte des Chors, Rendezvous mit Mädchen, Verabredungen zum Squash. Der Name Tiina tauchte gelegentlich auf, kam aber nicht häufiger vor als andere Frauennamen. Mehrmals eingetragen waren unter anderem Helvi und Merike. Hatte sich Jukka auch anderen wohlhabenden Frauen als Callboy angeboten? Hatte er deshalb in den Nachtklubs gesessen? In seinem Kalender wimmelte es von seltsamen Abkürzungen wie T. 22.00 W. Ich überlegte, ob T. Tuulia war, ob W. Wohnung bedeutete und was sich zwischen Tuulia und Jukka eigentlich abgespielt hatte.

Es wunderte mich, dass ich unter Jukkas Sachen kein Adressbuch gefunden hatte, weder in der Tasche im Sommerhaus, in der der Kalender gelegen hatte, noch in Jukkas Wohnung. Auch neben dem Telefon und an Jukkas Arbeitsplatz hatte ich vergeblich danach gesucht. Hatte er etwa die Telefonnummern aller seiner Frauen auswendig gewusst? War womöglich eine dieser Frauen in der Mordnacht in der Villa aufgekreuzt und hatte Jukka aus Eifersucht getötet? Aber was hätte Jukka veranlassen sollen, sich am Steg mit ihr zu treffen? War die Frau vielleicht im Boot gekommen? Ich spürte, wie sich der Kopfschmerz in meinem Schädel ausbreitete. Die letzte halbe Stunde hatte ich sehr intensiv mit den Schultern gedacht.

Eine Runde Joggen wirkte besser gegen Kopfschmerzen als Aspirin. Ich war gerade dabei, meine Sporthose noch einmal aus dem Wäschekorb zu fischen, als es klingelte. Wahrscheinlich

Zeugen Jehovas oder ein Fernsehgebührenkontrolleur. Ich linste durch den Türspion wie eine misstrauische Oma und sah zu meiner Freude Tuulias Gesicht vor mir.

«'n Abend, Frau Meisterdetektivin. Ich war gerade bei einer Cousine hier in der Nähe und dachte, ich schau gleich mal bei dir vorbei. Was gibt's Neues im Mordfall?»

«Komm rein», sagte ich. Ich freute mich so über ihren Besuch, dass es mir egal war, ob die Geschichte mit der Cousine stimmte. Und das Joggen war eigentlich auch nicht so wichtig.

«Jyri hat am Montag herumschwadroniert, du hättest ihn beinahe verhaftet. Steht er auf Platz eins deiner Rankingliste?», fragte Tuulia, während sie ihre Jeansjacke an die Garderobe hängte.

«Nee, das nicht. Ich hatte nur ein paar Fragen mit ihm zu klären. Meine Rankingliste ist im Moment ziemlich in Bewegung, aber darüber darf ich eigentlich gar nicht mit dir sprechen. Übrigens hab ich auch andere vernommen, hat die Buschtrommel das noch nicht weitergetragen?»

«Doch, doch, Antti und Mirja sind ja auch zum Spiel gekommen. Wir waren hinterher noch bei der Landsmannschaft und haben die Lieder für die Beerdigung geprobt. Es war furchtbar! Herr Hoffnungslos, ich meine unser Chorleiter Toivonen, war völlig durcheinander. Irgendwie schienen die anderen uns – also die, die im Sommerhaus waren – auszugrenzen. Sirkku hat schließlich die Nerven verloren und losgeschrien, sie hätte keinen umgebracht und die anderen sollen sie nicht so anglotzen.»

«Interessant.»

«Das Schlimmste war … wir haben alle die Fassung verloren, als Toivonen sagte, dass Jukkas Mutter ‹Lied meines Herzens› von Sibelius hören will. Das haben wir einfach nicht hingekriegt, alle haben total versagt – außer Mirja, die hat lauthals ihre Altpartie gesungen, als wäre nichts passiert. Natürlich wollen wir das Lied auf der Beerdigung unseres Freundes singen, und zwar so gut wie möglich, aber verflucht nochmal … Wenn sogar Toivonen Mist baut!»

«Singen alle mit, die im Sommerhaus waren?»

«Wenn einer von uns nicht käme, würde er natürlich sofort verdächtigt. Aber Mirja geht mir auf den Wecker! Die singt nicht, die schreit. Stell dir mal vor, nach unserem Frühjahrskonzert hat mich meine Cousine gefragt, wer denn die Solistin wäre. Sie hatte Mirja für unsere Solistin gehalten, weil ihre Stimme die anderen die ganze Zeit übertönt. Manchmal könnte ich sie umbringen … also bildlich, meine ich», setzte sie verlegen hinzu.

Ich hatte eigentlich keine Lust, über meine Arbeit zu reden, und wechselte erst einmal das Thema, bevor ich Tuulia nach den Eintragungen in Jukkas Kalender fragte.

«Hättest du vorgestern Abend eine Verabredung mit Jukka gehabt, wenn er noch am Leben wäre?», platzte ich unvermittelt heraus. Am besten brachte ich doch erst mal den offiziellen Teil hinter mich, sonst konnte ich mich sowieso nicht entspannen.

«Wieso?»

«Auf Jukkas Telefonblöckchen stand mit großen Buchstaben ‹Tuulia nicht am Montag!›» Tuulia schien angestrengt nachzudenken. «Nee, das war … Wir wollten ins Sommertheater gehen, aber dann hat mich das Stück überhaupt nicht mehr interessiert, weil alle es total verrissen haben, und ich hab Jukka gebeten, die Karten abzubestellen. Ich hab schon gar nicht mehr daran gedacht.»

«Nach dem, was in Jukkas Kalender steht, habt ihr euch ziemlich oft getroffen. Habt ihr zusammen Squash gespielt oder so was?» Ich nahm den Kalender in die Hand, aber Tuulia schnappte ihn mir blitzschnell weg und blätterte darin herum, bevor ich sie daran hindern konnte.

«Meinst du das T? Das bezieht sich nicht auf mich. Was soll T wohl bedeuten? Jukka hatte immer die verrücktesten Kodes; als wir noch zur Schule gegangen sind, bedeutete ein schwarzes Viereck im Kalender, dass er an dem Tag gesoffen hat, und ein Herz, dass er gebumst hat … Und garantiert hat er beides öfter reingemalt, als es der Wahrheit entsprach. Er war manchmal ein bisschen kindisch. T ist bestimmt irgendeine Frau.»

«Weißt du irgendwas über diese anderen Leute? Wer ist Tiina? Oder Merike?» Ich nahm Tuulia den Kalender ab und las ihr die Namen vor. Tuulia konnte viele von ihnen identifizieren. Leute aus dem Chor, Verwandte, Kollegen. Nur zwei Frauen kannte sie nicht.

«Wusstest du von Jukkas Nebeneinkünften?»

Tuulia sah mich verblüfft an. Sie hatte keine Ahnung von irgendwelchen Nebenjobs, aber bei genauem Nachdenken fiel ihr doch etwas ein.

«Wahrscheinlich waren das Kurzzeitjobs. Er hat mal von Beratungsaufträgen gesprochen, er kannte sich ja auch in juristischen Dingen ganz gut aus. Vielleicht hat er das inoffiziell gemacht, an der Steuer vorbei.»

Ich klärte sie darüber auf, dass Jukka ziemlich regelmäßig Zahlungen erhalten hatte.

«Weißt du, ob er vielleicht einen Teil seines Erbes im Voraus bekommen hat?»

«Ja! Das muss es sein!», rief Tuulia. Sie schien geradezu begeistert von dem Gedanken. «Das sind so Finanzgenies, bei denen wird bestimmt das Erbe im Voraus verteilt, um die Steuer zu umgehen. Die alten Peltonens haben so viel Geld, die wissen gar nicht, wohin damit. Aber Heikki wird bestimmt alles abstreiten, wenn du ihn danach fragst. Dem Jarmo fällt ja jetzt ein schöner Batzen in den Schoß. Er kann von Glück sagen, dass er gerade in Amerika ist – wenn jemand umgebracht wird, steckt doch meistens Geld dahinter. Sag mal, deine Wohnung ist ja ganz hübsch, aber gibt's hier auch Bier? Ich hab heute Morgen ziemlich hart Squash gespielt, und das macht sich jetzt bemerkbar, ich hab Durst.»

Im Kühlschrank hatte ich eine halb leere Literpackung Joghurt, eine Schachtel Schmelzkäse und die angebrochene Flasche Kiwilikör. Mein sonstiger Lebensmittelvorrat bestand aus einem Paket Kaffee, einem halben Roggenbrot und drei verschrumpelten Äpfeln. Ich war in den letzten Tagen nicht zum Einkaufen gekommen.

«Also nicht. Na, dann lass uns doch ins ‹Elite› gehen. Oder verstößt das gegen deine Vorschriften?»

Ich dachte ans Joggen und an das, was ich auf der Polizeischule über die Unparteilichkeit von Polizeibeamten gelernt hatte. Dann überlegte ich mir, dass ein paar Bier meine Nackenmuskeln genauso gut auflockern würden wie das Laufen.

«Okay, gehen wir, aber nur unter einer Bedingung.»

«Und die wäre?»

«Dass wir nicht von diesem Fall sprechen. Wir können reden, worüber du willst, über Musik, Politik, Bücher, von mir aus auch über Rentierzucht, aber nicht über meine Arbeit. Ich werd noch ganz konfus, wenn ich mich ständig damit beschäftige.»

«Ach, du Arme, bist du konfus?», grinste Tuulia. «Ich auch, weißt du. Es tut uns bestimmt beiden gut, mal an was anderes zu denken als an Jukka.»

Ich wusch mir die Berufsschminke vom Gesicht, kleckste ein bisschen frische Farbe auf, bürstete meine Haare, bis sie sich plusterten, und hatte auf einmal schrecklichen Durst. Durst auf Bier, auf Lachen, auf Freundschaft. Über Berufsethik mochte ich jetzt nicht nachdenken. Vielleicht war es für mich als Polizistin falsch, mit Tuulia Bier trinken zu gehen, aber für mich als Mensch war es definitiv das Richtige.

Und es wurde wirklich lustig. Tuulia war in Fahrt und erzählte mir von ihren Eskapaden. Bei ihrer fröhlich-anarchistischen Einstellung zum Leben beschlich mich das Gefühl, uralt zu sein, fast ein lebender Leichnam. Was sie vom Trampen im Sommer erzählte, von ihren Abenteuern auf Rockfestivals, wo sie sechzehnjährige Knaben von ihrer Unschuld befreit hatte, von

Badefreuden im Springbrunnen in Tapiola, klang einfach beneidenswert. Manch einer hätte wohl gesagt, Tuulia wolle nicht erwachsen werden, aber meiner Meinung nach wollte sie nicht vertrocknen.

«Ich will dieses vorgestanzte Leben nicht: Mach Examen – kauf dir 'ne Wohnung – zahl den Kredit ab – leg dir einen Mann zu – krieg Kinder. Sei anständig. Ich will verantwortungslos sein und mein Leben lang genau das tun, was mir Spaß macht», erklärte sie und setzte ihr halb volles Glas so schwungvoll an die Lippen, dass ihr ein Teil des Biers über das Kinn bis auf den Hals lief. Sie lachte und wischte es mit dem Handrücken ab. Der Ausschnitt ihres Pullovers betonte die Schlüsselbeine und den stolzen Hals. An ihren Ohrläppchen baumelten goldene Halbmonde, am Finger trug sie einen dazu passenden Ring mit funkelnden Steinen. Hübscher Tand.

«Woran denkst du gerade, Maria?»

«Ich denke, wie toll es ist, sich mit einer vernünftigen Frau zu unterhalten. Bei der Arbeit sind viel zu viel Männer um mich herum. Dabei sind Typen wie du, die sich nicht in traditionelle Frauenrollen zwängen lassen, die Einzigen, die ich wenigstens halbwegs begreife.»

«Du bist wohl ziemlich einsam? Jaana hat mal gesagt, du wärst ein bisschen eigenbrötlerisch.»

«Ich mag mich bloß nicht der ganzen Welt mitteilen. Die Menschen sind okay, auch die Männer, aber es kotzt mich an, das Pärchenspiel mitzumachen.»

«Hast du irgendeinen Speziellen? Einen Mann, meine ich?»

«Nee. Ich hatte ein paar längere Beziehungen. Pete hat mein ganzes Geld versoffen. Der Zweite, der Vogelmann, war total kontaktgestört, und dann war da noch ein Kommilitone bei den Juristen, der es nicht ertragen konnte, dass ich bei den Prüfungen besser abgeschnitten hab als er. Das war's eigentlich. Ich hab keine Lust, mir bloß deshalb 'nen Mann anzulachen, weil das von einem erwartet wird. Dafür bin ich viel zu bequem. Ich halte nicht alle Männer für Idioten, aber so wahnsinnig viel erfreuliche Exemplare sind mir bisher noch nicht über den Weg gelaufen. Dir etwa?»

«Seit einer Ewigkeit nicht mehr. Jukka war …» Tuulia biss sich auf die Lippen, und ich erinnerte mich plötzlich an Anttis Brief mit der Bitte, Tuulia nicht wehzutun. «Sorry, dass ich das verbotene Thema anschneide, aber Jukka war irgendwie … speziell, auf seine Weise. Ein Seelenverwandter. Manchmal aber auch verdammt nervend. Bedienung! Dasselbe nochmal! Du trinkst doch noch eins mit?»

«Ja, das dritte schaff ich noch.» Ich merkte, dass Tuulia mit den Tränen kämpfte, und brachte das Gespräch hastig auf den neuen Film von Kaurismäki, den ich gerade gesehen hatte. Wir landeten wieder bei Männer- und Frauenrollen, schimpften über die Regierung, lachten ausgelassen. Zwei überaus selbstzufrieden aussehende Männer versuchten uns anzubaggern, aber Tuulia legte einen Arm um meine Schultern und sagte abweisend, wir wären uns selbst genug. Wir lachten schallend über ihren verdutzten Blick.

Als wir an der Haltestelle auf die Drei warteten, merkte ich, dass ich betrunken war. Tuulia war zu müde, um zu Fuß zum Bahnhof zu gehen, wo ihr Bus abfuhr, und ich hatte versprochen, mit ihr auf die Straßenbahn zu warten. Es war kühl geworden, Tuulia zog die überlangen Ärmel ihres Sweatshirts bis an die Fingerspitzen herunter.

«Meine periphere Durchblutung ist furchtbar schlecht, ich hab immer kalte Hände.»

«Als Kinder haben wir in der Pause immer dieses Patsche-patsche-Spiel gespielt, wenn uns kalt war. Wollen wir's mal probieren?» Wir fingen an, unsere Hände gegeneinander zu schlagen. Zuerst langsam und unbeholfen, dann kehrte die Erinnerung wieder, und wir klatschten immer schneller, ohne uns an den verwunderten Blicken der Passanten zu stören. Wir kicherten wie Zehnjährige.

«Du hast richtig warme Hände», stellte Tuulia fest. «Warme Hand, kaltes Herz, stimmt das?»

«Nach der Logik hast du ein warmes Herz. Stimmt das denn?», gab ich zurück.

Wir umarmten uns, bevor Tuulia in die Straßenbahn einstieg. Während ich nach Hause ging, überlegte ich, wann ich zum letzten Mal einen Menschen so berührt hatte, dass mir dabei wohl war.

Acht

Stromab treibet mein Boot, welches Schicksal ihm droht,
kann keines von uns Menschenkindern wissen

Den Rest der Woche war ich vollauf mit den Messerstechereien in Malmi beschäftigt. Am Freitag kam noch ein Opfer hinzu, als der jüngste Bruder der einen Zigeunerfamilie einen Vetter der anderen Familie erstach. Ich versuchte, ihre Denkweise zu verstehen, aber dafür hätte ich den kulturellen Hintergrund besser kennen müssen, und ich hatte keine Zeit, mich damit zu befassen.

Ich hatte immer wieder versucht, Chorleiter Toivonen zu erreichen. Erst am Montag hatte ich Glück.

«Ich habe noch Urlaub und ich bin nur wegen der Proben für die Beerdigung in die Stadt gekommen. Ehrlich gesagt, habe ich es ziemlich eilig, es gibt bis heute Abend noch so viel zu erledigen.»

«Ich ermittle hier in einem Mordfall», sagte ich mit aller Autorität, die ich aufbrachte.

«Gewiss, ich will ja auch gern helfen. Wir proben heute Abend im Haus der Landsmannschaft, vielleicht könnten Sie in der Pause kommen? So gegen halb acht?»

Das war mir recht. Bei der Gelegenheit konnte ich auch gleich andere, nicht zu den Verdächtigen zählende Chormitglieder über Jukka ausfragen.

Martti Mäki hatte mich am Donnerstag angerufen. Nach einigem Zögern hatte er angegeben, er sei in der Mordnacht gar nicht zu Hause gewesen. Als ich fragte, ob das jemand bezeugen könne, wurde er verlegen.

«Na ja, also … Ich weiß nicht, wie sie heißt.» Es handelte sich um eine Zufallsbekanntschaft. Er hatte die Frau an der Bar des Restaurants «Kaivohuone» kennen gelernt und im Hotel Vaakuna die Nacht mit ihr verbracht. Wir vereinbarten, dass er sich sofort bei mir auf dem Präsidium melden würde, wenn er am Dienstag nach Finnland zurückkehrte. Vielleicht war es naiv, ihm zu glauben, aber ich konnte nicht anders. Warum hätte Mäki die Axt unter der Sauna verstecken sollen? Bei seiner nächsten Runde durch die Nachtklubs konnte Koivu auch gleich mit einem Foto von Mäki ins «Kaivohuone» gehen. Vielleicht entdeckte er dort sogar die Zufallsbekannte, womöglich erinnerte sich auch im Hotel Vaakuna jemand an Mäki.

Kurz vor sieben stieg ich in Pasila in die Straßenbahn. Am vorigen Abend hatte ich bis Mitternacht einen der Messerstecher verhört. Ich war müde, und mein Kopf war völlig leer. Ich wünschte mir, zu Hause würde jemand mit einem heißen Bad und einem kalten Bier auf mich warten. Oder wenigstens eine schnurrende Katze. Hoffentlich dauerte es bei der Probe nicht so lange. Ich musste noch putzen und Wäsche waschen und endlich mal mehr als sechs Stunden schlafen.

Während die Sieben über die Schienen ratterte, kam mir Koivus Bericht vom Fleischmarkt im Hesperia in den Sinn. Der Barkeeper hatte zuerst gesagt, er erinnere sich gut an Jukka, dann aber plötzlich behauptet, er habe nicht darauf geachtet, was der Kunde in der Bar getan habe. Mit den Frauen hatte Koivu es noch schwerer gehabt. Keine wollte Jukka gekannt haben, obwohl einigen von ihnen anzusehen war, dass sie ihn auf dem Foto erkannten. Vielleicht war Koivu doch zu weich für den Job.

Der Chor probte in den Räumen der Ostfinnischen Landsmannschaften in der Liisankatu. Durch ein offenes Fenster schallte der Gesang bis auf die Straße. Ich erkannte Kuulas Melodie: Stromab treibet mein Boot. Gerade dieses Lied hatten sie in Vuosaari geübt. Wollte der IOL es auf Jukkas Beerdigung singen?

Der Aufzug war kaputt, ich musste zu Fuß in den vierten Stock. Im Treppenhaus wurde der Gesang immer lauter, brach zwischendurch ab und begann dann wieder von vorn. Ich fragte mich, ob das den Nachbarn nicht auf die Nerven ging.

Die Tür war verschlossen, und es dauerte lange, bis auf mein Klingeln jemand aufmachte. Es war Mirja. Ich hatte den Eindruck, dass mein Anblick sie für einen Augenblick aus dem Konzept brachte.

«Tag. Ich bin mit eurem Chorleiter verabredet», erklärte ich.

«Wir machen in zehn Minuten Pause», erwiderte sie und stolzierte in den Proberaum zurück. Ich war ein wenig zu früh gekommen, und Toivonen schien es mit der Pause nicht eilig zu haben, sodass ich etwa zwanzig Minuten von der Probe mitbekam. Von der Seitentür aus hatte ich nicht nur den ganzen Chor im Blick, sondern auch den Chorleiter, der sich vorne abmühte.

Da die Herbstsaison noch nicht begonnen hatte, waren nur rund zwanzig Sänger und Sängerinnen anwesend. Die Männer waren eindeutig in der Minderheit, an Tenören sah ich außer Jyri und Timo nur einen. Obwohl der Chor nicht vollzählig war, wirkte der Raum eng. Die Luft war trotz des offenen Fensters verbraucht und stickig.

Toivonen stand beim Dirigieren auf einem zwanzig Zentimeter hohen Podest. Er war klein und dick, hatte eine Glatze und einen flatternden blonden Rauschebart. Seine Schlagtechnik war, gelinde gesagt, merkwürdig. Zumindest für mein ungeübtes Auge war es unmöglich, die Taktart oder gar den ersten Takt zu erkennen. Beim Dirigieren sang er mal die eine, mal die andere Stimme mit, wie ein leibhaftiger Glenn Gould. Das zu kurze Hemd rutschte ihm ständig aus der ausgebeulten Jeans, und er stopfte es mit der freien Hand immer wieder in den Hosenbund. Vor Auftritten, so hatte ich gehört, pflegten die Frauen im Chor zu kontrollieren, ob Toivonens Haare ordentlich gekämmt waren und ob er die Stimmgabel eingesteckt und den Hosenschlitz zugemacht hatte. Vielleicht glaubte er, seine Zerstreutheit weise ihn als wahren Künstler aus.

«Maul halten, Tenöre!», brüllte Toivonen auf einmal. «Könnt ihr keine Noten lesen? Das ist das Bass-Solo!»

Ich sah, dass Timo verlegen errötete. Neben ihm grinste Jyri schadenfroh.

«Fangen wir gleich nochmal von vorn an. Es gibt im ganzen Lied noch holprige Stellen. Sopran und Alt, bitte einen deutlichen Unterschied zwischen den punktierten Achteln und den Triolen oben auf Seite zwei. Und der Bass bitte nicht so schleppend! Vom Anfang! Zweiter Sopran, habt ihr das d?»

Toivonen bekam den gewünschten Ton in mindestens zwei Versionen zu hören. Die anderen Stimmgruppen seufzten gequält. Offensichtlich wiederholte sich dieses Schauspiel allzu oft.

«Die höhere Version ist die richtige», bemerkte Toivonen trocken und gab dem zweiten Sopran den Einsatz. Zuerst war kein Piepser zu vernehmen. Dann fing jemand an, sehr unsicher, und aus der Altreihe erhob sich eine Stimme, die den zweiten Sopran verstärkte. Der Einsatz endete in allgemeinem Chaos.

«Sei doch still, Mirja, du bringst ja alles durcheinander!», rief Piia überraschend forsch.

«Was ist denn bloß so schwierig an dem Einsatz?», forschte Toivonen und kratzte sich den kahlen Schädel.

«Wir trauen uns nicht anzufangen, weil alle nur darauf warten, dass wir was falsch machen», erklärte die mollige Rothaarige neben Piia beklommen.

«Ich kann ja mit denen mitsingen, bis der zweite Alt seinen Einsatz hat», schlug Mirja vor und erntete heftigen Widerspruch. Es dauerte eine ganze Weile, bis Toivonen die Ruhe wiederhergestellt hatte.

«Das hört sich idiotisch an, wenn du vom anderen Rand her mit dem zweiten Sopran singst. Tuulia, vielleicht könntest du den ersten Takt mitsingen», meinte er schließlich.

Die Lösung schien praktikabel, es ging endlich weiter. Ich

hörte konzentriert zu und merkte plötzlich, dass es eigentlich ein sehr bewegendes Lied war, wie geschaffen für Jukkas Beerdigung: *«Stromab treibet mein Boot, welches Schicksal ihm droht, kann keines von uns Menschenkindern wissen.»*

Jetzt klang es schon besser. Ich stand in der Nähe der Altistinnen und hörte, dass Mirjas Stimme immer wieder die anderen übertönte. Tuulia hatte Recht. Mirja schien die ganze Zeit unbeirrt forte zu singen. Es wunderte mich, dass ihre Nachbarin auf dem Mirja zugewandten Ohr nicht halb taub war. Sirkku, die in der Mitte der Altreihe saß, schwankte beim Singen im Takt vor und zurück, es sah idiotisch aus.

Hinter den Altistinnen saßen die Tenöre. Timo steckte fast mit der Nase in den Noten und schaute kein einziges Mal zu Toivonen hin. Jyri sah ganz versunken aus. Beim Singen wirkte er weniger kindlich als sonst. Mein Blick glitt über die letzte Reihe und blieb an Antti haften, der gerade mit kräftiger Stimme das tiefe Bass-Solo sang: *«Alles muss vergehn.»* Einen Moment lang schien mir, als stünden ihm Tränen in den Augen.

«Danke!», brüllte Toivonen mittendrin. «Danke bedeutet Maul halten!», setzte er hinzu, als einige einfach weitersangen. «Alles muss vergehn, Seite 3, Zeile 3. Da stehen zwei f. Was könnte das wohl bedeuten?»

Ich sah viele gequälte Gesichter. Auch dieses Schauspiel schien sich öfter zu wiederholen.

«Fortissimo», wurde von allen Seiten gemurmelt.

«Na, wenn ihr wisst, was es bedeutet, warum hält sich dann keiner dran, außer dem zweiten Alt?»

«Da wird sowieso immer fortissimo gesungen», hörte ich Tuulia schnauben. Gleich darauf grinste sie mich an, und ich konnte nicht anders, als zurückzugrinsen. Ihr Lächeln wärmte mich und ließ mich die beklemmende Stimmung für einen Augenblick vergessen.

«Und dann die Tenöre! Euer hohes g ist die ganze Zeit eine Spur zu tief. Das hohe g sollte ja nun wirklich jeder treffen.»

Ich sah, wie Jyri wieder zu Timo hinschielte.

«Die Soprane könnten durch die Bank ein bisschen forscher sein, und die Bässe hinken die ganze Zeit hinterher. Reißt euch zusammen! Seite drei, erster Einsatz der Bässe.»

Ich schaute wieder Tuulia an, deren Gesicht in Sekundenschnelle ernst geworden war. Bei ihr sah das Singen schön und mühelos aus. Jaana hatte mir einmal erzählt, Tuulia hätte von Natur aus einen sehr hohen Sopran, sodass ihr selbst ein gelegentliches zweigestrichenes h keine Probleme bereitete.

Piia dagegen schien Schwierigkeiten zu haben. Sie sang nicht mehr mit, und ich sah, dass ihr die Tränen übers Gesicht liefen. Das rothaarige Pummelchen hielt ihr ein Taschentuch hin.

Der Chor sang das Lied noch einmal, diesmal ohne Unterbrechung. Es klang jetzt schon recht melodisch. Dann klopfte Toivonen zur Pause, und ich schlängelte mich durch die Bänke zu ihm hin, als er urplötzlich verschwand. Im Vorbeigehen fegte ich eins der Notenhefte von der Bank. Als ich es aufhob, sah ich, dass sein Besitzer Leinos Gedicht stellenweise umgeschrieben hatte: «Der eine blieb alleine, der andre fand 'ne Maid, und jeder trägt im Herzen das Uhrwerk seiner Zeit. Wenn es stillesteht, so naht des Chores Stunde.»

Aus dem Morgenrot hatte er Abendbrot gemacht und auch sonst seiner Phantasie freien Lauf gelassen. Bei Studenten der Technischen Hochschule hätte man diese Art von Humor ja erwartet, aber hier?

Plötzlich stand ich Antti gegenüber, der von einem großen Blumenkohl Röschen abbrach und sich in den Mund stopfte.

«Hallo, Maria. Magst du?» Er hielt mir den Blumenkohl hin.

«Nein danke. Wo ist denn Toivonen hin?»

Antti zeigte auf das Hinterzimmer, wo Toivonen gerade Timo etwas erklärte. Ich unterbrach sie mit einem lauten Guten Tag.

«Tag …», antwortete Toivonen unschlüssig. «Willst du dich zum Chor anmelden?»

«Nein. Ich bin Hauptmeister Maria Kallio vom Gewaltdezernat der Kriminalpolizei Helsinki.»

Toivonen sah mich verdutzt an, bevor er mir die Hand schüttelte. Wieder hatte meine Jeans jemanden in die Irre geführt. Vielleicht sollte ich grundsätzlich Dienstrock und Knotenfrisur tragen.

«Ach ja, Sie hatte ich ganz vergessen.» Toivonen schickte Timo aus dem Zimmer und schloss die Tür.

«Was möchten Sie denn wissen?», fragte er und zupfte an seinem Rauschebart.

«Jukka Peltonen war doch der stellvertretende Leiter des IOL. Was gehörte denn da zu seinem Aufgabenbereich?»

«Eigentlich nicht sehr viel. Manchmal haben wir den Chor geteilt, dann hat Jukka mit der einen Hälfte geprobt und ich mit der anderen. Im Prinzip muss der Stellvertreter dirigieren, wenn der Chorleiter verhindert ist, aber ich bemühe mich, immer anwesend zu sein.»

«Ist Jukka die ganze Zeit stellvertretender Leiter gewesen, ich meine, seit er dem Chor angehört?»

«Woher soll ich das denn wissen? Ich erinnere mich doch nicht, wann jeder Einzelne im Chor angefangen hat. Jukka war allerdings schon lange dabei, sicher an die zehn Jahre.»

«Ist der IOL nicht ein Studentenchor? Jukka hatte das Studium doch schon abgeschlossen und war auch sonst schon ein bisschen überjährig?»

«Studentenchor ist ein dehnbarer Begriff. Gute Sänger behält man natürlich gern etwas länger. Und Jukka schien sich im Chor wohl zu fühlen ...» Toivonen lächelte anzüglich. «Wahrscheinlich hat es ihm gefallen, dass jedes Jahr neue junge Mädchen dazukommen.»

«Jukka war also bei den weiblichen Chormitgliedern beliebt?», fragte ich, als hörte ich davon zum ersten Mal.

«Jukka hatte so viele Mädchen, dass er anderen davon abgeben konnte.» Wieder flog ein Lächeln über sein Gesicht, verschwand aber gleich wieder. Vielleicht fand er es unschicklich, in leichtem Ton über einen Toten zu reden.

«Anderen davon abgeben? Wie soll ich das verstehen?»

Toivonen stopfte geniert das Hemd in den Hosenbund und war zu keinen weiteren Erklärungen mehr bereit. Als ich fragte, ob ich während der Probe einzeln mit den Chormitgliedern sprechen könne, wurde er plötzlich grantig.

«Das ist unsere letzte Probe vor der Beerdigung, und der Chor ist ziemlich aus der Übung.»

Ich musste ihn noch einmal daran erinnern, dass es um einen Mordfall ging, bevor er seine Zustimmung gab. Dann warf er einen Blick auf seine Uhr und erklärte, die Pause habe schon viel zu lange gedauert.

Die Chormitglieder hatten sich in kleinen Grüppchen über alle Räume verteilt. Ich hatte den Eindruck, als würden diejenigen, die in Vuosaari gewesen waren, von den anderen gemieden. Nur Jyri unterhielt sich im Raucherzimmer mit einer Altistin. Auf dem Sofa im Flur saß Sirkku, eng an Timo gepresst, und starrte mich ängstlich an.

Als Toivonen die Pause für beendet erklärte, kletterte Timo auf das Podest. Er wartete vergeblich darauf, dass das Stimmengewirr verebbte, und rief schließlich entnervt:

«Nun hört doch mal zu! Also, der Zeitplan für nächsten Samstag: Die Beerdigungsfeier ist um zwei Uhr in der Felsenkirche. Wir treffen uns um eins, damit wir Zeit haben, uns einzusingen und das Programm noch einmal durchzugehen.»

«Welche Kirchenlieder werden gesungen?», fragte Mirja.

«Das wissen sie noch nicht», mischte sich Toivonen ein. «Herr Peltonen wird mich deswegen morgen anrufen, ich telefoniere dann mit Timo, und er kann es euch weitersagen. Es wäre gut, wenn ihr euch die Lieder vorher anschaut.»

«Nach der Beerdigung gibt es eine kurze Gedenkfeier im Restaurant ‹Laulumiehet›», fuhr Timo fort. «Wir sind gebeten worden, dort auch ein oder zwei Lieder zu singen. Wir nehmen

Bachs ‹Wenn ich einmal soll scheiden› und ‹Land des Friedens› von Genetz. Noch Fragen?»

«Was sollen wir anziehen?», wollte Piia wissen.

«Saubere Zivilkleidung, also nicht das Chorgewand», antwortete Timo.

«Zieht das an, was ihr auch sonst zur Beerdigung eures Freundes tragen würdet», ergänzte Toivonen. «Für die Männer heißt das wohl dunkler Anzug.»

«Die Frauen also nicht in geblümten Kleidern und nicht zu stark geschminkt», sagte Mirja streng.

«Willst du noch was sagen?», wandte sich Timo an mich und stieg vom Podest, wie um mir Platz zu machen. Ich sprang hinauf und war versucht, mit den Armen zu fuchteln wie Toivonen. Mühsam unterdrückte ich den Impuls.

«Guten Abend. Ich bin Hauptmeister Maria Kallio vom Gewaltdezernat der Kriminalpolizei Helsinki. Ich untersuche den Tod von Jukka Peltonen. Wenn jemand von Ihnen etwas weiß, was Licht auf die Sache werfen kann, bitte ich Sie, es mir heute Abend zu sagen. Ich gehe jetzt ins Raucherzimmer und möchte, dass Sie einer nach dem anderen dort hinkommen.»

«Auch die, mit denen du schon gesprochen hast?», fragte Mirja angriffslustig.

«Nein, es sei denn, sie hätten etwas Neues auszusagen oder ich würde sie ausdrücklich zu mir bitten. Hier an der Tafel steht eine Telefonnummer, unter der ich zu erreichen bin, falls Ihnen später noch was einfällt.» Ich hüpfte vom Podest und bedeutete der kleinen Altistin, die neben Mirja saß, mitzukommen. Die Frage, ob sie auf dem linken Ohr noch richtig hörte, brannte mir auf der Zunge, aber ich zügelte mich.

Leider erbrachte die Befragung der Chormitglieder nichts Überwältigendes. Antti, Tuulia, Jyri und Piia schienen diejenigen zu sein, die Jukka am besten gekannt hatten. Ein paar Frauen gaben zwar zu verstehen, dass sie mal etwas mit Jukka gehabt hatten, aber das lag offenbar schon länger zurück.

Erst Anu, die mollige Rothaarige vom zweiten Sopran, hatte etwas Interessantes zu berichten.

«Das letzte Mal, als ich Jukka gesehn hab, da haben wir Kyykkä gespielt und sind danach ins ‹Kolme Liisaa› Bier trinken gegangen. Das Frauenklo, das die da haben, ist ziemlich eng, ich musste draußen warten, direkt neben dem Telefon, und da hat Jukka gerade mit jemand gestritten.»

«Worüber?»

«Über irgendwelche Summen. Er hat gesagt, ein Fünftel jetzt, mehr ist nicht drin, schnall das endlich. Dann hat er mich gesehen und noch gesagt, hör zu, Alte, ich kann jetzt nicht sprechen, und hat aufgelegt. Mich hat er angeschnauzt, was zum Teufel ich da herumschnüffeln würde. Es muss irgendwas Wichtiges gewesen sein.»

«Jukka hat also mit einer Frau gesprochen?»

«Den Eindruck hatte ich.»

«Wer von euch war bei dem Kyykkä-Spiel dabei, und wer ist mit ins Lokal gegangen?»

Anu sah mich verschmitzt an. Sie schien zu begreifen, worauf ich hinauswollte.

«Alle Üblichen. Wenn ich mich nicht völlig falsch erinnere, alle, die jetzt auch in dem Sommerhaus waren. Nee, stimmt nicht, Antti war nicht dabei. Deswegen hat die Mirja so enttäuscht ausgesehen. Die ist nach dem Spiel auch gleich nach Hause, die war nicht mit im ‹Kolme Liisaa›. Aber sie kann noch nicht zu Hause gewesen sein, als ich Jukka am Telefon gehört hab, sie wohnt ja so weit weg.»

Von den anderen erfuhr ich nichts Aufschlussreiches. Am liebsten hätte ich noch mit Tuulia gesprochen, einfach so, aber mir fiel kein passender Vorwand ein. Vielleicht genierte ich mich auch ein wenig, ich hatte das Gefühl, ihr beim Bier zu viel über mich verraten zu haben.

In meinen Schläfen und Gliedern spürte ich die Nachwirkungen der Verhöre, die ich in der letzten Nacht geführt hatte. Aber trotz meiner Müdigkeit hörte ich noch eine Weile zu, als der Chor den bekannten Bach-Choral probte, und sang sogar leise die Sopranstimme mit.

Wo Jukka wohl gesessen hatte? Als erster Bass war sein Platz in der Mitte der letzten Reihe gewesen. Ob der Bass ohne ihn anders klang?

Jukka hatte offenbar mit einer Frau über Geld gesprochen. Hatte er Schulden bei ihr? War das die Erklärung für das teure Auto und den Luxusplunder? Hatte er von Jyri Geld haben wollen, um es dieser Frau geben zu können?

«Warum müssen wir eigentlich unter polizeilicher Aufsicht proben? Glaubst du, dass bald noch einer stirbt?» Antti war im Flur aufgetaucht und marschierte zum Telefon. Aus den ersten Worten, die er in den Hörer sprach, ging hervor, dass er sich bei Peltonens nach den Einzelheiten der Trauerfeier erkundigte. Ich streckte seinem Rücken, der wieder in einem schwarzen T-Shirt steckte, die Zunge raus und knallte die Tür hinter mir zu.

Ein schrecklicher Typ, dachte ich, während ich die Treppe hinunterrannte. Erst bietet er mir von seinem Blumenkohl an, dann schießt er seine Giftpfeile ab. Überhaupt waren die alle verkorkst. Chorgesang galt als respektable Freizeitbeschäftigung, aber nach der Probe zu urteilen, die ich gerade miterlebt hatte, trainierte man dabei vor allem seine Niedertracht. Bestimmt hatte jedes Chormitglied schon mal den Wunsch verspürt, seinen Nebenmann oder den Chorleiter ins Jenseits zu befördern.

Im Kaisaniemi-Park stieß ich zufällig auf zwei ehemalige Kommilitoninnen, die auf dem Weg ins Bahnhofsrestaurant waren. Ich ließ mich nur zu gern überreden mitzukommen. Das Putzen lief mir nicht davon, und ausschlafen konnte ich auch noch, wenn ich pensioniert war.

Neun

Erde, Himmel und Meer, alles muss vergehn

Das Arbeitstempo blieb hektisch. In der zweiten Wochenhälfte beschlich mich das Gefühl, die Hälfte der Einwohner hätte sich in den Kopf gesetzt, ihren Ehepartner zu verprügeln. Nachdem ich innerhalb von drei Tagen fünf Fälle familiärer Gewalt untersucht hatte – eine getötete alte Mutter, zwei verprügelte Ehefrauen, ein im Suff vom Balkon gestoßener Ehemann und ein mit dem Jagdgewehr des Vaters zum Krüppel geschossener kleiner Bruder –, war ich bereit zu schwören, nie zu heiraten oder mir Kinder zuzulegen. Über den Fall Jukka hatte ich nur gelegentlich nachdenken können, aber immer wenn ich in den Akten las, tauchten neue Fragen auf.

Jukkas Vater hatte die illegale Vorauszahlung des Erbteils energisch bestritten, allerdings traute ich ihm nicht ganz. Eine Vernehmung von Jukkas Mutter hatte der Hausarzt der Familie bis auf weiteres untersagt. Gegebenenfalls konnte ich trotzdem ein Gespräch erzwingen, aber ich wollte die Frau nicht unter Druck setzen.

In Jukkas Auto war nichts Interessantes gefunden worden. Es gab zahlreiche Fingerabdrücke, von denen einige nicht identifiziert werden konnten, aber keine, die wir in unserer Kartei hatten. Vielleicht waren Abdrücke von dem geheimnisvollen ÄM darunter, womöglich handelte es sich aber auch um ein ganz anderes Auto. Keine Blutspuren, keine Geheimverstecke. Von mir aus konnte der Wagen den Peltonens ausgehändigt werden.

Obwohl es für die Ermittlungen nicht unbedingt erforderlich

war, wollte ich an Jukkas Beerdigung teilnehmen. Ich ging zu Fuß von meiner Wohnung zur Felsenkirche. Mein altes schwarzes Kleid spannte an den Schultern. Ich hatte es zur Abiturfeier bekommen, und damals trieb ich noch kein Bodybuilding. Die schwarze Strumpfhose verdeckte die Härchen an meinen Beinen. Blumen hatte ich nicht gekauft, denn Jukka brauchte keine mehr, und die Lebenden würden es missbilligen, wenn eine Polizistin mit Blumen ankam. Außerdem wollte ich mich auf die anderen konzentrieren, die ihr Gebinde am Sarg niederlegen würden; vielleicht waren Tiina, Merike und der Mann namens ÄM unter ihnen. Zur Gedenkfeier wollte ich nicht mitgehen.

Der Himmel war bewölkt und sah nach Regen aus. Das passende Beerdigungswetter. Es lag kein Gewitter in der Luft, nur ergebenes, geradezu durstiges Warten auf den Regen. Das Kreuzkraut, das am Sockel eines Hauses ans Licht drängte, sah jedenfalls so aus, als ob es sich nach den langen trockenen Wochen nach Feuchtigkeit sehnte.

Unauffällig schlüpfte ich auf einen Eckplatz auf der Empore. Ich überlegte, wann ich zuletzt in einer Kirche gewesen war, und erinnerte mich an die Hochzeit meiner Freundin Annika im letzten Winter. Kirchen waren mir fremd. Ich wusste nicht, wie ich mich dort verhalten sollte, kam mir unbeholfen und laut vor, und die Worte der Pfarrer sagten mir nichts. Ich dachte selten über religiöse Dinge nach, meistens hatte ich dazu einfach keine Lust. Jetzt überlegte ich, wohin Jukka eigentlich gegangen war. Auf dem Präsidium lief das Gerücht um, vor zwanzig Jahren hätte einer der erfolgreichsten Ermittler unseres Dezernats regelmäßig einen Spiritisten aufgesucht, wenn er ein Tötungsdelikt aufzuklären hatte. Angeblich hatte das gut funktioniert. Es fiel mir schwer, an dergleichen Dinge zu glauben, aber was wusste ich schon. Möglich war alles – vielleicht war Jukka jetzt an dem Ort, den die Gläubigen Himmel nennen. Oder gehörte er eher in die Hölle?

Vielleicht hatte jeder seinen eigenen Himmel. Ich konnte mir gut vorstellen, wie Jukka sich mit wohlgeformten weiblichen Engeln vergnügte. Ein ungehöriger Gedanke in einer Kirche – hoffentlich hatte niemand gesehen, dass ich stillvernügt lächelte, und das auf einer Beerdigung! Vielleicht hatte Jukka einfach aufgehört zu existieren. Ganz und gar. Die düsteren Töne in Anttis Brief kamen mir in den Sinn. Nach Anttis Ansicht gab es Jukka nicht mehr, in keiner Form. Nach dem Tod war nur schwarze Endgültigkeit.

Ich blickte von der Empore herunter. Es waren nicht besonders viele Menschen in der Kirche. Die Chormitglieder saßen bereits auf ihren Plätzen vor den Angehörigen, ich konnte ihnen geradewegs ins Gesicht sehen. Vor dem Altar stand ein schlichter Eichensarg. Er würde bald mit Jukka verbrennen. Heikki Peltonen saß in der ersten Bank, die schwarz verschleierte, zusammengesunkene Frau neben ihm war sicher Jukkas Mutter. Wie viele Beruhigungsmittel hatte man Frau Peltonen wohl vor der Trauerfeier eingeflößt?

Alle meine Verdächtigen waren anwesend. Piia und Tuulia saßen am rechten Rand der Sopranreihe. Piia, die jetzt schon gerötete Augen hatte, trug ein elegantes schwarzes Kleid aus einem Stoff, der für eine Beerdigung fast zu fein war. Tuulias enges schwarzes Trikotkleid ließ ihre Haare und ihr Gesicht beinah weiß erscheinen. Sirkku saß mit gesenktem Kopf auf ihrem Stuhl und hielt den hinter ihr sitzenden Timo an der Hand. Mirja dagegen betrachtete die Trauergemeinde, und als ihr Blick auf mich fiel, sprühten ihre Augen vor Hass.

Die Männer saßen in der hinteren Reihe, Jyri war so klein, dass er fast hinter den Altsängerinnen verschwand. Antti saß ganz am Rand, sein Kopf ragte über die anderen empor. Die Hosenbeine seines schwarzen Sonntagsanzugs waren zu kurz, über den schwarzen Socken war ein Stück des schmalen Knöchels zu sehen. Seine bis in den Nacken reichenden Haare hatte er mit einem schwarzen Zopfband zusammengebunden.

Toivonen saß an der Orgel. Ich sah, wie seine Hände zitterten, und merkte, dass ich um die Chormitglieder fürchtete, um Jukkas Mutter, um mich selbst. Ich fürchtete die Qual, die hinter all den geröteten Augen lauerte, fürchtete, dass sie außer Kontrolle geriet, dass der Gesang sich in Heulen und Wehklagen verwandelte. Ich hatte Angst, dass jemand laut «Wer?» und «Warum?» rief – Fragen, auf die ich noch keine Antwort wusste. Vielleicht hatte es Jukka von uns allen am leichtesten. Für ihn war alles vorbei.

Toivonen schlug die ersten Akkorde des Gemeindelieds an. Ich hatte immer gern Kirchenlieder gesungen, also nahm ich das Gesangbuch zur Hand und stimmte ein. Lied 613, Strophe eins und zwei. Schon bei der ersten Strophe wunderte ich mich über die Wahl dieses Liedes, und die Worte der zweiten Strophe schienen die Situation allzu genau zu treffen: *Nicht hoher Mut noch Mächtigkeit, nicht Jugend kann da raten, nicht Klugheit und Geschicklichkeit uns von dem Grabe retten. Für einen jeden Menschen kommt das Ende seiner Zeit. Doch wann und wie es jedem frommt, der Herr allein entscheid't.* Ich merkte, dass meine Stimme zitterte. Wahrscheinlich nur, weil ich so lange nicht mehr gesungen hatte.

Nach dem Gemeindelied war der Chor an der Reihe. Ich erkannte das Lacrimoso aus Mozarts Requiem. Die Melodie war qualvoll und roh, auch in den Worten lag keine Hoffnung, sondern trotziges Aufbegehren: *Tränenreich ist jener Tag, an dem ersteht aus dem Staube, gerichtet zu werden, der Mensch.* War Jukka ein schlechter Mensch gewesen? Gleichgültig und mit Menschen spielend, das ja, aber schlecht? Ich konnte die Augen nicht vom Chor lösen, ich hörte Jyris flötenden Tenor und Mirjas herrlichen, dunklen Alt heraus. Die Stimme war wohl das Schönste an ihr. Die Bässe hielten die dräuende Unterstimme, die Soprane stiegen immer höher, keine Stimme versagte. Tuulias bleiches Gesicht bekam beim Singen ein wenig Farbe.

Die Gebete und die Lesung zogen an mir vorbei. Der Pfarrer, ein junger Mann, der so ernst dreinblickte, wie es dem Anlass angemessen war, richtete seine Worte direkt an Jukkas Eltern. Piia holte offenbar ein Taschentuch hervor. Ich musste möglichst bald mit ihr sprechen. Sirkku klammerte sich wieder an Timos Hand. Für diese beiden war mir noch kein einleuchtendes Mordmotiv eingefallen. Ich konnte mir allerdings vorstellen, dass Timo wütend auf Jukka losgegangen wäre, wenn der sich über Sirkku lustig machte, und dass er dann vielleicht fester zugeschlagen hätte, als er eigentlich wollte. Timo sah aus wie einer von den Männern, die der Ansicht sind, es sei die Sache des Mannes, sich an einem anderen Mann zu rächen, wenn seine Frau beleidigt wurde. Mich hatte noch niemand auf diese Weise verteidigt. Nicht, dass ich mir das etwa gewünscht hätte. Im Gegenteil, einmal habe ich in der Schlange vor einer Würstchenbude einen besoffenen Idioten geschlagen, weil er Harri, den Vogelmann, als langhaarigen Schwulen bezeichnet hatte.

Aber hätten Timo und Jukka einen Grund gehabt, sich heimlich des Nachts zu treffen? Und wenn das T in Jukkas Kalender nun Timo bedeutete? Und wenn sich die Gerätschaften zum Schwarzbrennen bei einem der beiden Liebenden befanden … Der Pfarrer beendete seine Ansprache, Toivonen verließ seinen Platz an der Orgel und stellte sich vor dem Chor in Positur, die Sänger standen auf. *Hain der Toten, nächtiger Hain* … Offensichtlich hatten sie die Fassung für Männerchor gewählt, weil die Frauen einfach nicht imstande waren zu singen. Es waren nur sechs Männer, die extremen Stimmlagen schienen Antti und Jyri jeweils allein zu tragen.

Die Tränenflut begann bei Jukkas Mutter, setzte sich dann wellenartig durch die nächsten Reihen fort, erfasste Verwandte und Bekannte, schwappte auf die Frauen im Chor über. Tuulia versuchte gar nicht erst, die wie Sturzbäche fließenden Tränen zurückzuhalten. Ich wäre am liebsten zu ihr gegangen, um sie zu trösten. Piia verbarg ihr Gesicht hinter ihrem schwarzen Haar, ein mir unbekanntes Mädchen schnaubte sich so laut die Nase, dass ich es bis auf die Empore hörte. Nur Mirja saß ruhig und ausdruckslos da, als ob die Trauer, die sie von allen Seiten umgab, sie überhaupt nicht berührte. Konnte diese Teilnahmslosigkeit gespielt sein? Oder hatte Mirja Jukka so gehasst, dass sie sich über seinen Tod freute? Warum?

Ich bewunderte die Selbstbeherrschung der Sänger. Männern war es in unserer Gesellschaft immer noch nicht erlaubt, vor Trauer hysterisch zu werden. Aber wie brachten sie es fertig zu singen, während alle um sie herum weinten und Jukkas Mutter trotz aller Beruhigungsmittel laut heulte? Jyri sang den Part des ersten Tenors wohlklingend und weich. Seine grelle Sprechstimme wurde beim Singen körperlos, verwandelte sich in ein Instrument. Die Zwischenlagen klangen ein wenig rau, und das Gesicht eines Bassisten zuckte verdächtig. Antti sang seinen unglaublich tiefen Part an Jukkas Mutter gewandt, als wollte er ihr mit seinem Blick die Gewissheit vermitteln, dass die Worte von Aleksis Kivi zutrafen. *Fern von allem Hasse, Streite* … Als das Lied zu Ende war, schmeckte ich Blut. Ich hatte meine sonnenverbrannte Unterlippe aufgebissen.

Zum Glück holte mich die Predigt in die Realität zurück. Vor allem brachte sie mich auf. Der Pfarrer krümmte und wand sich, als er auf die Umstände von Jukkas Tod einging. Sicher war es nicht leicht, darüber zu sprechen, da der Fall noch nicht aufgeklärt war und der Mörder wahrscheinlich in der Kirche saß. Nach den Worten des Pfarrers hatte Gott in seiner Weisheit beschlossen, Jukka entschlafen zu lassen. Ich hasste diese Euphemismen rund um den Tod. Wenn der Pfarrer Jukkas Leiche gesehen hätte, wären ihm diese Worte gewiss nicht in den Sinn gekommen. Von friedlichem Schlaf konnte wahrhaftig nicht die Rede sein.

Wieder erhob sich der Chor. *Stromab treibet mein Boot.* Der Einsatz der Soprane klang ein wenig zittrig, Piia wirkte furchtbar gequält. Dieses Lied hatten sie in Vuosaari sorglos eingeübt. Wie anders es für sie jetzt klingen musste. *Alles muss vergehn,* dröhnten die Bässe. *Strahlt einstmals neuer Frühling und neues*

Morgenrot, hieß es bald darauf hoffnungsvoll. *Ist es Selbstbetrug nur?,* zweifelten die Bässe. Für Jukka würde es keinen Frühling mehr geben.

Dann wurden die Kränze niedergelegt. Meine Wut loderte hell auf, als ich die vielen prächtigen Blumen betrachtete, die dem, der im Sarg lag, keine Freude mehr bereiteten. Jukkas Mutter schaffte es nur mit Mühe und schwer auf ihren Mann gestützt, kurz am Sarg zu stehen. Es folgten die Verwandten, dann Jukkas Kollegen. Jukkas Sekretärin legte den Kranz nieder, und Marja Mäki verlas mit fester Stimme einen nichts sagenden Gedenkspruch.

Zum Schluss legten Toivonen und der Bassist mit dem zuckenden Gesicht den Kranz des Chors nieder. Interessiert stellte ich fest, dass keiner von Jukkas Freunden, Jyri, Antti oder Tuulia, mit dieser Aufgabe betraut worden war, auch nicht Timo, der Vorsitzende des Chors.

Soweit ich sah, hatten fast alle Trauergäste Blumen niedergelegt, aber keines der Gebinde kam von einer der in Jukkas Kalender genannten Frauen oder von einem Mann, der der geheimnisvolle ÄM sein konnte. Allerdings hatte Heikki Peltonen ja gesagt, dass die Familie eine Beerdigung im kleinen Kreis wünschte. Es hatte nicht einmal eine Todesanzeige in der Zeitung gestanden.

Ich war wohl vergebens gekommen.

Vergeblich war auch meine Hoffnung gewesen, der Mörder würde bei der Trauerfeier zusammenbrechen. Ich wurde noch zorniger, als alle meine Verdächtigen mit frommer Miene das Vaterunser sangen. *Dein Wille geschehe,* sollte der Mörder wirklich so denken? Die christliche Ethik forderte, dass der Mörder gefasst wurde. Auge um Auge und Zahn um Zahn – um Himmels willen, ich wollte Jukkas Mörder ja wirklich fassen! Wollte ich Rache üben, erfolgreich sein, der Gerechtigkeit zum Sieg verhelfen? Aber war ich auch fähig, den ersten Stein zu werfen?

In meiner ersten Zeit im Polizeidienst hatte ich mich gefühlsmäßig engagiert. Ich hatte Mitleid mit den Opfern gehabt, aber auch die Täter verstehen wollen. Kehrte ich jetzt zu dieser Haltung zurück? Das wollte ich nicht. Ich wollte nicht schon wieder meine eigenen Moralvorstellungen an jedem neuen Fall messen, über die Verwerflichkeit der Taten und angemessene Strafen nachdenken. Ich hatte mir eingebildet, der Gerechtigkeit besser dienen zu können, indem ich von der jagenden zur strafenden Seite überwechselte. Polizisten mussten Halbwüchsige festnehmen, die die Betonwände eines Amtsgebäudes mit Graffiti beschmierten, oder Studenten, die aus Neugier Haschisch rauchten, während die Richter gerechte Strafen verhängen konnten. Aber war ich überhaupt fähig, eine solche Verantwortung zu übernehmen?

Toivonen setzte sich wieder an die Orgel und spielte Händels Largo. Die Trauergäste saßen still in den Bänken und warteten darauf, dass die engsten Angehörigen als Erste die Kirche verließen. Jukkas Vater fasste seine Frau vorsichtig am Arm. Maisa Peltonen stand schwankend auf und fing plötzlich an, die Orgel zu überschreien:

«Du Monster, das meinen Sohn ermordet hat! Wie kannst du es wagen, in diese Kirche zu kommen, wie kannst du es wagen, an Jukkas Sarg zu singen, wie …» Ihre Stimme erstickte in heftigem Weinen, Heikki Peltonen drückte ihren Kopf an seine Brust, als wollte er ihr den Mund verschließen. Toivonen holperte durch das Largo, die anderen Kirchenbesucher starrten betreten an die Wand oder zu Boden. Die Chormitglieder sahen einander nicht an. Timo war feuerrot geworden und presste Sirkkus Hand, Sirkku biss sich auf die Knöchel, als wollte sie ihren eigenen Schrei ersticken. Piia vergrub ihr Gesicht im Taschentuch. In Jyris Gesicht zuckte es. Nur Mirja saß unbewegt da.

Die Trauergäste setzten sich erst in Bewegung, nachdem Jukkas Eltern die Kirche verlassen hatten. Die Gedenkfeier würde ein Albtraum werden, so viel stand fest. Der blumenbedeckte Sarg blieb vor dem Altar stehen, offenbar sollte er in aller Stille eingeäschert werden.

Ich versuchte, unbemerkt aus der Kirche zu entkommen, aber Antti war schneller als ich. Auf dem Vorplatz hörte ich seine Schritte hinter mir, dann packte er mich grob am Arm.

«Verflucht nochmal, tu was, und zwar schnell!», zischte er, die Augen zu Schlitzen verengt wie eine angriffsbereite Katze. «Maisa steht kurz vor dem Zusammenbruch. Sie hat geschworen, sich zu rächen, uns alle umzubringen. Sie hält nicht mehr lange durch.»

«Dann leg doch ein Geständnis ab!», fuhr ich ihn wütend an. Er ließ meinen Arm los und starrte mich entsetzt an.

«Da bist du aber gewaltig auf dem Holzweg! Kein Wunder, dass du nicht vorankommst, wenn du mich verdächtigst!»

«Zumindest könntest du ein bisschen kooperativer sein!»

«Ach nee, an meiner Kooperationsfähigkeit hängt also alles?»

Im gleichen Moment umringten uns die anderen Chormitglieder. Mir kam das alte Spiel in den Sinn, Blindekuh, wo der in der Mitte raten muss, auf wen sein Finger zeigt. Ob man mit dieser Methode einen Mörder entlarven konnte?

«Antti, wir machen noch eine kurze Probe vor der Gedenkfeier», sagte Toivonen. Die ersten Regentropfen landeten auf meiner Stirn. Während wir in der Kirche waren, hatten sich dunkle Wolken aufgetürmt.

«Wie oft soll ich noch sagen, dass ich da nicht hingehe. Ich hab eben meinen letzten Auftritt im IOL gehabt. Außerdem unterhalte ich mich gerade mit unserer Miss Marple.»

«Antti. Wir brauchen dich.» Mirjas Stimme war schneidend.

«Kommt, Leute. Lasst ihn in Ruhe.» Tuulia ging und zog die anderen mit sich. Plötzlich standen Antti und ich allein vor der Kirche. Nur Mirja drehte sich nach uns um.

«Ich hab jetzt wirklich keine Lust auf Kaffee und Kuchen oder auf Erinnerungen an Jukkas Kindheit», erklärte Antti und ging hinunter zur Runeberginkatu, offensichtlich in der Erwartung, dass ich mitkam.

«Wie bist du denn auf die Idee gekommen, dass ich Jukka umgebracht hätte?», fragte er, als ich ihn eingeholt hatte.

«Das hab ich doch nur so in den Raum gestellt.»

«Hast du die Technik schon an den anderen ausprobiert? Es hat wohl nicht funktioniert?»

«Nein, hat es nicht. Aber ich will wirklich rausfinden, wer der Mörder ist, und tue die ganze Zeit mein Bestes, versuch doch mal, das zu begreifen. Aber ich bin verflixt nochmal keine Superfrau, die bloß mit den Fingern zu schnipsen braucht, um einen Mord aufzuklären. Du solltest mir helfen, statt mich anzubrüllen. Ich weiß wirklich noch nicht, wer der Täter ist, aber ich hab einige Verdächtige. Alles muss überprüft werden, das braucht eben seine Zeit. Wenn du mir nichts zutraust, dann lass es bleiben. Ich muss jedenfalls versuchen, auf meine Fähigkeiten zu vertrauen.»

Antti trat mit der Spitze seines abgetragenen schwarzen Schuhs gegen eine flach gedrückte Bierdose und sagte verlegen:

«Tut mir Leid. Ich war so aufgewühlt von der Beerdigung … Ich bin der gleichen Meinung wie Maisa: Irgendwer hat in der Kirche einen Weltrekord im Heucheln aufgestellt. Wenn ich nur … wenn ich nur wüsste, was wichtig ist und was nicht.»

«Erzähl einfach alles und überlass mir die Entscheidung. Fang bloß nicht an, den Privatdetektiv zu spielen! Und vor allem, sag dem, den du verdächtigst, auf gar keinen Fall, dass du und nur du etwas weißt, was ihn belastet! Sonst kannst du Jukka bald Gesellschaft leisten – wo immer er jetzt ist.»

Ich fügte meine Vision von einem Himmel an, in dem sich Jukka mit dem «Playboy» entsprungenen Engeln amüsierte. Zum zweiten Mal seit Jukkas Tod sah ich Antti lachen. Sein angespanntes Gesicht wurde weicher, die tiefen Falten in den Wangen fächerten sich in viele kleine Lachfältchen auf.

«Du hast es gut, wenn du dir so was ausmalen kannst. Hübscher Einfall, aber ich kann an keinen Himmel glauben. Für mich hat Jukka aufgehört zu existieren, Punkt. Und auch wieder nicht. Immerhin war er mein bester Freund, trotz allem.»

«Trotz allem?»

«Na ja, unsere Wertvorstellungen sind in den letzten Jahren ein bisschen auseinander gedriftet – unsere Lebensweise auch. Ich hab sein Treiben manchmal nicht ganz begriffen. Er wollte immer in Saus und Braus leben. Vielleicht hat er geahnt, dass er nicht alt wird. Allerdings hat er immer behauptet, er würde an Aids oder Leberkrebs sterben. Aber wie es vorhin in dem Lied hieß: Der Herr allein weiß, wie wir aus dem Leben scheiden.»

Ich überlegte, was Antti dazu sagen würde, dass ich seinen Brief gelesen hatte. Mein Versuch, den Menschen mit professioneller Distanz zu begegnen, scheiterte auch in Anttis Fall. Inzwischen waren wir an der Straßenecke angelangt, an der ich zu meiner Wohnung abbiegen musste, und es regnete immer heftiger. Ich hatte keine Lust, nass zu werden.

«Wollen wir ins ‹Elite› gehen, bis der Regen aufhört?», schlug Antti vor.

«Ich wohn gleich da drüben in dem grünen Haus. Wenn du Zeit hast, kann ich uns einen Kaffee kochen, Kuchen hab ich keinen.»

«Geht auch ohne. Ich kann ja mal versuchen, von Jukka zu erzählen. Vielleicht hilft dir das weiter.»

Wir gingen hinauf in den zweiten Stock. Ich entschuldigte mich für die Unordnung, wie es sich gehört, wenn man Besuch bekommt, dabei war meine Wohnung ausnahmsweise aufgeräumt. Es ärgerte mich, dass ich plötzlich anfing, statt der Polizistin die Frau herauszukehren. Ich kochte Kaffee und stellte Brot auf den Tisch. Gestern hatte ich es endlich geschafft einzukaufen. Inzwischen begutachtete Antti mein Bücherregal und zupfte an der Bassgitarre herum, die in der Zimmerecke stand.

«Du hast mir am Sonntag gesagt, dass du Jukka dein ganzes Leben gekannt hast.»

«Von der Volksschule an. Tuulia auch. Die waren als Kinder beide so mutig. Ich war immer ein bisschen langweilig und vorsichtig, aber ich hab alle möglichen Abenteuergeschichten gelesen und hatte immer gute Ideen, was wir spielen könnten. Jukka war der geborene Anführer und Organisator. Und Showmaster. Irgendwie hart war er schon, hat Menschen ausgenutzt, immer gekriegt, was er wollte. Aber man kam mit ihm zurecht, wenn man ihm nicht nachgab.»

Antti wollte sich an Jukka erinnern, um sich zu befreien, das war nicht zu übersehen. Ich ließ ihn reden, ohne ihn zu unterbrechen, und prägte mir das Bild von Jukka ein, das er da zeichnete: freigebig in finanziellen Dingen, Frauen gegenüber erobernd und besitzergreifend, herrschsüchtig, abenteuerlustig. Fröhlich und egoistisch. Antti erzählte von Schulstreichen, von gemeinsamen Segeltörns mit Jukkas Bruder und Peter Wahlroos, vom Leben in der gemeinsamen Wohnung.

«Habt ihr euch mal gestritten, wegen seiner Frauengeschichten zum Beispiel? Hat er versucht, sich zwischen dich und Sarianna zu drängen?»

«Sicher, bei Sarianna hat er's auch versucht, aber sie hat ihm von vornherein klar gemacht, dass es nichts bringt. Nein», fuhr Antti fort, als wollte er meiner Frage zuvorkommen, «wir haben uns nicht wegen Jukka getrennt. Wir hatten einfach keine Gemeinsamkeiten mehr. Das Motiv fällt also flach. Darauf wolltest du doch hinaus?»

Ich gab mir alle Mühe, nicht zu erröten. Trotz der ungezwungenen Atmosphäre hatte unsere Unterhaltung einen Beigeschmack von Verhör. Irgendwie stimmte es mich traurig, von Antti nur als Ermittlerin angesehen zu werden und seine Offenheit nicht als Freundschaftsbeweis nehmen zu können.

«Wie war es denn sonst mit Frauen, die anderweitig gebunden waren, mit Jukkas Chefin zum Beispiel?»

Antti grinste und stopfte sich ein großes Stück Brot in den Mund.

«Das weißt du also auch schon. Von einer so eleganten Frau konnte Jukka natürlich nicht die Finger lassen, sie von ihm übrigens auch nicht. Ich hatte den Eindruck, dass da auf beiden Seiten fair gespielt wurde.»

«Und mit Piia, war das auch ein faires Spiel?»

«Ich glaube, Jukka war heftiger in sie verliebt, als er sich eingestehen wollte. Wahrscheinlich lag es an ihrer Unerreichbarkeit – es ist ihm selten passiert, dass er nicht bekam, was er wollte. Das war sicher eine Herausforderung für ihn.»

«Ist zwischen den beiden etwas passiert, womit Jukka Piia hätte erpressen können?»

«Erpressen?» Antti war wie vor den Kopf geschlagen.

«Jukka hatte in letzter Zeit eine Menge überschüssiges Geld auf dem Konto. Vielleicht stammt ein Teil von Wahlroos?»

«Er war doch kein Erpresser … Oder? Ich blick allmählich nicht mehr durch.» Antti starrte nachdenklich in seine leere Kaffeetasse. Ich goss ihm den letzten Rest aus der Kanne ein. Er schmierte sich sein drittes Käsebrot. «Er hatte wohl seine Einnahmequellen.»

«Illegale?»

«Weiß ich doch nicht! Das artet ja langsam in ein Verhör aus!»

«Du kannst jederzeit gehen, wenn du keine Fragen beantworten willst», versetzte ich kühl.

«Sorry, aber so einfach ist das nicht. Du bist immerhin Polizistin.»

«Genau. Und ich möchte dir Fragen stellen. Waren Timo und Jukka Freunde? Oder Jukka und Sirkku?»

«Na ja, Sirkku und Jukka hatten mal was miteinander, damals in Deutschland, vor langer Zeit … Freunde waren sie nicht gerade, aber sie sind ganz gut miteinander ausgekommen. Timo ist ein bisschen schwerfällig, dem hat Jukkas Art nicht gefallen.»

«Jukka und Mirja?»

«Einmal.»

Ich versuchte, mir nicht anmerken zu lassen, wie sehr mich diese Information elektrisierte.

«Das war Mirjas verzweifelter Versuch, mich eifersüchtig zu machen», fügte Antti hinzu. «Nicht, dass ich Mirja hasse, wie Tuulia zum Beispiel, die kann Mirja nicht ausstehen, aber ihre Schwärmerei ist mir verdammt peinlich. Ich empfinde nun mal nichts für sie.»

«Zwischen euch ist also nie etwas gewesen?» Die Frage hatte mit dem Mord an Jukka nichts zu tun, aber ich wollte es wissen, auch wenn ich mich für meine Neugier hasste.

«Nee. Ich hab nicht die Angewohnheit, aus Mitleid mit einer ins Bett zu gehen. Mit einem Motiv kann ich dir also nicht dienen. Ich war nicht eifersüchtig wegen Mirja. Bloß wütend über Jukkas Verhalten.»

«Wie hat er sich denn verhalten?»

«Das musst du Mirja fragen. Ich hab schon viel zu viel über ihre Privatangelegenheiten geredet.»

Antti sah zum Fenster hinaus und merkte offenbar, dass es aufgehört hatte zu regnen. Nur allzu deutlich sah ich die dunklen Schatten unter seinen Augen. Er öffnete den Mund, als wollte er etwas sagen, hätte es sich aber im letzten Moment anders überlegt. Es fuchste mich, nicht mehr aus ihm herausholen zu können als vage Andeutungen. Vielleicht sollte ich ihn wegen Beweishinterziehung festnehmen, aber dann würde er mich hassen. Ich hatte ein Problem: Ich wollte den Mörder finden, aber ich wollte nicht, dass es einer meiner Verdächtigen war.

«Du warst doch der zweite Buchprüfer des IOL. Hast du die Rechnungsbelege vom letzten Jahr jemals zu Gesicht bekommen?»

«Da hat sich Jukka drum gekümmert. Er hat gesagt, es wäre alles in Ordnung. Ich hab nur den Revisionsbericht unterschrieben. Wieso?»

«Guck dir das mal an.» Ich nahm das Kontobuch des IOL und

suchte die fraglichen Belege heraus. Als Mathematiker entdeckte Antti die Unregelmäßigkeiten im Nu.

«Du meinst, dass Jyri ...»

«Offensichtlich.»

«Dieser verdammte kleine Idiot! Aber hör mal, ich muss jetzt gehen. Meine Eltern kommen heute Abend vorbei und holen Einstein ab. Der langweilt sich in meiner engen Wohnung, und meine Eltern haben in Inkoo ein Sommerhaus. Da kann er Mäuse jagen.»

An der Tür drehte sich Antti plötzlich zu mir um und sagte hastig: «Du hast gesagt, ich soll nicht den Privatdetektiv spielen. Fass du das Ganze aber auch nicht als Spiel auf. Es gelingt uns nicht, dich als richtige Polizistin anzusehen, und einige von uns rechnen nicht damit, dass du überhaupt was rausfindest. Derjenige, der Jukka umgebracht hat, ist wahrscheinlich unberechenbar. Sei vorsichtig!»

Bevor ich etwas erwidern konnte, war er weg. Bald darauf sah ich seine lange, schwarze Gestalt, die Hände in den Taschen vergraben, mit weit ausgreifenden Schritten die Straße hinaufgehen.

Ich war unruhig und fühlte mich elend. Gegen solche Gemütslagen ging ich meistens mit Sport an, aber ich hatte am Tag zuvor im Fitnessstudio meine Muskeln überstrapaziert. Alkohol würde mich nur noch trauriger machen. Die einzige Alternative war Arbeit. Fragen gab es zur Genüge, und mit Mirja wollte ich als Erstes sprechen. Vielleicht war sie schon zu Hause.

Ich tauschte die Trauerkleidung gegen Jeans und Tennisschuhe und packte mein Tonbandgerät und einige Papiere aus Jukkas Schublade ein. Obwohl es nach Lintuvaara ziemlich weit war, wollte ich nicht vorher bei Mirja anrufen und mich vergewissern, dass sie zu Hause war. Überraschung war die beste Taktik. Ich ging zur Bushaltestelle an der Mannerheimintie und grübelte unterwegs darüber nach, vor wem Antti mich eigentlich warnen wollte. Etwa vor sich selbst?

Zehn

Weshalb Menschenseele sollt bestehen?

Mirja war zu Hause. Offensichtlich war sie gerade erst gekommen, denn sie hatte sich noch nicht umgezogen. Sie hielt einen angebissenen Apfel in der Hand.

«Muss ich dich reinlassen?», fragte sie unfreundlich.

«Keineswegs. Wir können auch nach Pasila fahren.»

Wortlos trat sie beiseite und ließ mich herein. Ich zog meine Jeansjacke aus und hängte sie an den überfüllten Garderobenständer.

In der Wohnung war es still, Mirjas Mitbewohnerinnen verbrachten den Samstagabend sicher in der Stadt. Auf der Telefonkonsole lag eine Liste der turnusmäßigen Putztage. Bestimmt achtete Mirja streng darauf, dass sich alle daran hielten.

«Gehen wir in mein Zimmer.» Ich folgte ihr in die obere Etage, wo sich eine hübsche Küche und zwei kleine Zimmer befanden. Das dominierende Möbelstück in Mirjas Zimmer war ein Klavier. Auf dem Bett lag eine weiße Tagesdecke aus Häkelspitze, im Bücherregal standen hauptsächlich Geschichtsbücher. Auf dem Sessel sah ich einen halb fertigen knallroten Pullover. Ich fragte mich, ob Mirja den wohl für sich selbst strickte. Bisher hatte ich sie nur in dunkler Kleidung gesehen. Wie viele rundliche Frauen glaubte sie offenbar, dunkle Farben machten schlank. Vielleicht hatte sie vor, ihren Stil zu ändern. Mirja hob das Strickzeug hoch und bot mir den Sessel an. Sie selbst setzte sich mit ihrem Strickzeug aufs Bett und fing an, mit den Nadeln zu klappern. Das Geräusch machte mich nervös.

«Wie offiziell ist diese Vernehmung?»

«Inoffiziell ist sie offiziell», sagte ich und schaltete das Tonbandgerät ein. Sollte Mirja etwas wirklich Aufschlussreiches sagen, würde ich unser Gespräch in Pasila wiederholen müssen. Aber darüber konnte ich mir dann immer noch den Kopf zerbrechen.

«Wir haben jetzt zweimal miteinander gesprochen, aber bisher hast du mir eine ganz wesentliche Information über deine Beziehung zu Jukka vorenthalten. Er hat letztes Frühjahr deine Abtreibung in der Frauenklinik bezahlt. Offensichtlich, weil er der Vater des Kindes war. Oder?»

Ich hatte unter Jukkas Belegen eine Quittung der Frauenklinik gefunden. Der Name der Patientin war nicht angegeben, wohl aber ein Datum im Frühjahr letzten Jahres. In Jukkas altem Kalender stand für den Vortag die Eintragung M. FKL 18-19, und auf einer der letzten Seiten hatte ich die Telefonnummer der Abtreibungsstation gefunden. Dass Antti in seinem Brief von Jukkas «Spiel» mit Mirja gesprochen hatte, passte zu meiner Theorie.

Mirjas Augen sprühten vor Hass. Ich hatte fraglos ins Schwarze getroffen.

«Na klar, das musstest du natürlich ausgraben. Wie vielen hast du schon davon erzählt? Ich dachte, Krankenhäuser unterliegen der Schweigepflicht!»

«Unter Jukkas Papieren hab ich die Kopie einer Quittung über den Pflegesatz der Klinik gefunden.»

«Dass Jukka bezahlt hat, heißt doch noch lange nicht, dass er der Vater war.»

«Warst du denn so gut mit ihm befreundet, dass du ihm von der Abtreibung erzählt und dir das Geld dafür von ihm geliehen hast, während du mit keinem anderen darüber gesprochen hast?»

Mirja knüllte das rote Pulloverteil zusammen und schleuderte es wütend in die Ecke. Ihre Hände zitterten. Neben ihrem

Kopf, gleich über dem Bett, hing ein großes Foto von einem der Auftritte des IOL-Doppelquartetts: Mirja, Jukka, Antti, Tuulia und ein paar andere in potthässlichen blauen Chorgewändern. Vielleicht wollte Mirja jeden Abend vor dem Einschlafen Anttis Bild anschauen. Wie war ich bloß auf die Idee gekommen, Arbeit würde mir über meine trübselige Stimmung hinweghelfen?

«Weißt du, ich hab sogar schon eine Theorie, wie das alles gelaufen ist. Euer Chor hat wieder mal eine Party gefeiert, das tut ihr ja andauernd. Du hast dich geärgert, weil Antti dich links liegen ließ» – an dieser Stelle hätte mich beinahe der Mut verlassen, denn das ging mich nun wirklich nichts an –, «und Jukka war an dem Abend ohne weibliche Begleitung. Offensichtlich wolltest du Antti eins auswischen und hast gegen deine Gewohnheit mit Jukka geflirtet. Nur ging das Spielchen weiter, als du gedacht hattest. Dir war bestimmt klar, dass Jukka genau wusste, warum du dich plötzlich für ihn interessiert hast. Deine Schwärmerei für Antti war ja kein Geheimnis. Vielleicht wollte Jukka Antti ärgern, ihm vorführen, wie leicht du zu haben warst. Eins versteh ich allerdings nicht: Wie konntet ihr zwei so blöd sein, eine Schwangerschaft zustande zu bringen?»

Mirja brach in ein seltsames, stuckerndes Lachen aus, das von Schluchzern durchsetzt war. Allmählich wurde ein merkwürdiger Schluckauf daraus. Immer wieder hicksend, erklärte sie:

«Das war schon tragikomisch! Dem Superlover ist das Kondom geplatzt. Rate mal, wieso Jukka die ganze Zeit den Mund gehalten hat? Sein Ruf wäre im Eimer gewesen, wenn seine Weiber erfahren hätten, dass er nicht mal richtig mit Präsern umgehen kann!» Mirja schnitt eine boshafte Grimasse, das Lachen brach ab. «Du scheinst besser über meine Angelegenheiten informiert zu sein als ich selbst. Es war auf Anttis Geburtstagsfete im Februar, in seiner Bude in Korso. Ich hatte mir zum ersten Mal in meinem Leben die Wimpern getuscht. Es ist mir überhaupt nicht aufgefallen, wie stark die Bowle war. Ich hab mit Antti getanzt, er hatte mich sogar selbst aufgefordert, aber er war trotzdem meilenweit von mir entfernt. Dann kam Jukka, hat mich Antti weggeschnappt und mich geküsst, und ich hab's zugelassen, das eine Mal, dachte ich. Wir sind dann schließlich in Jukkas Wohnung gelandet.»

«Und du bist gleich schwanger geworden?»

«Beim ersten Mal in meinem Leben. Wie in den alten Heimatfilmen. Vielleicht sollte ich mein Studium an den Nagel hängen, heiraten und Kinder in die Welt setzen.»

«Hat Jukka das gesagt?»

«Natürlich nicht! Ich dachte erst, er soll es gar nicht erfahren, aber ... es wäre ja auch sein Kind gewesen. Außerdem war es seine Schuld, da sollte er wenigstens die Hälfte der Kosten übernehmen.»

«Wie hat er denn reagiert?»

«Er war natürlich geschockt, fast noch mehr als ich. Dann hat er versucht, das Ganze ins Komische zu ziehen, und gesagt, er wär noch nie Vater geworden. Wirst du jetzt auch nicht, hab ich gesagt, ich will abtreiben lassen. Da war er ganz schön erleichtert. Er wollte alles bezahlen, weil er viel mehr Geld hatte als ich. Warum sollte ich ihn nicht zahlen lassen? Die Schande konnte er mir sowieso nicht abnehmen. Die Untersuchungen beim Arzt brauchte er auch nicht über sich ergehen zu lassen, und die Gespräche mit der Sozialarbeiterin, die mich nach allem Möglichen ausgefragt hat. Er brauchte nicht mit gespreizten Beinen auf dem Operationstisch zu liegen und sich ausschaben zu lassen und sich die boshaften Kommentare der Krankenschwestern anzuhören, als ich gesagt habe, dass die Betäubung nicht wirkt. Klar hab ich Rachepläne gehegt ... Er hat mich zur Mörderin gemacht.»

Mirja lächelte über mein verdutztes Gesicht. «Ich hab Jukka nicht umgebracht. Meine Eltern sind in der Christlichen Partei Finnlands und haben mir beigebracht, dass Abtreibung Mord ist. Wenn sie wüssten, was ich getan habe, würden sie mich wahrscheinlich verstoßen. Aber ich bereue es trotzdem nicht. Was hätte aus dem Kind denn werden sollen – Jukka und ich hätten unmöglich heiraten können. Wir haben uns doch verabscheut! Die zwei Wochen vor der Abtreibung waren furchtbar. Ich hatte das Gefühl, an Jukka gekettet zu sein, weil in mir jemand wächst, der ein Teil von ihm und von mir ist. Ich musste mich die ganze Zeit übergeben, als ob ich das Wesen ausspucken könnte, aber es wollte einfach nicht rauskommen. Hast du jemals abgetrieben? Schon gut, ich hab nicht das Recht, dich danach zu fragen.»

«Nein, bisher keine Abtreibungen. Ich vergifte mich seit Jahren mit der Pille.» Mirja hatte kein Recht, das zu fragen, und ich musste nicht antworten, aber aus irgendeinem Grund wollte ich es.

«Hat Jukka damit gedroht, deinen Eltern alles zu erzählen? Oder Antti? Vielleicht hat er dich wegen deiner Gefühle für Antti aufgezogen, hat gesagt, er würde Antti haarklein erzählen, was ihr getrieben habt, hat deine Liebe verspottet. Deshalb hast du Jukka gehasst.»

«Ich hab ihn nicht gehasst. Eher verachtet. Er hat mich wegen Antti gehänselt, und ich hab ihn dafür mit seiner Ungeschicklichkeit aufgezogen. Aber mit welchem Recht hat er über meine … meine Liebe gespottet? Die geht keinen was an, auch dich nicht. Glaubst du, es ist schön für mich, wenn alle wissen, dass ich hoffnungslos in Antti verliebt bin? Verliebt! Du bist die Erste, der ich das laut und deutlich sage.» Mirja fing wieder mit ihrem seltsamen Gelächter an, ich hatte ein ungutes Gefühl.

«Die arme Mirja, so hässlich und pedantisch, wie kann die sich einbilden, einen wie Antti zu kriegen. Das denken sie alle, du doch auch. Und Antti ist nett zu mir. Wenn er wenigstens böse wäre, dann würde es mir leichter fallen, ihn nicht zu mögen. Manchmal hasse ich mich selbst, ich hasse diese demütigende Situation. Liebe ist viel zerstörerischer als Hass. Wenn Jukka Antti etwas angetan hätte, hätte ich ihn umbringen können …» Mirja fing an zu weinen, ein hässliches, schnaubendes

Weinen, bei dem ihr Gesicht anschwoll und rot wurde. Sie verbarg es in den Händen.

Ich beugte mich vor und legte ihr die Hand auf die Schulter, aber sie schüttelte sie ab wie Ungeziefer. «Geh weg», sagte sie mit heiserer Stimme. «Geh Tuulia fragen, warum ich ihr Schnarchen nicht gehört hab, als ich um fünf Uhr früh aufgewacht bin und einen Schluck Wasser getrunken hab. Oder frag Timo, was eine Flasche Schwarzgebrannter kostet.» Sie schluchzte immer heftiger. «Hau ab!»

Ich ging. Ich nahm meine Jeansjacke vom Haken und lief durch den Regen zur Bushaltestelle. Was hätte ich Mirja schon sagen können. Sie wollte meine Worte nicht hören, ich konnte nichts tun. Weder für sie noch für irgendwen sonst.

Ich beschloss, Mirjas Rat zu befolgen und Timo aufzusuchen. Sirkku wohnte im Vorort Haaga, der mehr oder weniger an meinem Weg lag. Vielleicht war Timo dort. Ich sah den Bus kommen, rannte los und erwischte ihn gerade noch.

In Sirkkus Wohnung traf ich nur eine Mitbewohnerin an, von der ich erfuhr, dass Sirkku sich seit ein paar Tagen nicht hatte blicken lassen. Ich fuhr in die Innenstadt, nach Kruununhaka, wo Timo wohnte, aber dort machte niemand auf. Unschlüssig stand ich im Treppenhaus, bewunderte die Wandgemälde und überlegte, was ich als Nächstes tun sollte.

Ich war ganz sicher, dass ich Jyri an einem Samstagabend nicht zu Hause antreffen würde. Also stieg ich in Kaisaniemi in den Bus nach Lauttasaari. Ich wollte es noch bei Piia versuchen.

Das Reihenhaus des Ehepaars Wahlroos war leicht zu finden. Obwohl an meiner Wohnung eigentlich nichts auszusetzen ist, war ich doch ein wenig neidisch. Nach Westen gingen die Fenster zum Meer, am nahe gelegenen Bootssteg schaukelten einige Segelboote und zwei große Motorboote. Vielleicht gehörte eins der Boote ihnen. Dann konnten sie praktisch vor der Haustür an Bord gehen und aufs Meer hinausfahren. Ich hatte noch nie gesegelt, aber ich stellte es mir schön vor. Jaana, die ein paar Mal mit Jukka zum Segeln war, hatte sich allerdings beklagt, sie hätte vor lauter Seekrankheit nicht viel mitgekriegt.

Aus den Fenstern, die zur anderen Seite gingen, fiel Licht auf die stille Seitenstraße. Ich klingelte und hörte gleich darauf Piias Stimme durch die Sprechanlage: «Wer ist da?» Einen Augenblick war ich ganz verdutzt, bisher waren mir diese Dinger nur in Hochhäusern begegnet.

«Maria Kallio, von der Polizei.»

«Einen Moment, ich mach gleich auf.» Der Moment dauerte zwei Minuten, dann erschien Piia in einem flauschigen, cremefarbenen Bademantel, ein Handtuch in der gleichen Farbe um die Haare gewickelt. Sie duftete nach einer dieser luxuriösen Körperlotionen, für die ich weder das Geld noch die Nase hatte.

«Ich war im Bad», sagte sie abweisend.

«Es tut mir Leid, dass ich störe, aber ich hätte noch ein paar Fragen.»

«Samstagabends um diese Zeit?»

«Es geht nun mal um Mord. Wir können aber auch einen anderen Termin vereinbaren.» Piia überlegte eine Weile, dann bat sie mich herein.

«Du hast Antti also nicht verhaftet?», fragte sie scheinbar enttäuscht, als ich meine schmutzigen Tennisschuhe auszog. Meine Jeansjacke aus dem Versandhaus nahm sich zwischen den supermodischen Jacken der Wahlroos ganz verloren aus.

«Dafür gab es keinen ausreichenden Grund. War es eine schöne Gedenkfeier?»

«Jukkas Mutter war nicht dabei, wenn du das meinst. Die Stimmung war ziemlich gedrückt. Wir haben unsere zwei Lieder gesungen und sind dann gegangen, weil wir das Gefühl hatten, alle gucken uns schief an. Sirkku und ich dachten, der Zirkus wäre endlich vorbei, wenn du Antti verhaftest. Ich will ihm bestimmt nichts Böses, auch keinem anderen, aber die ganze Sache macht mich allmählich fertig … Und ich muss unbedingt in zwei Wochen nach San Francisco fliegen, da kommt Peters Regatta ins Ziel. Ich kann doch wohl hin?»

Ich hatte gar nicht daran gedacht, dass einer meiner Verdächtigen das Land verlassen könnte. Sollte ich ihnen allen den Pass abnehmen?

«Hoffentlich ist der Fall bis dahin geklärt. Eine möglichst schnelle Lösung liegt auch in meinem Interesse.» Piia hatte irgendetwas an sich, das mich so gestelzt reden ließ.

«Möchtest du einen Tee? Ich trinke immer eine Tasse Kamillentee nach dem Kräuterbad, das beruhigt so schön.»

Nach Mirjas Studentenzimmer mit der normierten Einrichtung und meiner Einzimmerwohnung, deren Möbel vom Flohmarkt stammten, wirkte das Wohnzimmer der Wahlroos geradezu prunkvoll. Der Blick über das Meer war beeindruckend. Die in blauen und gelblichen Farben gehaltenen Sitzgruppen bildeten gemütliche Winkel, in die man sich zurückziehen konnte, um zu lesen oder Musik zu hören. In den Regalen und auf den Tischen standen interessante kleine Objekte, zweifellos Erinnerungsstücke aus aller Herren Länder. Das Einzige, was mich störte, war die sterile Sauberkeit. Keine zur Hälfte gelesenen Bücher, keine mit der Fernsehseite nach oben gefaltete Zeitung. Das Zimmer sah aus, als hätte der Innenarchitekt es gerade erst verlassen.

Die Keramiktassen, die Piia hereintrug, hatten den gleichen Farbton wie der Sofabezug. Zum Tee gab es herrlich fettige Scones, sicher direkt aus der Mikrowelle. Hungrig griff ich zu, bevor mir Piia überhaupt davon angeboten hatte. In einem Krimi wäre Piia jetzt die Mörderin und die Scones vergiftet. Während das Gift mich langsam lähmte, würde sie mir ihre Tat gestehen und mich dann vom Bootssteg ins Meer werfen. Aber im Krimi käme in letzter Minute der Held herangestürmt und würde mich retten. Dies jedoch war die Wirklichkeit, und ich war durchaus in der Lage, selbst auf mich aufzupassen.

«Sehr gut», murmelte ich mit vollem Mund.

«Die hat Peter gebacken, sie waren eingefroren. Peter kann wahnsinnig gut kochen, auf der ‹Marlboro› ist er auch der Koch.»

«Hast du ihn durch Jukka kennen gelernt?» Wieder schaltete ich das Tonband in meiner Handtasche ein.

«Jukka und Jarmo waren Segelfreunde von Peter. Antti war auch manchmal dabei. Als Jukka fünfundzwanzig wurde, hat er in der Sommervilla von Peltonens eine Riesenparty veranstaltet, zu der er die Chormitglieder und seine anderen Freunde eingeladen hat. Da haben wir uns kennen gelernt.»

«Liebe auf den ersten Blick?»

«So ungefähr. Ich hatte natürlich schon von Peter gehört, bei der vorigen großen Regatta stand ja ziemlich viel über ihn in den Zeitungen.»

«Hattest du vorher ein Verhältnis mit Jukka gehabt?»

«Nein! Der war doch damals mit Jaana zusammen. Anfangs waren wir ziemlich oft in der Clique unterwegs, also die beiden Peltonen-Jungs mit ihren Freundinnen, Antti und Sarianna und Peter und ich. Jarmo und Peter haben ein gemeinsames Boot, das da.» Piia zeigte auf die schnittigste Yacht am Steg. «Da haben acht Leute ganz gut Platz zum Schlafen.»

«Wie könnt ihr euch das denn alles leisten?», platzte ich heraus. Piia sah mich verwundert an, erklärte dann aber in leicht spöttischem Ton:

«Ich könnte mir das gar nicht leisten. Peter schon. Der hat Geld geerbt. Und Aktien. Hast du mal von *Kymin Puutavara* gehört, dem großen Holzunternehmen? Peters Großvater hat es vor fünf Jahren verkauft, als es noch florierte. Peter ist sein einziges Enkelkind.»

«Was macht Peter beruflich?»

«Er ist Diplomkaufmann und arbeitet in der Wertpapierabteilung der KOP-Bank, allerdings ist er jetzt schon fast ein Jahr beurlaubt. Eigentlich ist er Profisegler.»

«Dann ist er wohl ziemlich oft unterwegs. Vermisst du ihn

nicht?» Ich versteckte meine Neugier hinter einer Maske freundschaftlicher Anteilnahme, die Piia vermutlich durchschaute.

«Doch. Dieses Jahr ist er furchtbar lange weg. Allein diese Regatta dauert den halben Sommer. Und ich mag nicht von einem Zwischenhafen zum anderen fliegen, alleine reisen ist schrecklich langweilig, und dann die Zeitverschiebung und all das. Ich bleib lieber zu Hause und versuche meine Magisterarbeit fertig zu schreiben. Aber es ist schon ziemlich unangenehm. Peter muss auch wegen seiner Sponsorenverträge und solchen Dingen oft verreisen.»

«Jukka hat dir doch ziemlich oft Gesellschaft geleistet. Was war eigentlich zwischen euch? Ich hab von vielen Seiten gehört, es wäre mehr als nur Freundschaft gewesen.»

«Von meiner Seite war jedenfalls nicht mehr zwischen uns!» Piia fuchtelte so wütend mit den Händen, dass Tee auf ihren makellos weißen Bademantel kleckerte. «Ich fand es schön, dass Jukka mir Gesellschaft leistete. Ich weiß nicht, warum er im Frühjahr auf einmal anfing, um mich herumzuscharwenzeln. Bei unserem Chorwochenende nach Weihnachten hat er mich dauernd zum Tanzen geholt und gelacht, er hätte die Nase voll davon, den Animateur für die kleinen Mädchen zu spielen, die neu im Chor waren. Das ganze Frühjahr über hat er sich benommen, als wäre er in mich verschossen. Wenn wir nach der Probe alle noch in eine Kneipe gegangen sind, hat er sich neben mich gesetzt, mich zum Bus und manchmal auch nach Hause gebracht. Er hat mich ins Kino und ins Konzert und zum Essen eingeladen, wenn Peter nicht da war. Und du weißt ja, wie erbärmlich es ist, allein oder immer nur mit anderen Frauen auszugehen.»

Piia sah mich jetzt ihrerseits mit vorgetäuschter Kumpelhaftigkeit an. Ich wusste nichts von dieser Erbärmlichkeit, ich saß fast jede Woche allein in der Eckkneipe und ging lieber ohne Begleitung ins Kino als mit jemandem, der an den falschen Stellen blöde Kommentare von sich gab oder mit Popcorn raschelte. Aber wozu sollte ich Piia das erzählen.

«Peter ist manchmal ein bisschen herrisch … Er weiß genau, was er will. Deswegen hab ich mich ja in ihn verliebt, weil er so weltmännisch ist. Jukka war … anders. Er hat mich entscheiden lassen, was wir tun und wohin wir gehen.»

Ein ganz neuer Zug, dachte ich. Bisher hatte ich auch Jukka für ziemlich herrisch gehalten.

«Wenn Jukka nicht so romantisch geworden wäre, hätten wir viel Spaß miteinander gehabt. Peter fand auch nichts dabei, dass ich mit Jukka ausging. Der trifft auf seinen Reisen ja auch alle möglichen hübschen Mädchen, das gehört eben dazu. Eine Frau kann doch auch mit Männern einfach nur gut Freund sein.» Es klang, als wollte sie sich rechtfertigen.

«Aber Jukka wollte mehr sein als ein guter Freund?»

«Er hat auf einmal behauptet, er wäre in mich verliebt. Ich hab ihm erst nicht geglaubt, ich wusste ja, welchen Ruf er hatte, aber allmählich kam mir sein Gefühl ganz echt vor. Natürlich war ich auch geschmeichelt.» Piia warf lächelnd ihr braunes Haar zurück. «Immerhin hätte er jede andere haben können. Klar hat es mir gefallen, dass er mir das Gefühl gab, immer noch erotisch anziehend zu sein, obwohl ich verheiratet bin. Und ich fand es nur gerecht, dass er endlich mal selbst zu schmecken bekam, was er den Mädchen antat.» Piia lächelte boshaft, und für einen Moment war sie mir fast sympathisch. «Aber manchmal war es schon peinlich.»

«Inwiefern?»

«Na, weil er einfach nicht glauben wollte, dass ich nicht die Absicht hatte, Peter mit ihm zu betrügen! Er hat mich dauernd bedrängt, und einmal wollte er unbedingt hier übernachten, weil er sich angeblich so verlassen fühlte … Ich wollte ihn nicht rauswerfen, weil er so traurig war, und dann glaubte er … aber ich wollte nicht …» Piia errötete schamhaft, woran ich insgeheim meinen Spaß hatte.

«Hat er später damit gedroht, Peter zu erzählen, dass er mit dir geschlafen hat?»

«Das eigentlich nicht … Aber manchmal, wenn er betrunken war, hat er gefragt, was denn mein Marlboro-Männchen sagen würde, wenn es wüsste, wer in seinem Ehebett geschlafen hat. Dabei hab ich in der Nacht auf der Couch im Gästezimmer geschlafen», fügte Piia rasch hinzu.

«Wollte Jukka eure Ehe zerstören? Glaubst du, dass er sich gerade deshalb in dich verliebt hat, weil du ihn nicht angehimmelt hast?»

«Wahrscheinlich. Er war so ein Typ, der alles haben will, vor allem das, was schwer zu kriegen ist. Manchmal hatte ich auch das Gefühl, dass er auf Peter neidisch war. Sicher wäre er auch gern ein so guter Segler gewesen wie Peter und Jarmo, aber nicht mal er konnte in allem der Beste sein. Vielleicht wollte er mich, weil ich Peter gehöre. Aber ich bin nicht so blöd wie Sirkku damals. Auf einen wie Jukka würde ich mich nie verlassen.»

«Hat er dich erpresst?»

Ich fragte mich, ob das Geld, das ich auf Jukkas Konto entdeckt hatte, von den Wahlroos stammte. Aber Piia verzog keine Miene. Sie schenkte uns Tee nach und antwortete kopfschüttelnd:

«Er hat mich nicht erpresst. Eher gedroht. Aber irgendwann hat er offenbar endlich eingesehen, dass ich Peter nichts verheimlicht habe. Und es wäre ihm auch nicht gelungen, unsere Ehe zu zerstören. Ich liebe Peter. Wir haben die gleichen Vorstellungen von unserem Leben. Ich werde im Herbst mit dem Studium fertig, danach wollen wir Kinder haben. Ich brauch nicht zu arbeiten, wenn ich nicht will. Und ich hab keine Lust, mich an irgendeiner Gesamtschule als Schwedischlehrerin abzustrampeln. Peter will gerade so eine Ehefrau wie mich. Wegen Jukka hätte ich mein Leben auf gar keinen Fall umgekrempelt.»

Zerbrechlich und puppenhaft, das war mein erster Eindruck von Piia gewesen. Damit hatte ich wohl ziemlich danebengelegen. Sie servierte mir nur die Informationen, die sie mir geben wollte, und machte kein Hehl daraus, dass Reichtum ihr höchstes Lebensziel war. Ich hatte das Gefühl, sie würde notfalls auch töten, um ihren Lebensstandard zu sichern – aber hatte Jukka etwas gewusst, was ihr gefährlich werden konnte?

«Natürlich hat sich der halbe Chor über uns das Maul zerrissen, Sirkku allen voran. Na, du warst ja am Montag auf der Probe. Ich bin keine überragende Sängerin, aber Jukka hat mich davon überzeugt, dass ich durchaus was kann, wenn ich meine Nerven im Zaum halte. Er hat gesagt, ich hätte eine schön gefärbte Stimme …» Um Piias Mundwinkel zuckte es, sie schien mit den Tränen zu kämpfen.

«Du hast eben gesagt, du bist nicht so blöd wie deine Schwester Sirkku. Über das, was du Blödheit nennst, habe ich widersprüchliche Aussagen gehört. Sirkku selbst sagt, die Geschichte mit Jukka sei nur eine kurze Affäre gewesen, ein Urlaubsflirt sozusagen, aber jemand von den anderen behauptet, Sirkku hätte die Sache sehr ernst genommen. Was meinst du?»

Piia spielte wieder mit ihren Ringen. Die kleinen funkelnden Steine waren sicher Diamanten. Mit dem Gegenwert dieser Ringe hätte ich vermutlich mein ganzes Studiendarlehen zurückzahlen können.

«Sirkku war damals ziemlich kindisch. Sie hatte einen Freund, Jari, den sie schon seit der Oberstufe kannte, aber die Geschichte ging allmählich zu Ende. Jari wohnt immer noch in Joensuu, wo wir herkommen. Wahrscheinlich war er Sirkku nicht mehr gut genug. Ich weiß noch, als wir in Deutschland in einem Lokal auf der Toilette waren, da standen Sirkku und ich nebeneinander vor dem Spiegel und haben uns geschminkt, und irgendwer hat gesagt, wir sähen eigentlich genau gleich aus. Sirkku hat mir einen boshaften Blick zugeworfen und gesagt, bisher wäre ja ich ganz allein die Schönheitskönigin in der Familie gewesen, und wenn es zwischen ihr und Jukka so weiterginge, bräuchte ich mit meinem feinen Freund auch nicht mehr anzugeben. Die arme Sirkku hat damals nicht begriffen, dass Jukka sie nur benutzt hat, um Jaana zu demonstrieren, wie kalt ihn ihre Beziehung zu Franz lässt.

Dann sind wir nach Finnland zurückgekommen, und Sirkku hat mit Jari Schluss gemacht. Unsere Eltern waren wahnsinnig enttäuscht, Jari wäre ihnen als Schwiegersohn mehr als recht gewesen. Er ist Elektrotechniker bei demselben Bauunternehmen, wo Vater als Zimmermann arbeitet. Mutter ist Hilfsschwester. Für die beiden ist ein Techniker schon fast ein großer Herr. Sirkku und ich sind die Ersten in der ganzen Verwandtschaft, die Abitur gemacht haben.»

«Jukka hat Sirkku also ziemlich blamiert? Dann hatte sie wohl allen Grund, wütend auf ihn zu sein?»

«Ach, ich weiß nicht. Ihre Verliebtheit war wohl ziemlich schnell verflogen. Und warum sollte Sirkku jetzt noch verbittert sein? Die hat's doch gut getroffen, sie ist jetzt mit Timo zusammen. Und davor hatte sie noch irgendeinen Kommilitonen.»

Der Wind peitschte die Regentropfen an die große Fensterscheibe. Für einen Sommerabend war es draußen schon ziemlich dunkel, die Boote schaukelten am Steg, es sah fast herbstlich aus, und die Welt, die Piia schilderte, ließ mich innerlich frieren.

«Wie hat denn die Romanze zwischen Timo und Sirkku angefangen?»

«Das war auf demselben Chorwochenende, auf dem Jukka anfing, mir nachzustellen. Ich glaube, Timo war schon lange in Sirkku verschossen. Er betet sie ja geradezu an. Und Sirkku lässt sich das gefallen ...»

«Was sieht sie denn in Timo?»

«Vielleicht den Gutshof Muuriala.»

«Was?»

«Den Gutshof Muuriala. Die Kräuter und Salate aus Muuriala kennst du doch bestimmt. Trotz seines ordinären Familiennamens ist Timo der künftige Besitzer. Vorläufig schwimmt er noch nicht in Geld, weil sein Vater der Meinung ist, ein junger Mann müsse sich seinen Lebensunterhalt selbst verdienen. Deshalb verkauft er Landwirtschaftsmaschinen.»

Das erklärte vieles, unter anderem Timos gehobene Wohnverhältnisse. Vielleicht konnte sogar ein Gestell wie er ein passabler Mann sein, wenn er nur ordentlich vergoldet war?

«Wenn Timo Sirkku anbetet, war er doch sicher eifersüchtig auf Jukka?»

«Na ja, er wird ganz rot im Gesicht, wenn wir uns Fotos von der Deutschlandreise anschauen, auf denen Jukka und Sirkku sich umarmen. Überhaupt konnte er Jukka nicht leiden. Aber wenn du meinst, dass er ihn deswegen umgebracht hätte, also, das glaube ich nicht.»

Das glaubte ich allerdings auch nicht. Timo dürfte andere Motive gehabt haben.

«Ich hab übrigens heute auf dem Boot angerufen … auf der ‹Marlboro of Finland›. Die Peltonens hatten heute früh mit Jarmo telefoniert und ihm von Jukka erzählt. Hoffentlich verdirbt ihnen das nicht den Wettkampf. Bisher liegen sie in ihrer Bootsklasse noch in Führung.»

Ich hatte das Gefühl, dass Piia mich nicht gehen lassen wollte. Mit meinen Fragen war ich längst fertig, aber sie schnatterte unermüdlich über dies und jenes. Vielleicht war es ihr unheimlich ganz allein in dem großen Haus. Ich fragte mich, ob meine Verdächtigen außerhalb des Chors überhaupt Freunde hatten.

Es war schon zehn, als ich nach einem Abstecher zu McDonald's nach Hause kam. Das fette Essen machte müde, ich schlief mitten im Fernsehkrimi auf meinem Bett ein und träumte unruhig.

Elf

Doch süß ist es zu hegen den wunderselgen Traum

Meine Hoffnung auf einen langen, faulen Sonntagmorgen, auf ausgiebiges Kaffeetrinken und Zeitunglesen, fuhr dahin, als kurz vor sechs das Telefon klingelte. Ich sollte einen Vergewaltiger und sein Opfer vernehmen. Also stürzte ich meinen Kaffee herunter, verschlang einen halben Becher Joghurt und eine Apfelsine, schmierte mir in der Eile wasserfeste Wimperntusche auf den Nasenflügel und brauchte eine Ewigkeit, um sie wieder abzureiben. Hätte ich doch eine verständnisvolle Ehefrau, die ein gebügeltes Hemd und ein Stullenpaket für mich bereithielt. Stattdessen musste ich wieder die enge Bluse anziehen, die unter den Armen schon müffelte, und konnte nur hoffen, zwischendurch ein labberiges Brötchen aus dem Automaten oder eine längst kalt gewordene Kurierpizza zu bekommen.

Koivu, der seit mehr als 24 Stunden auf den Beinen war, berichtete mir in groben Zügen, worum es ging. Er war bis vier Uhr im Tanzlokal «Kaivohuone» gewesen und von dort direkt aufs Präsidium gefahren – «Ich hab nämlich was rausgefunden, was ich sofort protokollieren wollte, wir können gleich noch darüber reden» –, wo er dann gleich anfangen musste, die Vergewaltigung zu untersuchen.

Koivu sah weder jung noch besonders frisch aus, war aber ganz offensichtlich mit sich zufrieden. Trotz meiner Morgenstarre wurde ich neugierig. Er sagte, der Bericht sei fertig und liege auf meinem Tisch. Das vergewaltigte Mädchen hatte gerade die ärztliche Untersuchung hinter sich gebracht und wartete auf dem Gang auf mich, also schickte ich Koivu erst mal zum Ausschlafen nach Hause. Er versprach, mich am Nachmittag anzurufen.

Das Opfer, Marianna, war noch jung, gerade achtzehn.

«Kann ich nich endlich nach Hause?», fragte sie. Sie kämpfte mit den Tränen. Ihre glänzende schwarze Strumpfhose war zerrissen, der Minirock schmutzig, und im Gesicht waren noch Reste von Make-up zu sehen, obwohl sie offensichtlich versucht hatte, es abzuwaschen. An der einen Wange hatte sie einen großen blauen Fleck, am Auge einen zweiten. Sie schien zu frieren. Ich machte mir klar, dass auch sie die ganze Nacht nicht geschlafen hatte. Da ich niemanden zum Mitschreiben hatte, knipste ich das Diktiergerät ein. Irgendwer konnte die Aufnahme später ins Reine schreiben.

«Ich bin Kriminalhauptmeister Maria Kallio. Lass uns das hier zügig erledigen, dann kannst du gehen. Möchtest du Kaffee und vielleicht ein Butterbrot?»

«Gibt's auch Tee?», wisperte das Mädchen so leise, dass ich sie kaum verstehen konnte. Hoffentlich war der Polizeiarzt so vernünftig gewesen, ihr ein Beruhigungsmittel zu geben.

Ich bat den Dienst habenden Beamten, Tee und belegte Brötchen zu bringen. Inzwischen nahm ich die Personalien des Mädchens auf und versuchte dabei, ihr Vertrauen zu gewinnen. Marianna kam aus Kouvola, wo sie nach den Ferien in die letzte Klasse des Gymnasiums gehen sollte. Sie hatte einen Ferienjob in Helsinki, auf dem Friedhof Hietaniemi. Am Abend war sie tanzen gegangen und mit dem letzten Bus nach Vallila zurückgefahren, wo sie den Sommer über wohnte. Am Imbissstand neben der Bushaltestelle hatte sie sich noch einen Hamburger gekauft.

«Der Mann hat vor mir in der Schlange gestanden ... Vielleicht war er mit dem gleichen Bus gekommen. Er hat mich angequatscht, aber ich war müde, ich wollte schlafen ... Dann hat er mir an den Hintern gegrapscht und gesagt, was für ein hübscher Minirock. Ich hab gesagt, Finger weg, und da is er dann auch abgehauen. Ich bin mit meinem Hamburger quer durch den Park gegangen und hab überhaupt nich mehr an den Kerl gedacht. Da sprang er auf einmal aus dem Gebüsch und hat gefragt, ob er mitkommen kann. Ich hab ihm gesagt, er soll abhauen, aber er is die ganze Zeit neben mir hergelaufen und hat mich beschimpft, ich wäre 'ne … Hure, so wie ich ausseh, im Minirock und mit den Ohrringen. Dann hat er mich gepackt und gesagt, er bringt mich um, wenn ich ihn nicht … drüberlasse.» Sie schluckte heftig und warf einen erschrockenen Blick auf den hünenhaften Polizisten, der eine Tasse Tee und ein schrumpliges Wurstbrötchen vor sie hinstellte.

«Tu reichlich Zucker in deinen Tee», riet ich ihr und trank einen Schluck von meinem. Gehorsam rührte sie vier Würfel hinein, probierte, verzog das Gesicht und erzählte weiter:

«Er hat mich gegen einen Baum gepresst und meinen Rock hochgezogen und seinen Hosenschlitz aufgemacht. Da hab ich überhaupt erst richtig begriffen, was passiert, und hab geschrien. Da waren doch Leute an dem Imbissstand gewesen. Er hat versucht, mich zu würgen, und hat seinen … also sich in … und hat versucht, mich festzuhalten, und ich glaub, ich hab ihn ins Kinn gebissen. Aber es is keiner gekommen … und da hat er dann das … getan, was er wollte, obwohl ich geschrien hab und mich gewehrt, aber dann war die Sirene zu hören von der Polizei … Der Würstchenverkäufer hat die wohl alarmiert. Und die haben ihn dann geschnappt, er war auf einen Baum geklettert, und sein einer Schuh lag unter dem Baum …» Das Mädchen fing an, hysterisch zu lachen. Sie zitterte vor Kälte, ich gab ihr meine Jeansjacke.

«Ja, der Kerl sitzt bei uns in der Zelle.» Unter den Papieren aus der Voruntersuchung, die auf meinem Tisch lagen, war auch das Strafregister des Täters. Zwei Vorstrafen, beide wegen Vergewaltigung. Beim ersten Mal eine Geldbuße, dann Freiheitsentzug mit Bewährung. «Der Fall ist völlig klar, du brauchst den

Mann nicht mal zu identifizieren. Das ärztliche Gutachten bekommen wir später. Vergewaltigung ist ein Antragsdelikt, das heißt, es liegt bei dir, ob du Anzeige erstattest. Das brauchst du nicht jetzt zu entscheiden», sagte ich schnell, als ich ihren erschrockenen Blick sah. «Bestimmt möchtest du das Ganze am liebsten so schnell wie möglich vergessen, aber ich würde dir raten, Anzeige zu erstatten, wenn du dich ein bisschen erholt hast. Du bist nicht das erste Opfer von dem Kerl. Diesmal reicht es vielleicht für eine Gefängnisstrafe.»

«Muss ich dann vor Gericht? Und muss ich einen Anwalt bezahlen?» Ich erklärte ihr das Gerichtsverfahren, obwohl ich mir nicht sicher war, wie viel sie überhaupt aufnahm. Sie wirkte verängstigt, müde und sehr jung. Ich sah mich selbst als Achtzehnjährige vor mir. Wäre ich damals mit einer Vergewaltigung fertig geworden, ohne durchzudrehen?

«Weil nämlich ... ich will nicht, dass meine Eltern davon erfahren ... Die würden mich ja doch bloß anbrüllen, warum musst du dich auch in Kneipen rumtreiben und solche Fummel anziehen ...» Marianna wischte sich eine Träne von der Backe, auf der der blaue Fleck prangte, und zuckte vor Schmerz zusammen.

«Jetzt hör mir gut zu, Marianna. Das letzte Mal, als ich eine Vergewaltigung untersucht habe, war das Opfer eine sechzigjährige Frau, die von einer Versammlung der Salemgemeinde kam. Diese Kerle gucken nicht auf die Kleidung oder sonst was. Außerdem, selbst wenn du stockbesoffen und splitternackt durch die Straßen läufst, hat keiner das Recht, dich zu vergewaltigen!

Hast du irgendjemanden, damit du heute nicht allein bist? Eine Freundin vielleicht? Ich könnte dich jetzt nach Hause fahren, falls ich einen Wagen kriege.»

«Vielleicht meine älteste Schwester ... Die hält mir sicher keine Predigten.»

Ich ließ Marianna von meinem Apparat aus anrufen und

brachte sie dann im klapprigsten Lada, den die Polizei besaß, nach Hause.

«Du hast dich tapfer gehalten. Prima, dass du geschrien und dich gewehrt hast. Und dass du dann auch noch die ärztliche Untersuchung und die Vernehmung durchgestanden hast, war wirklich toll.» Ich hatte sie aufmuntern wollen, aber sie brach plötzlich in hysterisches Weinen aus.

«Und wenn der Mann Aids hat? Oder wenn ich schwanger werde? Der Arzt war so groß und so grob, ich hab mich nicht getraut, ihn zu fragen. Er hat mir irgendeine Pille gegeben, zur nachträglichen Verhütung, hat er gesagt, und ich soll noch zwei davon nehmen.»

«Bei dir sind alle nötigen Tests gemacht worden, beim Täter auch. Sobald die Ergebnisse da sind, sag ich dir Bescheid. War der Arzt unfreundlich zu dir?»

«Die Untersuchung hat so wehgetan ... Er hat mich alles Mögliche gefragt. Wann ich zuletzt ... mit Männern verkehrt hab. Dabei hab ich doch noch nie ... Der hat bestimmt gedacht, ich bin selber schuld.»

Ich kannte den Polizeiarzt Pekka Nieminen flüchtig und konnte mir eine von ihm durchgeführte gynäkologische Untersuchung wie eine zweite Vergewaltigung vorstellen. Als ich das letzte Mal eine Vergewaltigung bearbeitete, hatte Nieminens Wortwahl mich in Rage gebracht. Ich versuchte Marianna zu überzeugen, dass sie keine Schuld hatte. Ich gab ihr die Telefonnummer von zwei Beratungsstellen, und da sie mich so unsicher anschaute, auch noch meine eigene und riet ihr, anzurufen, wenn es ihr schlecht ging. Es widerstrebte mir, sie allein in ihrer Wohnung zurückzulassen, aber sie meinte, ihre große Schwester käme bald. Ich konnte nur hoffen, dass sie ein vernünftiger Mensch war.

«Ich will bloß unter die Dusche und dann schlafen», sagte Marianna apathisch. Im selben Moment klingelte es. Ich erkannte die Frau, die hereinkam, noch bevor sie mir ihren Namen nannte. Sarianna Palola. Anttis ehemalige Freundin. Ich hatte sie auf vielen Fotos in Jukkas Alben gesehen. Sie schien mich nicht zu erkennen.

Während Marianna duschte, erklärte ich ihrer Schwester kurz, was vorgefallen war. Sarianna war erschüttert und wütend auf den, der ihrer kleinen Schwester das angetan hatte. Sie schien eine verständige Person zu sein, bei der Marianna gut aufgehoben war.

Zurück auf dem Präsidium, begann ich Pasi Arhela zu verhören, den Mann, der Marianna vergewaltigt hatte. Voller Arroganz stritt er alles ab, obwohl er praktisch in flagranti erwischt worden war. Er war von Beruf Diplomingenieur, wie Jukka, und versuchte sich möglichst effektiv gegen meine Anschuldigungen zu schützen. Bei seiner kultivierten Ausdrucksweise wunderte es mich nicht mehr, dass er bisher mehr als gnädig davongekommen war, zumal mit Hilfe guter Anwälte. Als ich ihm seine Behauptung, Marianna hätte ihn an der Würstchenbude angesprochen und in ihre Wohnung eingeladen, nicht abnahm, verlor er die Beherrschung. Sein Wort stand gegen Mariannas, aber vielleicht würde der Pächter des Imbissstandes den Richter überzeugen. Die Sperma- und Zellproben würde Arhela jedenfalls nicht aus der Welt reden können. Es wurmte ihn, dass ich ihm nicht erlaubte, im Vernehmungsraum zu rauchen. Natürlich hatte auch Arhela die ganze Nacht nicht geschlafen, aber mit ihm hatte ich kein Mitleid.

«Diese verfluchten kleinen Nutten betteln doch drum, gefickt zu werden», knurrte er schließlich. «Die läuft in 'nem Minirock rum, der ihr bloß übern Hintern geht, und ist geschminkt wie 'ne Professionelle. So welche sollte man einsperren! Da wird doch jeder geil!» Er zwinkerte Virrankoski zu, den ich als Schreiber ergattert hatte und an den Arhela bisher den größten Teil seiner Bemerkungen gerichtet hatte, unter Männern, sozusagen. Dass Virrankoski unverhohlen lächelte, brachte mich auf die Palme.

«Sie geben also zu, das Mädchen vergewaltigt zu haben?» Ich wollte Arhela so schnell wie möglich loswerden.

«Quatsch, vergewaltigt, ich hab sie bloß mal eben gefickt. Die Kleine sollte zufrieden sein mit dem, was sie gekriegt hat.»

«Sie geben zu, dass Sie Marianna Palola zum Geschlechtsverkehr gezwungen haben?»

«Gezwungen, gezwungen … Verdammt nochmal, wann bist denn du das letzte Mal gefickt worden? Du solltest es öfter treiben, dann wärst du nich so pingelig. Oder bist du eine von diesen Scheißlesben, na klar, deswegen haste dir 'nen Männerjob ausgesucht und verteidigst diese verfluchten Nutten!»

Ich habe bei meiner Arbeit selten Gewalt anwenden müssen. Meine Dienstwaffe habe ich nur einmal benutzt, Verhaftungen laufen im Allgemeinen eher friedlich ab, wenn eine Frau dabei ist. Ich habe auch nur ein paar Mal zuschlagen müssen. Aber jetzt hatte ich Lust, dem Kerl die Eier zu zerquetschen. Wenn statt Virrankoski zum Beispiel Koivu den Schreiber gemacht hätte, wäre ich bestimmt ausgerastet. Ich stellte mir vor, wie es wäre, dem Kerl die Faust ins Gesicht zu rammen und zu hören, wie das Nasenbein bricht, oder ihn so fest in die Hoden zu treten, dass sie unförmig anschwollen. Ich merkte, dass ich am ganzen Leib zitterte.

«Lass den Kerl eine rauchen und bring ihn anschließend in seine Zelle», wies ich Virrankoski an und verzog mich einen Stock höher auf die Damentoilette. Mir war übel.

Warum hatte Arhela mich so in Wut versetzt? Ich versuchte mir einzureden, dass ich stellvertretend für Marianna und seine anderen Opfer zornig war. Aber ich hatte auch meine eigenen Gründe. Hatte etwa jeder Fatzke das Recht, mich zu beschimpfen, nur weil ich eine Frau und Polizistin war? Und wenn ich den Beruf wechselte, Anwältin oder Rechtsbeistand wurde, wie ich es nach dem Studium vorhatte? Was würde ich tun, wenn ich solche Typen wie Pasi Arhela verteidigen müsste?

Virrankoski und Arhela standen noch auf dem Gang, als ich

wieder in mein Zimmer gehen wollte. Ich sah sie so ausdruckslos an, wie ich nur konnte.

«Er sagt, er hat den Peltonen gekannt, der letzte Woche ermordet worden ist. Führst du nicht die Ermittlungen in dem Fall? Der hat ihm ab und zu Frauen besorgt», erklärte Virrankoski.

«Der Arhela dem Peltonen?», fragte ich, ohne den Vergewaltiger eines Blickes zu würdigen.

«Nee, der Peltonen mir», warf Arhela ein. «Wir sind nämlich alte Kumpel, vom Militärdienst. Manchmal sind wir uns in der Stadt über den Weg gelaufen, und ein paar Mal hat er mich mit wirklich netten estnischen Huren zusammengebracht. Die waren Klasse, allerdings ganz schön teuer!»

Es half nichts, ich musste Arhela noch einmal in den Vernehmungsraum bitten. Dort versuchte er sofort, mit mir zu handeln: Gegen Informationen, die zur Aufklärung des Mordes beitrugen, sollte die Anklage wegen Vergewaltigung fallen gelassen werden. Als ich auf diesen Kuhhandel nicht einging, überschüttete er mich wieder mit Schmähungen. Ich zwang mich, ruhig zu bleiben, und war gerade im Begriff, den Kerl in seine Zelle zurückzuschicken, als er anfing zu reden. Er war eindeutig der Typ, der es genießt, sich wichtig zu fühlen.

Seinen Worten nach hatte Jukka estnische Mädchen vermittelt. Er war eine Art Mittelsmann für freischaffende Luxusprostituierte gewesen, kein Zuhälter im eigentlichen Sinn, obwohl er von den Mädchen eine Provision erhalten hatte.

«Das waren keine Bahnhofshuren für dreißig Mark, sondern saubere, gesunde Mädchen.»

«Es waren also mehrere?»

«Also ich hab zwei gesehen, und mit der einen hab ich ein paar Mal gebumst.»

«Und wie heißen die beiden?»

Arhela sagte, er sei so betrunken gewesen, dass er sich daran nicht mehr erinnern könne. Jedenfalls sei er Jukka und den Mädchen im Hotel Hesperia begegnet. Ich schickte ihn zum

Nachdenken in die Arrestzelle, obwohl ich nicht glaubte, dass aus ihm noch mehr herauszuholen war. Allenfalls konnte ich ihn mit Koivu und Virrankoski ins Hesperia schicken, um seiner Erinnerung auf die Sprünge zu helfen.

Koivus Bericht über seine Ermittlungen im «Kaivohuone» bestätigte Arhelas Geschichte. Koivu war mit zwei eindeutig professionellen Damen ins Gespräch gekommen, die Jukka auf dem Foto wieder erkannt hatten. Er hatte gelegentlich spätabends an der Bar gesessen. Die eine Frau meinte, er wäre ganz sicher ein Zuhälter gewesen. Einmal hätte er versucht, sie anzuwerben, aber, so erklärte sie Koivu, sie machte es nicht für Geld. Was sollte sie einem Polizisten auch anderes sagen. Dass sie die Bar jeden Abend mit einem anderen Begleiter verließ, war ja an sich nicht strafbar. Noch kamen in der Hauptstadtregion auch Prostituierte, die auf eigene Rechnung arbeiteten, gut zurecht, aber wenn die Ostmafia ihre Kontrolle über den Markt verschärfte, würde sich ihre Situation verschlechtern. Dann war es auch mit der Gelegenheitsprostitution vorbei, mit der sich manche ihr Studium finanzierten.

Ich hatte einen bisexuellen Bekannten, Janne, der sich lieber von Zeit zu Zeit prostituierte, als einer geregelten Arbeit nachzugehen. Sowohl ältere Männer als auch Frauen zahlten gut. Vielleicht sollte ich ihn fragen, ob er Jukka gekannt hatte. Allerdings war Janne womöglich zurückhaltender als früher, weil ich wieder bei der Polizei arbeitete.

Schnaps und estnische Freudenmädchen. Jukka war ganz schön aktiv gewesen. Auf jeden Fall musste ich seine Ermordung auch unter diesem neuen Aspekt betrachten. Hatte womöglich die Russenmafia ihre Finger im Spiel? Der Gedanke klang längst nicht mehr so weit hergeholt wie noch vor ein paar Jahren, denn die Kriminalität in der Hauptstadtregion war in letzter Zeit deutlich internationaler geworden. Und Jukka hatte doch an einem finnisch-estnischen Gemeinschaftsprojekt gearbeitet … Vielleicht war der Mörder doch kein Chormitglied?

Koivu hatte seinem Bericht noch eine handschriftliche Notiz hinzugefügt: «Kannten Martti Mäki. Er trifft dort öfter einen hübschen Jungen namens Tomppa. Heute war keiner der beiden da.»

Sofort wählte ich die Nummer der Mäkis, aber es nahm niemand ab. Ein gewisser Tomppa also? Die Ehe der Mäkis wirkte immer rosiger. Ob Marja Mäki von den sexuellen Neigungen ihres Mannes wusste?

Mir knurrte der Magen, und in meinen Schläfen machte sich der Koffeinmangel bemerkbar. Ich lief die Treppe zur Kantine hinunter, dort schmeckte der Kaffee immerhin besser als aus dem Automaten. Auf der Tageskarte standen so furchtbare Gerichte – Niereneintopf und in Milch gekochte Frühlingssuppe –, dass ich mich trotz des Fettfilms, der sie überzog, für eine karelische Pirogge entschied.

An einem der Fenstertische saß ein alter Bekannter von der Polizeischule, Tapsa Helminen. Er hatte sich beim Rauschgiftdezernat beworben, sobald es möglich war. In der ersten Zeit an der Schule hatte er mich angepflaumt, sooft er nur konnte, aber damit war Schluss gewesen, nachdem ich ihm im Selbstverteidigungskurs fast den Unterarm gebrochen hätte. Ich hatte es mit Absicht getan und schämte mich beinahe, wenn ich jetzt daran dachte. Im Übrigen hatte ich ihn meinerseits ja auch gefrotzelt. Tapsa Helminen hatte nämlich eine sehr ausgeprägte Nase, und ich hatte mehr als einmal gesagt, das Rauschgiftdezernat könne seine Hunde abschaffen, wenn er dort anfing. Tapsa war ganz in Ordnung, nur ein wenig zu diensteifrig, er machte keinen Unterschied zwischen einem Joint und einer Hundert-Gramm-Lieferung Amphetamin.

«Bei euch geht's rund, wie man hört», sagte ich, als ich mich zu ihm setzte. «Uns habt ihr ja auch um Ermittlungshilfe gebeten, aber bei uns ist im Moment keiner frei.»

«Na ja», seufzte Tapsa. Die Schatten unter seinen Augen deuteten darauf hin, dass er in der letzten Nacht vermutlich noch weniger geschlafen hatte als ich. «Ärgerliche Sache. Dauernd tauchen neue Banden auf, und jetzt haben wir einen Dealer und ein paar Straßenhändler geschnappt und kommen nicht weiter. Zumindest ein Teil von dem Stoff ist über die Ostgrenze gekommen, oder müsste man inzwischen Südgrenze sagen, aus Estland jedenfalls. Wir waren ein bisschen voreilig mit dem Verhaften, wenn wir etwas länger gewartet hätten, wären uns ein paar größere Fische ins Netz gegangen. Die Straßenhändler behaupten, sie wüssten nicht, woher der Stoff kommt, und der Dealer sagt vor lauter Angst kein Wort. Allem Anschein nach steht eine ziemlich große Organisation dahinter.»

«Das klingt ja richtig bedrohlich.»

«Ja, es wird immer härter. Es geht längst nicht mehr um irgendwelche Studenten, die auf Interrail-Touren Cannabis schmuggeln. Das ist eine ganz andere Größenordnung. Wir bräuchten unbedingt mehr Männer, pardon, mehr Leute, aber dafür ist scheinbar kein Geld da. Wie sieht es denn bei euch aus?»

«Ganz genauso. Das Überstundenbudget ist längst überschritten, mehrfach sogar. Weißt du irgendwas über Typen, die Frauen aus Osteuropa vermitteln?»

«Das ist natürlich eher eine Sache für die Sitte, aber zum Teil sind da wohl die gleichen Typen aktiv wie im Drogenhandel. An die kommt man nicht ran. Das geht allmählich zu wie bei Miami Vice. Die reden sich sogar mit Codenamen an. IX und ÄM und so weiter.»

In meinem Kopf klickte es.

«ÄM? In welchem Zusammenhang?»

«Der hatte auf den Anrufbeantworter von diesem Dealer gesprochen und gefragt, wo die Übergabe stattfinden soll. Wieso?»

«Ich ermittle gerade in einem Mordfall. Auf dem Anrufbeantworter des Toten ist auch eine Nachricht von einem ÄM. Können wir die Bänder mal vergleichen?»

«Meins ist im Labor. Kommt morgen zurück. Ich meld mich,

wenn ich es kriege. Hast du irgendeine Vorstellung, wer dieser Ämmä sein könnte?»

«Was sagst du? Ämmä! Natürlich! Sie hat gesagt, Jukka hätte mit einer Alten gesprochen, mit einer *akka*, aber für Alte kann man ja genauso gut *ämmä* sagen. – 'tschuldige, Tapsa, mir ist gerade die Bedeutung eines Telefongesprächs aufgegangen.»

Obwohl ich Anu aus dem Chor nicht gleich erreichte, ließen der Kaffee und Tapsas Informationen den Tag ein bisschen freundlicher aussehen. Auch die Strophe aus dem Popeda-Song war allmählich komplett: Drogen, Schnaps, Frauen und Geld. Vielleicht sollte ich mich erst mal dem Thema Geld zuwenden.

Jyri war nicht zu Hause. Ich rief an seinem Arbeitsplatz an, wo man mir die Nummer seines Autotelefons gab.

«Maria Kallio hier. Komm mal in Pasila vorbei, wenn du deine Pizzen ausgeliefert hast. Dein Chef weiß Bescheid. Und ich rate dir herzukommen, wenn du nicht verhaftet werden willst.»

Nach einer guten halben Stunde stand Jyri in meinem Büro. Offenbar bestellten die Leute sonntagvormittags Anchovis- und Salamipizza gegen ihren Kater, jedenfalls stachen diese beiden Duftnoten aus der Dunstwolke hervor, die ihn umgab. Vielleicht hatte Jyri aber auch selbst eine vertilgt. Mein Hungergefühl meldete sich wieder.

«Du hast wohl keine überzählige Pizza im Wagen?», fragte ich hoffnungsvoll. Jyri schüttelte den Kopf. Er wirkte verkatert und nervös.

«Ist es auf der Trauerfeier spät geworden?» Ich winkte ihn auf den Besucherstuhl mir gegenüber, sodass er die Kopien der Kontobücher des IOL auf meinem Tisch nicht übersehen konnte. Zum Glück hatte ich trotz des hektischen Aufbruchs am frühen Morgen nicht vergessen, sie mitzunehmen.

«Tuulia und ich haben noch in 'ner Kneipe gesessen, mindestens bis zwei», erwiderte Jyri matt. Ich nahm eins der Kontobücher in die Hand und erklärte:

«Ich hab mir die Abrechnungen ziemlich genau angesehen

und die Belege mit den Kontoauszügen verglichen. Du hast mir nicht die ganze Wahrheit über deine Schulden bei Jukka gesagt. Du kannst wegen Unterschlagung und Urkundenfälschung angeklagt werden. Jukka hat bei der Buchprüfung gemerkt, was du getan hast, aber er hat versprochen, dir Geld zu leihen, um den Fehlbetrag auszugleichen und Antti, dem zweiten Buchprüfer, die ganze Sache zu verheimlichen. Warum?»

In Jyris katerbleichem Gesicht waren rote Flecken aufgetaucht.

«Er war mein Kumpel … Dem war doch klar, dass ich das Geld nich für immer unterschlagen wollte. Aber es war nich mehr lange bis zur Jahresversammlung, und da mussten die Konten stimmen, und ich hatte kein Geld … Er hat gesagt, er leiht es mir.»

«Und hat sich zum Komplizen gemacht, indem er einen falschen Revisionsbericht schrieb? Warum bloß? Und wieso wollte er sein Geld gerade jetzt zurück?»

«Ich glaub, er wollte verreisen», brachte Jyri mühsam heraus. «Das meiste, was ich dir über den Donnerstag erzählt hab, ist die Wahrheit. Aber er hat gedroht, er erzählt der Polizei, dass ich Geld vom Chor unterschlagen hab. Er hat gesagt, dafür kann man 'ne Bewährungsstrafe kriegen, er kannte irgendwen, der für noch weniger Geld …»

«Wann solltest du das Geld zurückzahlen?»

«Er hat mir bis Montag Zeit gegeben.»

«Und wie wolltest du die Summe auftreiben?»

«Ich wollt alles Mögliche zur Pfandleihe bringen. Die Stereoanlage, den Fernseher, meine Lederjacke …», erklärte Jyri niedergeschlagen.

«Aber am Samstag war Jukka plötzlich tot, und du warst deine Sorgen los. Wenn du ihn aus Wut und im Suff niedergeschlagen hast, dann gib's jetzt zu! Mit einem freiwilligen Geständnis kommst du leichter davon!»

Jyri hatte den Kopf in den Händen vergraben. Er tat mir beinahe Leid. Mörder oder nicht, die gefälschten Bücher musste ich wohl dem Dezernat für Wirtschaftskriminalität übergeben. Vielleicht würde Jyri aus dieser Schande etwas lernen. Ein paar Tausender waren Kleinkram im Vergleich zu dem, was sich zum Beispiel in Bankkreisen andauernd abspielte. Aber so war es nun mal: Man konnte Milliarden verschwinden lassen und dabei sogar erwischt werden und erhielt schlimmstenfalls die Kündigung bei vollem Rentenanspruch, aber wenn man ein paar Tausender unterschlug, bekam man eine Bewährungsstrafe. Und der arme Antti hatte in gutem Glauben den Revisionsbericht unterschrieben, den Jukka zusammengestoppelt hatte, und sich damit mitschuldig gemacht. Musste ich Jyri wirklich den Staatsanwalt auf den Hals hetzen? Hatte ich das Recht, es nicht zu tun?

«Ich hab Jukka nicht umgebracht», sagte Jyri mit weinerlicher Stimme. «Ich war bloß wahnsinnig enttäuscht, als er sich auf einmal quer gestellt hat. Aber ich hätt meine Sachen gleich am Montag ins Pfandhaus gebracht, ich hätt das Geld schon irgendwie zusammengekratzt ... Tuulia wollte mir auch was leihen.»

«Wusste Tuulia von der Sache?»

«Ich hab ihr bloß gesagt, dass Jukka sein Geld zurückwill.»

«Hör zu, Jyri. Der Dienst habende Beamte am Eingang hat ein Alkometer. Da gehen wir jetzt hin, du pustest, und wenn du auch nur eine Spur Alkohol im Blut hast, rufst du bei der Arbeit an und sagst, dass du nicht mehr kommen kannst. Dann setzt du dich mit Antti in Verbindung und berätst dich mit ihm. Er weiß Bescheid. Ihr müsst zusammen mit den Chormitgliedern entscheiden, wie es weitergehen soll. Aber zum letzten Mal: Wenn du Jukka umgebracht hast, leg ein Geständnis ab, jetzt sofort! Vielleicht kommst du mit Totschlag davon. Früher oder später finden wir es sowieso heraus. Betrug und Mord, das wäre eine schlimme Kombination.»

Ich merkte selbst, wie hohl meine Worte klangen.

Das Alkometer zeigte null, Jyri fuhr zur Arbeit.

Ich beschloss, noch einmal bei den Mäkis anzurufen. Diplomkaufmann Martti Mäki meldete sich. Ich erzählte ihm, was wir herausgefunden hatten, und er machte keinen Versuch, es abzustreiten.

«Wir haben die Nacht im Hotel Vaakuna verbracht. Bestimmt sind unsere Namen da registriert.»

«Es wäre besser, wenn Sie mir den vollständigen Namen und die Adresse von diesem Tomppa geben, damit wir Ihr Alibi nachprüfen können.»

«Um Himmels willen … Muss das denn wirklich sein? Tomppa bekommt doch deswegen keinen Ärger? Er ist so ein netter Junge.»

«Er hat nichts Ungesetzliches getan», bemerkte ich trocken. Ich wollte ihn gar nicht erst fragen, ob er Tomppa bezahlt hatte. Er gab mir die Personalien des Jungen.

«Ähem … meine Frau braucht doch sicher nichts davon zu erfahren?», fragte Mäki zum Schluss.

«Ihre Beziehungsprobleme müssen Sie schon selbst klären», versetzte ich ärgerlicher als nötig und legte auf.

Vergeblich versuchte ich, Sirkku und Timo zu erreichen, dann nahm ich mir Arhelas Aussage vor und befasste mich eine Weile mit verschiedenen Schriftsätzen. Eigentlich hatte ich frei, ich brauchte mich nur auf Abruf bereitzuhalten, aber da ich endlich einmal Zeit hatte, konnte ich ein paar liegen gebliebene Vorgänge aufarbeiten. Der nächste Programmpunkt stand erst am Abend an.

Kurz nach drei verließ ich das Präsidium. Ich ging zu Fuß durch den Zentralpark, von da an die Töölö-Bucht und weiter nach Hause. Ich hatte die Schreibtischarbeit unterbrechen müssen, um einen Selbstmord aufzunehmen, eine Frau mittleren Alters, die sich an diesem nebligen Sonntag an der Teppichstange auf ihrem Balkon erhängt hatte. Danach brauchte ich frische Luft. Außerdem kaufte ich mir unterwegs am Kiosk ein großes Eis.

Zu Hause zog ich mich um und lief zu einem nur für Frauen reservierten Fitnessclub, für den ich eine Jahreskarte besaß. Beim Kampf mit Hanteln und sonstigem Gerät wurde ich im Allgemeinen munter, und inzwischen hatten sich meine Muskeln vom Training vor zwei Tagen erholt. Wie immer am Sonntagnachmittag war der Saal fast leer. Heute nahm ich mir Arme und Rücken vor, nachdem ich am Freitag Bein- und Bauchmuskeln trainiert hatte.

Während ich die Latissimusstange in den Nacken zog, dachte ich über Jukkas Charakter nach. Charmant, begabt, freigebig – egoistisch, herrschsüchtig, andere ausnutzend. Ein Krimineller? Schnapsschmuggler? Zuhälter? Drogenhändler? Hatte er Jyri vorgeschlagen, sich ein paar Mal an alternde Homosexuelle zu verkaufen, um seine Schulden abzuzahlen, und war Jyri darüber so wütend geworden, dass er ihn umgebracht hatte? Oder hatte Piia es getan, aus Angst vor Jukkas Enthüllungen? Wie weit war Tuulia in Jukkas Geschäfte verwickelt? Ich konnte mir kaum vorstellen, dass sie sich ausnutzen ließ, dass sie ihren schönen Körper verkaufte. Dazu würde sie sich kaum hergeben. Und Sirkku? Oder war es möglich, dass Antti über den Missbrauch seiner Unterschrift so in Wut geraten war, dass er blind auf Jukka eingeschlagen hatte? Möglich war es. Und er entsprach ja haargenau der Karikatur eines Kiffers: Zivildienst, Pferdeschwanz und all das. Hatte er vielleicht Verbindungen zur Drogenszene? Auch Mirja konnte ich noch nicht ausschließen.

Als Nächstes war die Bizepsbank dran. Der Schlag gegen Jukkas Kopf war offensichtlich mit einiger Kraft geführt worden. Das schien Piia und Sirkku auszuschließen, vielleicht auch Jyri. Im Faustkampf würde ich Jyri garantiert besiegen, er wog mindestens fünf Kilo weniger als ich. Timo hatte genug Kraft, aber hätte er das Zimmer verlassen können, ohne dass Sirkku es merkte?

Meine Bizepsmuskeln schmerzten, ich ging zum Bankdrücken über. *Who wants to live forever*, fragte der verstorbene Freddie Mercury über die Stereoanlage. Jukka hatte diese Wahl nicht gehabt. *And we can love forever*. Hatte Tuulia Jukka geliebt? Hatte sie so wenig Vertrauen zu mir, dass sie mir das nicht sagen konnte? Der Gedanke war schmerzlich. Das Gewicht drückte, ich hatte fünf Kilo zu viel aufgelegt. Das passierte mir oft, ich neigte dazu, meine Kräfte zu überschätzen.

Ich joggte nach Hause zurück, duschte und fing an, meine Wohnung aufzuräumen. Die Lohnarbeit war für heute getan, das schweißtreibende Training hatte ich auch erledigt, aber die schwierigste Aufgabe lag noch vor mir. Ich musste meine Eltern vom Bahnhof abholen und für eine Nacht bei mir beherbergen. Sie würden morgen früh abfliegen, zu ihrem zweiwöchigen Urlaub auf einer griechischen Insel. Das war Jahr für Jahr die einzige Gelegenheit, bei der sie mich besuchten. Obwohl sie beide in Helsinki studiert hatten, empfanden sie die Stadt als riesig und beängstigend und brachten es nicht fertig, allein vom Bahnhof zu mir nach Töölö zu kommen.

«Na, jetzt sind wir ja mit Polizeieskorte unterwegs», witzelte mein Vater, als wir in die Straßenbahn stiegen.

«Hast du überhaupt Zeit zum Studieren?», fragte meine Mutter besorgt. Damit meine Eltern es akzeptierten, dass ich die Vertretung bei der Kripo übernahm, hatte ich ihnen vorgeschwindelt, ich würde nebenbei einige Prüfungen ablegen.

«Auf eine Prüfung hab ich mich vorbereitet.» Das war nicht direkt gelogen. Ich hatte mir in der Bibliothek die Bücher für die Abschlussprüfung in Strafrecht ausgeliehen. Und meine Eltern glaubten nun mal am liebsten das, was ihnen gefiel: Onkel Pena war kein Alkoholiker, er trank nur manchmal zu viel, die Schüler waren nicht wirklich böse, sie kamen aus schwierigen Verhältnissen, ich würde mein Jurastudium abschließen, eine gute Stelle bekommen und einen netten Mann finden. Für mich selbst interessierten meine Eltern sich eigentlich gar nicht, nur für die Kulissen meines Lebens.

Meine frisch geputzte Wohnung kam mir merkwürdig eng

und staubig vor. Zum Abendessen hatte ich Zwiebelkuchen und Salat vorbereitet, dazu gab es Tee. Ich hatte meine Eltern zuletzt an Weihnachten gesehen, das ich pflichtbewusst bei ihnen verbracht hatte. In dem halben Jahr, das seitdem vergangen war, hatten sich auf Mutters Stirn neue Falten gebildet, und Vaters Schultern waren eingefallen. In zwei Jahren wurden sie pensioniert. Der Beginn des neuen Schuljahrs wurde ihnen von Jahr zu Jahr unerträglicher.

Sie berichteten über Ereignisse in meiner Heimatstadt, die mich kaum interessierten. Ich wohnte seit zehn Jahren nicht mehr dort, die Leute, die mir auf der Straße begegneten, kannte ich nicht mehr. Dann erkundigten sie sich höflich nach meiner Arbeit, und ich antwortete ebenso höflich und vage, berief mich auf meine Schweigepflicht. Sie erzählten mir, an welchen Ausflügen sie teilnehmen wollten, und zeigten mir ein Foto von ihrem Hotel im Prospekt des Reisebüros. Wir sahen uns die Nachrichten und die Sportschau an, ich servierte ihnen den Rest des Kiwilikörs, aber nicht einmal der lockerte die Stimmung. Wir waren alle drei erleichtert, als mein Vater nach den Zehn-Uhr-Nachrichten sagte, es sei Zeit, schlafen zu gehen. Ihr Flugzeug ging um sieben, wir mussten also schon vor fünf Uhr aufstehen.

Obwohl die vorige Nacht kurz gewesen war, konnte ich nicht einschlafen. Von der knarrenden Schlafcouch waren die schnaufenden Atemzüge meiner Mutter und das Schnarchen meines Vaters zu hören. Es war ein seltsames Gefühl, mit anderen im gleichen Zimmer zu schlafen. Ich war traurig. Auf allen Formularen trug ich unter «nächste Angehörige» den Namen meiner Mutter ein, aber waren wir uns nicht eigentlich fremd? Was wusste ich von meinen Eltern, was wussten sie von mir? Wenn ich plötzlich ums Leben käme, wie Jukka, würden sie den Menschen, dessen Nachlass sie durchsehen mussten, kaum wiedererkennen.

Daran war ich selbst schuld, keine Frage. Ich besuchte sie nur zweimal im Jahr und gab mich jedes Mal distanziert und selbstsicher. Seit Jahren hatten wir nicht mehr über unsere Gedanken oder Gefühle gesprochen; wie meine Eltern auf die verschiedenen Wendungen meines Lebens reagierten, wusste ich nur von meinen Schwestern.

Ich hatte ihnen nie ganz verziehen, dass sie eigentlich gar nicht mich gewollt hatten, sondern einen Jungen. Sie hatten sich sogar nur einen Jungennamen überlegt. Meine Mutter war fest davon überzeugt gewesen, dass sie einen Markku unter dem Herzen trug, weil ich so energisch gestrampelt hatte. Später hatte ich dann versucht, ihnen den Sohn zu ersetzen, weil auch meine kleinen Geschwister Mädchen waren. Ich hatte mir sogar den Traumberuf jedes kleinen Jungen ausgesucht.

Erst vor ein paar Jahren war mir allmählich aufgegangen, dass meine Eltern nicht für die Unstimmigkeiten in meinem Leben verantwortlich waren. Ich hatte sogar einige Annäherungsversuche unternommen, aber es war zu spät. Zwischen uns herrschte ein höflicher Status quo, an dem sich wahrscheinlich nichts mehr ändern würde. Nur manchmal, wenn ich meine Mutter und meine jüngeren Schwestern fröhlich miteinander schwatzen hörte, fühlte ich mich wie ein Kind, das ohne eigene Schuld von einem schönen Spiel ausgeschlossen wird.

Zwölf

Strahlt einstmals neuer Frühling und neues Morgenrot

Ich verfrachtete meine Eltern in den Flughafenbus, der um Viertel nach fünf abfuhr, und kroch für ein paar Stunden wieder ins Bett. Ich schlief unruhig. Im Traum saß ich am Meer und versuchte, meine Mutter herauszuangeln, die zusammengeschlagen und bis zur Unkenntlichkeit entstellt worden war. Als es mir endlich gelang, sie aus dem Wasser zu ziehen, hatte sie sich in Tuulia verwandelt, die ich verzweifelt küsste, um sie zum Leben zu erwecken.

Ich fuhr mit dem Rad nach Pasila. Als ich am Vergnügungspark Linnanmäki vorbeifuhr, löste sich der Nebel allmählich auf, und das Riesenrad kam zum Vorschein. Hoffentlich war diese Morgendämmerung ein gutes Omen. An der Ampel musste ich bremsen, dabei sprang die Kette ab. Beim Reparieren brachte ich es fertig, meine besten Jeans mit Fahrradöl zu verzieren. Ich kam erst um zehn nach acht im Präsidium an, nachdem die Kette unterwegs noch einmal abgesprungen war. Im Vorbeigehen warf ich einen Blick in Kinnunens Zimmer, aber es stand leer. War er immer noch im Saufurlaub? Auf meinem Schreibtisch lag bereits ein Zettel mit der Bitte, Heikki Peltonen anzurufen, und ein zweiter mit der Aufforderung, mich beim Chef zu melden.

Ich rief zuerst Peltonen an, der Jukkas Autoschlüssel vermisste. Er vermutete die Zweit- und Drittschlüssel noch bei uns.

«Ich habe die ganze Zeit nur einen Satz Schlüssel gesehen, die, die im Zündschloss steckten. Ersatzschlüssel haben wir weder in Vuosaari noch in Jukkas Wohnung gefunden.»

«Seltsam. Ich bin sicher, es existieren mindestens zwei Ersatzschlüssel. Wir wollen den Wagen verkaufen, sobald die Nachlassaufstellung abgeschlossen ist, aber nun müssen wir neue Schlösser einbauen lassen.»

Ich musste an die Nachricht von ÄM denken, der sich das Auto ausborgen wollte. Hatte er die verschwundenen Schlüssel? Was hatte ÄM mit dem Wagen gemacht? Drogen transportiert? Warum ausgerechnet in Jukkas Wagen? Ich versuchte Peltonen davon zu überzeugen, dass wir mit den Ermittlungen vorankamen, sagte ihm aber noch nicht, dass die Wahrheit über seinen Sohn, die sich allmählich herausschälte, alles andere als angenehm war.

Tapsa hatte seine Tonbänder noch nicht bekommen. Widerstrebend machte ich mich auf den Weg zum Chef, um ihm über meine aktuellen Fälle Bericht zu erstatten. Er blies mir Zigarrenqualm in die Augen und hörte sich mit ungläubigem Gesicht meine Theorien von Jukkas Verstrickung in Sex-, Schnaps- und Drogengeschäfte an.

«Aha. Wie viel davon ist denn beweisbar, und wie viel ist Phantasie – oder sollte ich von weiblicher Intuition sprechen?» Ich berichtete ihm von Koivus Exkursen, von Arhela und von den Schnapsflaschen. Die Analyse des Inhalts sollte ich im Lauf des Tages bekommen.

«Der Mörder wäre also doch jemand von außen?»

«Nicht unbedingt. Zumindest glaube ich, dass ein Teil meiner Verdächtigen in diese Schnapsgeschichte verwickelt ist.»

«Die Theorien sind prächtig, aber wir brauchen Ergebnisse!» Wieder schwebte eine Rauchwolke auf meine Augen zu. «Ich gebe dir bis Freitag Zeit. Bis dahin solltest du den Mörder gefasst haben. Ich hab alle Hände voll zu tun, die Boulevardzeitungen zum Stillschweigen zu bewegen.»

«Bin ich denn weiterhin hauptverantwortlich mit dem Fall beschäftigt? Was ist mit Kinnunen?» Der Chef sah plötzlich verlegen aus.

«Na, Kalevi ist natürlich …», fing er an zu stammeln, riss sich dann aber zusammen. «Kinnunen trägt natürlich letztlich die Verantwortung für alles, was in seiner Abteilung geschieht. Ich habe aber heute Morgen mit ihm vereinbart, diese Verantwortung an mehrere Personen zu delegieren. Du bist mit diesem Fall ja schon ziemlich weit vorangekommen. Du erstattest ihm Bericht, arbeitest aber im Wesentlichen selbständig weiter.»

Kinnunen war also wieder da. Die Situation schien ziemlich explosiv zu sein. Vielleicht sprach ich am besten selbst mit ihm.

Wir redeten eine Weile über andere Fälle, an denen ich gerade arbeitete. Ich bat um Erlaubnis, in erster Linie Koivu als meinen Assistenten einzusetzen. Der Chef stimmte zu und fragte dann nachdenklich:

«Bis Ende September ist es nicht mehr lange … Saarinen hat letzte Woche angerufen. Ihm wird möglicherweise bald Erwerbsunfähigkeitsrente bewilligt, weil es mit seinem Rücken so schlimm steht. Auf jeden Fall ist er bis Ende des Jahres krankgeschrieben. Hast du dir schon überlegt, ob du weitermachen willst?»

«Ich bin noch nicht dazu gekommen», erwiderte ich ausweichend.

«Es wäre gut, wenn wir in unserer Abteilung eine Frau hätten, schon fürs Image. Und du scheinst ja genauso gut zurechtzukommen wie die Jungs», sagte der Chef, ohne zu ahnen, dass er genau die falschen Worte gewählt hatte. Zum Glück stellte seine Sekretärin gerade in dem Moment ein dringendes Gespräch von oben zu ihm durch, sodass ich mich verdrücken konnte.

Auf meinem Schreibtisch war in der Zwischenzeit ein rundes Paket aus dem Labor aufgetaucht. Bevor ich es öffnen konnte, klingelte das Telefon. Es war Anu, die Sopranistin, die meiner Bitte um Rückruf nachkam.

«Du hast mir gesagt, dass Jukka am Telefon so etwas Ähnliches gesagt hat wie ‹Hör zu, Alte, ich kann jetzt nicht sprechen›. Kann es sein, dass er für Alte nicht akka gesagt hat, sondern ämmä?»

Anu überlegte eine Weile.

«Ja, ich glaube, du hast Recht.»

«Hervorragend. Und diese Ämmä brauchte von irgendetwas mehr, als Jukka ihr geben wollte?»

«Den Eindruck hatte ich», bestätigte Anu. Sie hatte nichts dagegen, ihre Aussage eventuell später offiziell zu Protokoll zu geben.

Endlich konnte ich das Paket aus dem Labor auspacken. Es enthielt eine der Schnapsflaschen aus Jukkas Wohnung, eine zweite Flasche, die Laborergebnisse und einige Fotos. Ich sah sie mir an und pfiff durch die Zähne. Allmählich wurde es interessant. Ich verstaute die Schnapsflasche in meinem Schreibschränkchen, um die Männer unserer Abteilung und vor allem Kinnunen nicht in Versuchung zu führen. Da hatte ich nun meine Büroflasche.

Ich organisierte mir einen Wagen und Koivu, der wieder munter und gut gelaunt war. Als ich ihn für seine Leistung am Samstagabend lobte, lachte er zufrieden.

«In dem Lokal gab's reichlich käufliches Fleisch. Für Geld kriegt man da Frauen oder junge Männer, ganz nach Wunsch», erklärte er. «Erinnerst du dich noch an die Estin, die ihre Freier beraubt hat? Sie muss so ungefähr zwei Tage vor dem Mord an Peltonen verhaftet worden sein. Die könnte was wissen.»

«Sehr gut, Koivu! Kannst du mal feststellen, ob sie noch in Haft ist, und uns eine Vernehmungserlaubnis besorgen? Bis wir die haben, erledigen wir ein paar andere Gespräche», sagte ich. Koivu nahm das Autotelefon zur Hand und erkundigte sich. Die Frau saß tatsächlich noch in Pasila in Untersuchungshaft.

Wir fuhren als Erstes nach Koskela, wo Tomi Rissanen, also Tomppa, wohnte. Nach mehrmaligem Klingeln öffnete ein schöner Junge mit Engelslocken die Tür. Er rieb sich die Augen, als wäre er gerade erst aufgewacht. Sein einziges Kleidungsstück war ein winziger weißer Tangaslip, der die Bräune seines muskulösen Körpers betonte.

«Koivu und Kallio, Kriminalpolizei», sagte ich und hielt ihm meinen Ausweis hin. «Wir hätten ein paar Fragen über einen Ihrer ... Freunde.»

Tomppa schien eher verwirrt als erschrocken. Hatte Mäki ihn gewarnt? Bei genauem Hinsehen sah er aus wie ein Schuljunge, der eigentlich gar keinen Zutritt zum «Kaivohuone» haben dürfte. Es wunderte mich gar nicht, dass er Abnehmer fand. Einen solchen Leckerbissen anzuschauen und zu berühren musste ein Genuss sein. Die Eheleute Mäki schienen auf den gleichen Typ Mann zu stehen; dem Aussehen nach hätte Tomppa Jukkas kleiner Bruder sein können.

Tomppa bestätigte, die ganze Nacht mit Mäki im Hotel Vaakuna verbracht zu haben. Da auch das Gästebuch des Hotels eine entsprechende Eintragung enthielt, konnten wir Mäki wohl von der Liste der Verdächtigen streichen.

«Du warst aber lieb zu dem Kleinen», feixte Koivu, als wir zurück zum Auto gingen.

«So einen niedlichen Knaben werd ich doch nicht quälen! Aber mal im Ernst, ich hab bei der Sitte massenhaft solche Typen gesehen. Die lassen sich weder durch Drohungen noch durch gute Ratschläge zur Einsicht bringen, bevor es zu spät ist.»

Über die Tuusulantie fuhr ich auf die äußere Umgehungsstraße und fand ohne Koivus Hilfe die Verkaufsstelle für landwirtschaftlichen Bedarf, wo Timo arbeitete. Die Traktoren und Mähdrescher auf dem Hof riefen Erinnerungen an meine Kindheit wach, an die Sommer, in denen ich auf dem Hof meines Onkels Pena bei der Heuernte geholfen hatte. Ich hatte damit geprahlt, dass ich mehr Heu aufgabeln konnte als mein zwei Jahre älterer Vetter, und hatte sowohl den Pferdewagen als auch den Traktor gelenkt. Meine kleinen Schwestern waren es zufrieden, unserer Mutter beim Kochen zu helfen. Mutter hatte diese Sommer auf dem Land nicht gerade genossen, denn sie stand den ganzen

Tag in der Küche – Onkel Pena war nicht verheiratet – und bereitete das Essen für die Erntehelfer zu. Wahrscheinlich hätte sie viel lieber auf der Wiese gesessen und Agatha Christie gelesen. Ich hatte mir natürlich eingebildet, sie hätte sich ihren Part selbst ausgesucht. Damals glaubte ich, Erwachsene täten immer nur, was sie wollten.

Timo war gerade dabei, mit einem Traktor Düngemittelsäcke auf den Hof zu fahren. Er war merklich erschüttert, als ich ihn aufforderte mitzukommen. Ich erklärte seinem Chef, dass ich Timos Unterstützung bei wichtigen Ermittlungen brauchte. Ich wollte seinen Ruf nicht unnötig schädigen, fragte mich allerdings, warum ich eigentlich so rücksichtsvoll handelte.

«Ich hätte Sirkku und dich gestern schon vernommen, aber ihr wart nicht in der Stadt», sagte ich vorwurfsvoll, als Timo auf der Rückbank saß. «Hatten wir nicht abgemacht, dass ihr mich informiert, bevor ihr wegfahrt?»

«Wir waren doch nur in Muuriala, bei meinen Eltern …», meinte er verwundert. «Wir dachten, am Wochenende würdest du uns sowieso nicht brauchen.»

Wir fuhren in die Innenstadt. Ich ließ Koivu mit Timo in dem gesetzwidrig auf dem Bürgersteig parkenden Wagen zurück und spazierte in die Kosmetikabteilung des großen Kaufhauses, wo Sirkku jobbte. Sie war, passend zum Arbeitsplatz, auffällig, wenn auch nicht gerade schön geschminkt. Alles war eine Spur zu reichlich aufgetragen, und der pinkfarbene Lippenstift stand ihr nicht. Im künstlichen Licht des Kaufhauses sah sie aus wie eine überdimensionale Puppe. Da entdeckte ich mein eigenes Gesicht in einem Schminkspiegel und wandte schleunigst den Blick ab.

«Sirkku, so wie die Dinge stehen, muss ich dich jetzt nach Pasila mitnehmen, zur Vernehmung. Wo ist deine Chefin? Ich sag ihr Bescheid.»

Sirkku suchte am Verkaufstisch Halt und stieß dabei an die Schnupperfläschchen, die klirrend herunterfielen. Dann sah sie mich so erschrocken an, dass eine Frau, die uns aus einiger Entfernung beobachtet hatte und aussah wie eine Doppelgängerin der Dynasty-Krystle, herbeieilte und fragte, was denn los sei. Es war die Abteilungsleiterin.

«Ich brauche die Unterstützung von Fräulein Halonen bei meinen Ermittlungen. Ich bringe sie in zirka einer Stunde zurück.»

Sirkku zog ihren Kittel aus und stempelte ihre Stechkarte. Womöglich zog man ihr für die Zeit der Vernehmung den Lohn ab. Wie idiotisch von mir, dass ich mir darüber Gedanken machte! Als sie Timo im Wagen erblickte, wurde ihr Gesicht unter dem Make-up bleich. Ich bat Koivu, sich zu Timo auf die Rückbank zu setzen, und ließ Sirkku auf dem Beifahrersitz Platz nehmen. Ihre Fingerspitzen mit den rosa lackierten Nägeln zitterten. Eigentlich konnte ich mir meine Fragen ersparen. Mit ihrem Verhalten hatte Sirkku schon eine ganze Menge zugegeben.

Sie beruhigte sich ein wenig, als sie in meinem Zimmer saß und mit Timo Händchen halten konnte. Koivu holte für die beiden Kaffee und für mich einen Tee. Er selbst hielt sich an Cola. Als ich die Schnapsflasche aus dem Schrank holte, machte er eine erwartungsvolle Geste. Ich bedeutete ihm, er solle sich anständig benehmen, obwohl mich ein Tee mit Schuss auch gereizt hätte.

«Die Flasche kennt ihr ja wohl. Oder müsst ihr zuerst den Inhalt probieren?» Die beiden warfen sich einen Blick zu, dann sagte Timo mit kraftloser Stimme:

«Ja, die kennen wir.» Jetzt war auch sein Gesicht erstaunlich blass.

«Und woher? Du weißt sicher auch, was drin ist?»

«Schwarzgebrannter», brachte er mühsam heraus.

«Wer mag den wohl gebrannt haben? Diese Flasche und zig weitere haben wir in Jukkas Wohnung gefunden, aber weder dort noch in Vuosaari stehen irgendwelche Destilliergeräte. Ich kann mir notfalls einen Durchsuchungsbefehl für eure Wohnungen besorgen.»

«Aber die sind …», setzte Sirkku an und jaulte auf, weil Timo ihre Hand immer fester drückte.

«Die sind was? Auseinander genommen? Auf der Flasche haben wir Fingerabdrücke von euch beiden gefunden», log ich. Die erschrockene Sirkku stolperte blindlings in die Falle:

«Meine können gar nicht drauf sein, Timo hat doch die Flaschen abgefüllt!»

«Idiotin!», zischte Timo und schüttelte Sirkkus Hand ab. Ich biss mir auf die Lippen, um nicht loszuprusten. Die beiden hatten allzu viel Ähnlichkeit mit dem Ehepaar in einer finnischen Schmierenkomödie. Sirkkus starkes Make-up wirkte bei Tageslicht grotesk, und Timo sah drein wie ein biederes Bäuerlein, das der Dorfpolizist beim Schwarzbrennen ertappt hat.

«Wo ist das Zeug denn nun hergestellt worden?» Ich hatte meine Frage an Sirkku gerichtet, aber Timo hatte sich offenbar entschlossen, die Zügel in die Hand zu nehmen. Er berichtete langsam und deutlich, als müsse er jedes Wort einzeln abwägen:

«Bei uns in Muuriala ist schon seit Jahrzehnten für den Eigenbedarf Schnaps gebrannt worden. Der Vater meines Großvaters hat während der Prohibition damit angefangen, und das ging dann eben weiter. Ich habe manchmal zu den Feten im Chor und in der Landsmannschaft ein paar Flaschen beigesteuert, und letzten Sommer hat Jukka dann gefragt, ob ich ihm etwas mehr liefern könnte, gegen Bezahlung. Ich habe meinen Vater gefragt, dem ich in den letzten Jahren beim Brennen geholfen habe, aber er war strikt dagegen. Auf dem Gutshof ist nie Schnaps verkauft worden, wir haben immer nur für den Eigenbedarf gebrannt. Ich habe mich natürlich geärgert, denn Jukka meinte, wir könnten ungefähr zweihundert Prozent Gewinn machen – wenn wir das Getreide vom Gutshof verarbeiten, das uns praktisch nichts kostet. Er wollte den Schnaps an seine Kollegen verkaufen, nehme ich an. Ich habe mir überlegt, in der

Stadt eine eigene Anlage zu bauen, aber damals schien mir das schwierig. Später, als ich schon mit Sirkku zusammen war, kam Jukka bei irgendeiner Party auf die Sache zurück.»

«Jukka hat andauernd versucht, Leute zu irgendwas zu verleiten», warf Sirkku wütend ein. Timo fasste sie wieder an der Hand.

«Ja, Jukka hat Sirkku auch alle möglichen Dinge vorgeschlagen. Jedenfalls hat Sirkku mir dann geholfen, die Anlage zu bauen – sie ist ja Chemikerin –, und wir haben die ersten fünfzig Liter gebrannt. Die eine Hälfte haben wir Jukka gegeben, die andere behalten. Der schmeckt übrigens gut, zum Beispiel mit Cola», wandte sich Timo mit unverkennbarem Berufsstolz an Koivu.

«Und dann?», fragte ich schneidend. Es ärgerte mich, dass ich schon wieder automatisch aus einem Männergespräch ausgeschlossen wurde.

«Dann haben wir eine Lieferung für das Frühlingsfest des Chors gebrannt, und vor ein paar Wochen ist die dritte fertig geworden. Die war doppelt so groß wie die vorigen, wir hatten nämlich einen neuen Kessel.»

«Und woher habt ihr die Flaschen? Die waren ja offenbar alle gleich.»

«Zum Teil haben wir alte Flaschen aus Muuriala genommen, den Rest hat Jukka irgendwo besorgt.»

«Wer ist auf die Idee mit dem Fenchel gekommen?»

«Jukka. Ich hatte ihm mal erzählt, dass wir in Muuriala auch Fenchel anbauen, und er meinte, davon bekäme der Schnaps einen frischeren Geschmack … wie Anis.»

«Und du hast also einen Teil an Jukka verkauft?»

«Ja, obwohl …» Timo sah ein wenig ratlos aus. «Ich fand es komisch, dass er immer mehr haben wollte. Es wäre mir lieber gewesen, wenn er nur einen ganz kleinen Kreis beliefert hätte. Ich finde es nicht kriminell, wenn man nur für sich selbst Schnaps brennt», verteidigte er sich. «Bei uns auf dem Land tun das alle. Aber Jukka wollte ziemlich große Mengen. Und er hat nie gesagt, an wen er den Schnaps weiterverkauft.»

«Hat er euch im Voraus bezahlt?»

«Ja. Außer diesmal …» Timo verstummte plötzlich, und Sirkku sah ihn erschrocken an.

«Sprich nur weiter», sagte ich mit aller Autorität, die ich aufbringen konnte. Ich mochte kaum glauben, dass Timo wirklich aus Ostfinnland stammte, bei seiner langsamen, steifen Sprechweise hätte ich eher auf die Provinz Häme getippt.

«Jukka hat am Donnerstagabend angerufen», fuhr Sirkku heftig dazwischen. «Er hat gesagt, er braucht alles, was wir noch auf Lager haben, und zwar sofort. Da hatte er gerade kein Geld, aber er wollte dann am Samstag in Vuosaari bezahlen, wenn er das Zeug weiterverkauft hatte. Er hat an dem Abend noch den Schnaps mit dem Auto bei uns abgeholt.»

«Aber nach Jukkas Tod haben wir den Schnaps bei ihm zu Hause gefunden, und er hat euch am Samstag nichts dafür bezahlt», stellte ich fest. «Habt ihr euch über das Geld gestritten?» Timo und Sirkku sahen sich an, als könnten sie sich nicht einig werden, wer das Reden übernehmen sollte. Dann fing Timo an:

«Na ja, wir haben am Abend in der Sauna beratschlagt, was wir tun sollen. Wir hatten ja keine Möglichkeit, das Geld irgendwie einzuklagen oder so … Aber es ging um mehrere tausend Mark, das ist nicht gerade ein Taschengeld für uns … Jukka war den ganzen Abend so merkwürdig, er wollte uns aus dem Weg gehen, das merkte man.»

«Und dann, als die anderen sich schlafen gelegt hatten und wir in sein Zimmer gehen wollten, um mit ihm zu reden, war abgeschlossen!», warf Sirkku empört ein.

«Wir haben halt beschlossen, es am nächsten Tag nochmal zu versuchen», fuhr Timo fort. «Aber dann ist Sirkku in der Nacht wach geworden und aufs Klo gegangen und … Das erzählst du am besten selbst», sagte er zu Sirkku, die plötzlich wieder ganz verängstigt aussah.

«Also … Ich bin auf das obere Klo gegangen, und da hat's ganz fürchterlich gestunken … Da muss Jyri kurz vorher gekotzt haben. Deswegen hab ich das Fenster aufgemacht, und da hab ich Jukka am Bootssteg gesehen. Ich hatte keine Zeit, Timo zu wecken, ich bin einfach ans Ufer gerannt und hab unser Geld verlangt.» Sirkku machte eine Atempause und trank den Rest ihres mittlerweile kalt gewordenen Kaffees, der, nach ihrer Grimasse zu urteilen, entsetzlich schmecken musste. Vielleicht bezog sich Sirkkus Grimasse aber auf ihre Erinnerungen.

«Aber Jukka wollte dir das Geld nicht geben», drängte ich Sirkku. «Hat er dir nicht gesagt, dass er den Schnaps noch gar nicht verkauft hatte?»

«Nein … Er hat nur gelacht und gesagt, wir dürften eben nicht so gutgläubig sein. Da bin ich wütend geworden und hab zugeschlagen.»

«Zugeschlagen?», fragte ich völlig verdattert. «Womit?»

«Mit der Hand. Oder mit der Faust. Ich weiß es nicht mehr. Ins Gesicht. Jukka hat geflucht, und ich bin weggerannt. Ich hab nicht geguckt, ob er sich verletzt hat. Aber dann am Morgen … Der kann doch nicht an meinem Schlag gestorben sein?»

«Mach dir darüber keine Sorgen, er hat einen Hieb mit der Axt bekommen», versuchte ich sie zu trösten.

«Sirkku und ich haben überlegt, ob er vielleicht irgendwie gestolpert ist und sich den Kopf an der Axt aufgeschlagen hat und dann ins Meer gefallen ist», erklärte Timo niedergeschlagen.

In Gedanken rekapitulierte ich den Laborbericht und das Gutachten des Pathologen. Konnte es so gewesen sein? Ich glaubte nicht recht, dass Sirkku fest genug zuschlagen konnte, um jemanden zu Fall zu bringen. Aber woher wollte ich das wissen? Ich war ja auch stärker, als ich aussah. Die fehlenden Fingerabdrücke wären damit natürlich erklärt. Der Pathologe hatte gesagt, eine Prellung im Gesicht sei eindeutig vor dem Tod entstanden. Das sprach nun wieder dafür, dass Sirkkus Schlag Jukka nicht umgeworfen hatte. Aber Jukka war doch betrunken gewesen. War es am Ende doch so einfach, hatte Sirkku Jukka getötet, ohne es zu wollen? Musste ich sie jetzt verhaften? Das arme Mädchen tat mir geradezu Leid.

«Komm mal her», sagte ich und stand auf. Sirkku gehorchte brav. Ich hob meine Hand wie zum Schwur, spannte die Armmuskeln an und kommandierte:

«Schlag gegen meine Hand. Genau so, wie du Jukka geschlagen hast, so fest du nur kannst.» Sirkku boxte gegen meine Handfläche. Es steckte kaum Kraft dahinter, meine Hand hatte sich keinen Zentimeter bewegt. Allerdings konnte sie mir auch etwas vorspielen.

«Setz dich ruhig wieder hin. Ich glaube nicht, dass du es geschafft hättest, Jukka umzuwerfen. Ich muss aber noch überprüfen, ob es überhaupt so passiert sein kann. Du hast also die Axt am Bootssteg gesehen?»

«Ja ... Die steckte da mit der Klinge im Holz.» Es war natürlich möglich, dass Sirkku immer noch log. Vielleicht hatte sie doch die Axt benutzt und danach ihre Nerven so gut unter Kontrolle gehabt, dass sie die Tatwaffe versteckt und vorher noch ihre Fingerabdrücke abgewischt hatte. Aber wieso waren die anderen Fingerabdrücke dann nicht auch abgewischt? Nein, wer Jukka umgebracht hatte, musste Handschuhe getragen haben.

«Hat Jukka dir gesagt, was er da draußen macht?»

«Dazu hatte er keine Zeit, weil ich ihn gleich angefaucht hab.»

Ich stellte das Paket aus dem Labor mit dem restlichen Inhalt auf den Tisch.

«Habt ihr mir jetzt bestimmt alles gesagt, was ihr über den Schnapsverkauf wisst? Jukka hat euch also erzählt, dass er die Flaschen an seine Freunde verkauft?» Beide nickten.

«Als euer Schnaps bei uns im Labor untersucht wurde, haben unsere Chemiker festgestellt, dass exakt der gleiche Stoff, mit Fenchel gewürzt, im Straßenhandel angeboten wird.»

Ich nahm die zweite Flasche aus dem Paket. Sie hatte genau die gleiche Form wie die, die wir in Jukkas Wohnung gefunden hatten, nur einen anderen Verschluss und ein russisches Etikett, wonach es sich um 47-prozentigen, mit Anis gewürzten sibirischen Wodka handelte.

«Habt ihr eine Ahnung, woher die Etiketten stammen?»

Beide waren völlig verblüfft. Timo erholte sich als Erster und fragte für seine Verhältnisse überraschend hastig:

«Ist die auf der Straße angeboten worden? Von wem?»

«Von einem estnischen Zwischenhändler. Er hat Stein und Bein geschworen, das Zeug aus Russland zu haben. Er hatte ein paar Flaschen davon.»

«Wie viel hat er dafür verlangt?»

«Siebzig Mark für den halben Liter.»

«Dieser Dreckskerl! Uns hat Jukka zwanzig gegeben. Er hat uns also übers Ohr gehauen. Er hat nur gesagt, es wäre so viel russischer Schnaps auf dem Markt und das würde auf den Preis drücken.»

«Das stimmt allerdings.» Ich war mir ziemlich sicher, dass Timo und Sirkku nichts von der Weitervermarktung ihrer Erzeugnisse gewusst hatten. Nach einigen abschließenden Fragen bat ich Koivu, die beiden an ihren jeweiligen Arbeitsplatz zurückzubringen. Ich ermahnte sie nachdrücklich, die Stadt nicht zu verlassen, ohne mir Bescheid zu geben.

«Müssen wir vor Gericht?», fragte Timo beim Aufbruch nervös. «Ich meine nur … Ich möchte meinen Vater und Muuriala nicht da reinziehen.»

Ich überlegte, was aus dem Destilliergerät geworden sein mochte. Wenn Sirkku und Timo auch nur einen Funken Verstand besaßen, hatten sie es nach Jukkas Tod sofort zerstört. Wir mussten den Fuselverkäufer noch einmal vorladen und feststellen, ob er mit Jukka in Verbindung gestanden hatte. Danach wurde es Zeit, über eine Anklageerhebung zu entscheiden.

«Ich nehme an, dass ihr mit einer Geldbuße davonkommt»,

beruhigte ich ihn. Vielleicht konnte ich die Sache sogar fallen lassen, aber das brauchten sie vorläufig nicht zu wissen.

Gerade als Koivu mit dem Paar das Zimmer verließ, klingelte das Telefon. Es war aber nicht Tapsa, wie ich angenommen hatte, sondern Tuulia.

«Sag mal, Maria, du hast doch sicher Jaanas Adresse. Ich dachte mir, ich könnte sie besuchen, auf meiner Interrail-Tour ... später im Herbst.»

«Ja, warte mal eben, ich such sie dir raus.» Unter den Papierstapeln, die meinen Tisch überschwemmten, grub ich mein Adressbuch hervor. Irgendetwas hatte ich Tuulia fragen wollen, da war ich mir sicher, aber ich konnte mich nicht mehr erinnern, was. Ich gab ihr Jaanas Adresse.

«Na, wie geht's dir denn jetzt? Die Beerdigung war wohl ziemlich schlimm für dich?», fragte ich mitfühlend.

«Zum Glück ist sie vorbei. Ich hab eigentlich erst bei der Trauerfeier richtig begriffen, dass Jukka tot ist.» Sie schluckte. «Irgendwas Neues bei den Ermittlungen?»

«Allmählich scheint sich die Sache zu klären.» Mehr wagte ich nicht zu sagen, so gern ich Tuulia beruhigt hätte.

«Und dann gehen wir wieder zusammen Bier trinken, ja?», schlug sie vor, legte aber auf, bevor ich ja sagen konnte. Dann. Dann, wenn der Fall aufgeklärt war. Dann, wenn die Verdächtigen wieder ein normales Leben führen konnten.

Tapsa meldete sich nicht, als ich ihn anrief. Ich hörte mir das Band aus Jukkas Anrufbeantworter noch einmal an. «Hier ist Tiina. Die Pläne sind jetzt ins Wasser gefallen. Du bist ein billiger Kerl, auf dich kann man sich nicht verlassen. Komm dann am Sonntag zu mir.» – «ÄM hier. Sonntagabend. Ich hau morgen ab. Ruf sofort an.»

Plötzlich fiel mir ein, dass das finnische Wort für «billig» auf estnisch «schlecht» bedeutet. Schau einer an, auch die geheimnisvolle Tiina schien eins von Jukkas estnischen Mädchen zu sein.

Zwei Tage vor Jukkas Tod waren Mitglieder eines Dealerrings

und ein estnisches Freudenmädchen verhaftet worden. Gab es Verbindungen zwischen diesen drei Ereignissen? Sirkku war ja in der Nacht eine Weile wach gewesen, sie hätte es sicher gehört, wenn ein Boot angelegt hätte oder jemand im Auto vorgefahren wäre. Am Steg waren bisher keinerlei Spuren von fremden Besuchern entdeckt worden. Die teuren Faseruntersuchungen waren völlig umsonst gewesen. Aber jetzt musste ich die Möglichkeit, dass der Mörder ein Außenstehender war, doch wieder ins Auge fassen.

Es sei denn ... Schließlich hatte ich schon bei einigen meiner Verdächtigen hinter der ehrbaren Fassade überraschende Dinge ausgegraben. Wenn Jukka in Drogenhandel und Zuhälterei verwickelt war, warum nicht auch einer der anderen?

Ich steckte mitten in diesen Grübeleien, als Tapsa Helminen anklopfte. In der Hand hielt er einen Umschlag mit dem Tonband, das gerade aus dem Labor gekommen war. Wir hörten uns gemeinsam die Nachrichten nacheinander an, zuerst die für Jukka bestimmte: «ÄM hier. Sonntagabend. Ich hau morgen ab. Ruf sofort an.» Auf Tapsas Band sprach zweifellos dieselbe Stimme: «ÄM hier. Ich hab am Donnerstag wieder das Auto voll Ware. Lass mich wissen, wo.» Die Intonation am Anfang stimmte genau überein, obwohl das Telefon und das Aufnahmegerät die Stimme veränderten.

«Glaubst du, das ÄM bedeutet so was wie M für Mörder?», fragte Tapsa aufgeregt.

«Eigentlich nicht, aber ich bin sicher, dass der Kerl uns einiges erzählen könnte. Auf jeden Fall will ich, dass Jukkas Auto nochmal unter die Lupe genommen wird, es ist nach dem Mord nur oberflächlich untersucht worden. Jetzt will ich alle nur denkbaren Proben.» Ich berichtete Tapsa, dass Koivu gerade die verhaftete Estin befragte und dass Jukka möglicherweise das Bindeglied zwischen den Beteiligten war.

«Versuch mal aus deinen Rauschgifthändlern rauszuholen, was Jukka mit der Sache zu tun hat. Hier ist ein Foto von ihm.

Und setz ihnen meinetwegen Daumenschrauben an, um rauszufinden, wer dieser ÄM ist. Das wäre bestimmt für uns beide nützlich.»

Plötzlich wurde mir bewusst, dass ich Tapsa Befehle erteilte, obwohl ich dazu gar nicht befugt war. Auch er schien ein wenig verblüfft zu sein. Ich hatte irgendwann einmal seine Frau kennen gelernt, die nicht so aussah, als ob sie ihren Mann herumkommandierte – allenfalls zum Wäscheabnehmen auf den Trockenboden. Aber Tapsa kannte mich lange genug, um zu wissen, dass er besser keine Prestigefrage daraus machte.

Wir vereinbarten, uns am Abend zu einer weiteren Lagebesprechung zu treffen. Ich ordnete an, Jukkas Auto noch einmal supergründlich zu untersuchen, dachte mir einen fadenscheinigen Vorwand für Heikki Peltonen aus und widmete mich dann wieder den Unterlagen, die gestern liegen geblieben waren. Das Wochenende war erstaunlich ruhig gewesen, außer der Vergewaltigung und dem Selbstmord hatte ich nur ein paar Körperverletzungen zu bearbeiten, Routinesachen. Ich steckte noch mittendrin, als das Telefon klingelte. Mein ehrwürdiger nächster Vorgesetzter Kalevi Kinnunen, der zwei Türen weiter saß, zitierte mich zu sich.

Kinnunen war offensichtlich schon den zweiten Tag nüchtern. Trotzdem zitterten seine Hände noch, und seine Augen ähnelten halbreifen Erdbeeren. Die Äderchen, die sein aufgedunsenes Gesicht durchzogen, hatten die Farbe von Roter Bete. Der aufdringliche Duft seines Rasierwassers, Marke Boss, überdeckte seinen üblichen Geruch, die Ausdünstungen seines jahrelang mit Wodka vergifteten Organismus.

Ich berichtete ihm, was ich in der vergangenen Woche getan hatte. Für den Fall Peltonen zeigte er genauso wenig Interesse wie für alle anderen Fälle, nur bei dem Wort Wodka schien er kurz aufzuhorchen. Ich überlegte, wie man sich als Vorgesetzter wohl fühlt, wenn die Untergebenen allein viel besser zurechtkommen.

Später kaufte ich im Laden an der Ecke Roggenbrot und Kohlsalat, setzte mich auf eine Bank in die Sonne und aß. Am Kiosk holte ich mir noch ein Riesenschokoeis, an dem ich gerade genüsslich leckte, als mir Mirja über den Weg lief. Wir grüßten uns verlegen. Mirja würde mir nie verzeihen, dass ich etwas über sie wusste, was ich eigentlich gar nicht wissen wollte. Bei ihrem Anblick fiel mir wieder ein, was ich Tuulia hatte fragen wollen.

«Gut, dass ich dich treffe», sagte ich mit gespielter Munterkeit. «Erinnerst du dich zufällig, ob Jukka in Vuosaari irgendwelche Anrufe bekommen hat? Oder ob er selbst telefoniert hat?»

Womöglich hatte der mysteriöse Drogenhändler ein Treffen vereinbart, und Jukka war an dem Abend so verängstigt gewesen, weil er ahnte, was geschehen würde.

«Anrufe?» Mirja zog die Augenbrauen hoch. «Ich glaube, nur einer, von Jukkas Eltern, als wir gerade in der Sauna waren. Im Hof ist ein Verstärker installiert, daher hat Jukka das Klingeln gehört und ist zum Haus raufgelaufen.»

«Wer war alles in der Sauna?» War jemand im Haus geblieben und hatte Jukkas Telefongespräch mit angehört? Über die Gemeinschaftssauna war ich ein wenig überrascht. Allerdings war eine gut besuchte gemischte Sauna in meinen Augen geradezu ein Hort der Sittsamkeit, denn die nackten Männer sahen ziemlich idiotisch aus mit ihren schlaff baumelnden Pimmeln, die an ungenießbare Pilze im Moos erinnern. Mich konnte das jedenfalls nicht verlocken. Eine Sauna zu zweit war natürlich etwas ganz anderes …

«Antti ist erst später gekommen, zusammen mit Jukka, nach dem Anruf. Timo und Sirkku haben gewartet, bis alle anderen fertig waren.»

«Also könnten zumindest Timo, Sirkku und Antti Jukkas Gespräch mitgehört haben?»

«Bei Timo und Sirkku wäre ich mir nicht so sicher. Die waren irgendwann rudern. Soweit ich weiß, war zu dem Zeitpunkt nur Antti im Haus.»

Ich notierte mir «Antti anrufen» im Hinterkopf und setzte meinen Weg fort. Etwas von dem Eis war mir auf die Bluse getropft, weshalb ich mir eilends das letzte Drittel des Hörnchens auf einmal in den Mund schob. Ich war wirklich adrett heute: Fahrradschmiere an der Hose, Eis auf der Bluse. Wieder in meinem Zimmer, wählte ich Anttis Nummer an der Universität und überlegte dabei, ob ich den Dienstrock aus dem Schrank holen sollte, da kam Koivu hereingestürmt. Es war ihm anzusehen, dass er wieder etwas herausgefunden hatte. Ich legte den Hörer auf, Antti konnte warten.

«Na?»

«Aber ja doch», grinste Koivu. «Unser Vögelchen kannte Peltonen. Sie heißt Tiiu Välbe, ist aber nicht mit Jelena verwandt, sagt sie. Mit der Skiläuferin», setzte er hinzu, als er mein verdutztes Gesicht sah. «Sie hat nämlich mal für ihn gearbeitet. Peltonen hat sie eines Abends im ‹Kaivohuone› angeheuert, um seinen französischen Gästen den Rest des Abends zu versüßen. Danach hat sie ein paar Mal in der Sauna von Peltonens Firma gearbeitet, sozusagen als Saunahostess … Ab und zu hat Peltonen ihr auch einzelne Kunden vermittelt. Offenbar ebenfalls Firmengäste, sie wusste weiter nichts darüber.»

«Wann war das alles?»

«Im Sommer vor einem Jahr hat es angefangen. Ihren letzten Auftrag hatte sie im Mai dieses Jahres.»

«Aber Jukka war nicht ihr Zuhälter?»

«Nein … eher ein Vermittler. Er hat sie mit guten Kunden zusammengebracht, statt ihr Geld abzuknöpfen.»

«Woher diese Wohltätigkeit?», wunderte ich mich, denn das schien nicht recht zu Jukkas Charakter zu passen. Andererseits hatte er ja auch Jyri anfangs ganz freundlich geholfen, und am Schnapsgeschäft hatte er Sirkku und Timo mitverdienen lassen. Und er hatte widerspruchslos Mirjas Abtreibung bezahlt. War

Jukka im Grunde seines Herzens doch großzügig gewesen, ein «guter Kumpel»?

«Eine Tiina wurde auch regelmäßig von Jukka vermittelt. War auf dem Anrufbeantworter nicht was von einer Tiina? Tiiu behauptet, diese Tiina hätte was mit dem Drogenhandel zu tun.»

«Und wo finden wir sie? Hast du ihre Adresse?»

«Nein, aber angeblich sitzt sie im Sommer montagsabends immer im ‹Pikkuparlamentti›. Ich hab sie mir beschreiben lassen.»

«Hast du was dagegen, wieder Überstunden zu machen? Versuch, diese Tiina zu finden!»

«Ist die die Mörderin?»

«Glaub ich nicht. Aber es kann gut sein, dass sie uns den Schlüssel zu diesem Fall liefert. Ruf mich sofort an, wenn du sie gefunden hast, wenn nötig, verhaftest du sie. Ich komm dann aufs Präsidium und sprech mit ihr. Ruf mich auf jeden Fall an, wenn das Lokal schließt. Ich glaub, die Gnadenfrist, die uns der Chef gegeben hat, reicht, um den Fall abzuschließen.»

Nachdem Koivu gegangen war, versuchte ich noch einmal, Antti an der Universität zu erreichen, aber am Institutsanschluss lief der Anrufbeantworter. Ich probierte es mit seiner Durchwahl, wo ich gar keine Antwort bekam, und mit der Nummer der Bibliothek, wo ein verschlafener Typ mir die Auskunft gab, Antti sei den ganzen Tag nicht im Haus gewesen. Mein Anliegen war zwar nicht sehr wichtig, aber ich ärgerte mich trotzdem. Vielleicht durften wissenschaftliche Mitarbeiter der Universität sich an schönen Sommertagen an den Strand legen. Vielleicht war Antti aber auch mit Einstein ins Sommerhaus seiner Eltern gefahren und hatte es nicht für nötig gehalten, mich davon in Kenntnis zu setzen.

Tapsa erschien schneller wieder auf dem Präsidium, als ich erwartet hatte, seine lange Nase bebte vor Erregung. «Ich hab gerade einen gewissen Mauri Mattinen zur Fahndung ausgeschrieben, in gewissen Kreisen auch als ÄM bekannt. In seiner

Wohnung hat er sich seit einer ganzen Weile nicht mehr blicken lassen, und am Arbeitsplatz erreicht man ihn auch nicht, weil er Urlaub genommen hat.»

«Du hast also tatsächlich seine Personalien rausgefunden? Wie war der Name? Mattinen! Teufel auch, den Namen hab ich doch in Jukkas Firma gesehen, auf Rechnungen von einer Unternehmensberatung. Ist er vorbestraft?» Ich hielt den Hörer schon in der Hand.

«Mattinen, Mauri. Neunundvierzig geboren. Ein halbes Jahr wegen Besitz von Cannabisprodukten.»

Ich rief im Labor an und bat darum, in Jukkas Wagen vor allem nach Mattinens Fingerabdrücken zu suchen.

Als Nächstes telefonierte ich mit Marja Mäki, die nach kurzem Nachdenken sagte, ihres Wissens sei Mattinens Firma beauftragt worden, in Estland Spediteure zu suchen, die als Subunternehmer infrage kamen.

«Mein Mann steht also nicht mehr unter Verdacht?», fragte sie dann.

«Nein. Sein Alibi ist von mehreren Personen bestätigt worden.»

«Wo war er denn?»

«Das muss er Ihnen schon selbst erzählen», gab ich zurück und versuchte das Gespräch zu beenden, aber Marja Mäki ließ nicht locker.

«Er war mit einem Jungen zusammen, oder?» Ihre Stimme bebte vor Zorn. «Was für ein Knäblein hat sich Martti denn diesmal angelacht?» Es widerte mich an. Warum mussten die Mäkis mich in ihre Konflikte hineinziehen? Plötzlich dämmerte es bei mir.

«Hören Sie mal, Frau Mäki! Sie haben Ihren Mann gar nicht verdächtigt, Peltonen getötet zu haben. Sie wollten die Polizei nur benutzen, um herauszufinden, was Ihr Mann treibt. Wenden Sie sich das nächste Mal gefälligst an einen Privatdetektiv!» Ich knallte den Hörer auf. Na fabelhaft! Wahrscheinlich hatte

Marja Mäki Jukka nur als Schachfigur im Rachefeldzug gegen ihren Mann benutzt. «Reich und schön» zu gucken, konnte ich mir in Zukunft jedenfalls sparen, im richtigen Leben ging es nicht weniger abartig zu.

Ich nahm meine Unterlagen und ging in Tapsas Zimmer, wo wir unsere Erkenntnisse durchsprachen und ordneten. Makkonen, ein gut sechzigjähriger Drogenfahnder, der in seiner Ungeduld die voreiligen Verhaftungen angeordnet hatte, und Koivu stießen auch dazu. Ich hatte Koivu gerade noch zu Hause erreicht, wo er sich für den Abend im ‹Pikkuparlamentti› umgezogen hatte. So wie er jetzt aussah, in himmelblauem Hemd und heller Hose, würden sich garantiert nicht nur brave Braunhaarige für ihn interessieren.

«Sollten wir Kinnunen informieren?», fragte der gewissenhafte Makkonen.

«Der ist vor ein paar Stunden mit Virrankoski nach Haaga gefahren», sagte ich schnell. Ich war fest entschlossen, mein Revier zu verteidigen. An meinem ersten eigenen Mord wollte ich meinen versoffenen Abteilungsleiter nicht herummurksen lassen.

Nach einigen Tassen Kaffee und einer halben Schachtel Zigaretten, die sich Makkonen auf dem Gang reinzog, hatten wir alle Fakten beisammen. Tapsa hatte gerade im Labor angerufen und erfahren, dass an der Fahrertür und rund um das Kofferraumschloss von Jukkas Auto Mattinens Fingerabdrücke gefunden worden waren. Koivu hatte eben angefangen, die Zusammenfassung unserer Schlussfolgerungen durchzulesen, als das Telefon klingelte.

«Für dich, Maria. Eine Frau Sarkela.»

«Hier spricht Marjatta Sarkela, guten Tag.» In der gediegenen, nicht mehr ganz jungen Stimme lag ein besorgter Unterton. «Sie sind doch die Kriminalbeamtin, die den Mord an Jukka Peltonen untersucht?»

«Ja. Und Sie sind sicher Antti Sarkelas Mutter?»

«Genau. Ich gebe zu, dass ich vielleicht überreagiere, aber es sieht ganz so aus, als ob mein Sohn verschwunden wäre.»

«Dann ist er also nicht bei Ihnen in Inkoo?»

«Nein … Hat er gesagt, er wollte herkommen?» Anttis Mutter erzählte, dass sie am Samstagabend Einstein in Anttis Wohnung abgeholt hatten und dann nach Inkoo gefahren waren. Am Sonntag hatte sie bei Antti angerufen, um ihm zu berichten, dass die Katze ihnen um sechs Uhr früh eine erbeutete Wühlmaus ins Bett gelegt hatte. Sie hatte aber nur Anttis Mitbewohner erreicht, der ihr gesagt hatte, Antti wäre am Samstagabend weggegangen und bisher nicht zurückgekommen. Jetzt war schon Montag, und er hatte immer noch nichts von sich hören lassen.

«Ich mache mir Sorgen, ich kann nicht anders, nach dem, was Jukka Peltonen passiert ist … Antti und Jukka waren gute Freunde. Womöglich hat Jukkas Mörder auch Antti etwas angetan …»

Ich gab mir Mühe, Frau Sarkela zu beruhigen, obwohl ich auf einmal selbst besorgt war. Ich erinnerte mich an das, was Antti am Samstag gesagt hatte: «Wenn ich nur … wenn ich nur wüsste, was wichtig ist und was nicht.» Und etwas später: «Derjenige, der Jukka umgebracht hat, ist wahrscheinlich unberechenbar. Sei vorsichtig!» War Antti unvorsichtig gewesen? Oder war er auf der Flucht?

Dreizehn

Und Auferstehungswinde wehen von den Fjelden

«Was ist los?», fragte Tapsa neugierig, als ich aufgelegt hatte.

«Verdammter Mist! Es sieht so aus, als ob einer meiner Hauptverdächtigen verschwunden wäre.» Da fiel mir ein, dass der IOL montags auf dem Sportplatz in Kaisaniemi Kyykkä spielte. Vielleicht war Antti dort, oder wenigstens jemand, der wusste, wo er sein konnte. Am besten fuhr ich schnell hin.

Sämtliche Dienstwagen waren reserviert, also sprang ich auf mein Fahrrad und hoffte inständig, dass es mich nicht ausgerechnet jetzt im Stich ließ. Ich strampelte den abschüssigen Weg nach Kaisaniemi in einer Viertelstunde herunter. Es war zwar schon Abend, aber immer noch sehr warm, und ich hätte viel darum gegeben, statt der ölverschmierten Jeans Shorts zu tragen. Meine Nackenmuskeln waren völlig verspannt, von den neuen Informationen, die wir bekommen hatten, war ich ganz benommen.

Tapsas Dealer war endlich bereit gewesen, die Identität von ÄM preiszugeben. Mauri Mattinen, vorbestraft wegen Besitz und Verkauf von Cannabisprodukten und wegen illegaler Einfuhr von Hormonprodukten aus Russland und Estland. Zurzeit Hauptaktionär und Geschäftsführer der Consultingfirma Mattinen. Und verschwunden, wie Antti.

Mattinen hatte Stoff besorgt und immer auf Barzahlung bestanden. Nach den Worten des Dealers war Mattinen im Besitz einer größeren Menge Kokain, die er nur nach und nach weiterverkaufte, um den Preis möglichst hoch zu halten. Kokain kam ja in Finnland glücklicherweise sehr wenig auf den Markt. Es handelte sich um Qualitätsstoff, wahrscheinlich aus dem Mittleren Osten, der, wie der Dealer meinte, «mit einem Boot aus Tallinn» nach Finnland geschmuggelt worden war.

Diese Information hatte mich veranlasst, zum ich weiß nicht wievielten Mal am heutigen Tag bei Heikki Peltonen anzurufen. Nein, Jukka sei in dieser Segelsaison nicht mit der Maisette in Tallinn gewesen. Ich war enttäuscht, denn damit brach meine hübsche Instanttheorie in sich zusammen. Aber dann hatte sich Peltonen erinnert, dass Jukka im Frühjahr dort gewesen war, als er Jarmo und Peter Wahlroos auf einer Testfahrt der «Marlboro of Finland» begleitet hatte. Jarmo und Peter hatten sich mit dem neuen Boot vertraut machen wollen, wie es alle Crewmitglieder vor großen Regatten taten. Wer sonst noch an dieser Fahrt teilgenommen hatte, wusste Peltonen nicht, vermutete aber, zumindest Piia und vielleicht auch Antti wären wohl dabei gewesen.

Für Kokainschmuggel war die «Marlboro of Finland» sicher besonders gut geeignet gewesen. Das Boot war auch außerhalb Finnlands bekannt, denn in den Zeitungen war das ganze Frühjahr hindurch eine erbitterte Debatte über seinen Namen geführt worden. Vermutlich hatte der Zoll es nur oberflächlich inspiziert. Jukka und seine eventuellen Kumpane waren ein ziemliches Risiko eingegangen, aber es hatte sich eine Zeit lang ausgezahlt.

Nach Aussage des Dealers hatte Mattinen ihm den Stoff in seinem Auto geliefert, demselben Opel Vectra, der auf einigen der Fotos zu sehen war, die Makkonens Ermittler vor der Verhaftung des Dealers und der Straßenhändler gemacht hatten. Das Nummernschild, das man auf den Fotos sah, war bei der Zulassungsstelle nicht registriert, also gefälscht. Jukkas Wagen war ein Vectra, genau das gleiche Modell und die gleiche Farbe.

Ich fragte mich, warum Mattinen gerade Jukkas Wagen benutzt hatte. Vielleicht meinte er, sein eigener wäre zu leicht zu identifizieren. Jedenfalls wurde jetzt nach Mattinen gefahndet, und Jukkas Auto wurde genau unter die Lupe genommen. Zu dumm, dass ich darauf nicht von Anfang an bestanden hatte.

Die IOL-Spieler waren tatsächlich in Kaisaniemi auf dem Spielfeld neben den Tennisplätzen. Etwa zwanzig Chormitglieder waren anwesend, auch Toivonen und alle meine Verdächtigen – außer Antti.

Das Kyykkä-Spiel wirkte nicht gerade temporeich, und die mit Bierflaschen ausgerüsteten Spieler machten auch keinen besonders sportlichen Eindruck. Kyykkä schien eine Art finnische Petanque-Variante zu sein. Nachdem ich eine Weile zugeschaut hatte, begriff ich, dass die eine Mannschaft versuchte, ihr Holzstöckchen so zu werfen, dass es die Stöckchen der anderen Mannschaft traf und aus dem markierten Quadrat trieb. Jetzt war Tuulia an der Reihe. Mit wehenden Haaren legte sie einen souveränen Wurf hin, der drei gegnerische Stöckchen aus dem Quadrat trieb und ihr begeisterte Anfeuerungsrufe eintrug. Sie bewegte sich mit faszinierender Geschmeidigkeit, sie wirkte knabenhaft und weiblich zugleich. Ich wandte den Blick ab. Jyri stand ganz in meiner Nähe und feuerte Tuulia an.

«Hallo, Maria», sagte er müde, als er mich erblickte. «Wolltest du dir das Spiel mal ansehen?»

«Hast du Antti gesehen?», fragte ich zurück. Jyri wurde auf einmal ganz zapplig.

«Du, ich hab versucht, ihn anzurufen, ehrlich, aber er war nich zu Hause und nich bei der Arbeit. Ich hab gedacht, ich würd ihn hier treffen.»

Offenbar glaubte er, es ginge um seine Unterschlagungen, über die er ja mit Antti sprechen sollte. Aber wo, zum Teufel, steckte dieser Sarkela? Ich winkte Piia, die mir neugierige Blicke zuwarf, beiseite.

«Ihr wart doch im Frühjahr mit der ‹Marlboro› in Tallinn?»

«Ja, Anfang Mai. Ich glaub, es war das Muttertagswochenende, jedenfalls war es schrecklich kalt. Wieso?»

«Wer ist da alles mitgefahren?»

«Ich und Peter, Peters Vater. Jarmo und seine Freundin. Niklas Bergman, der ist jetzt auch bei der Regatta dabei. Sirkku wollte auch mal segeln, und sie hat natürlich Timo mitgebracht. Antti und Tuulia sind auch mitgefahren.»

«Zehn Leute?»

«Ja. Wir waren am Abend noch in einem Konzert des Kammerchors der Estnischen Philharmonie, das Jukka unbedingt hören wollte.»

«Erinnerst du dich, wie die Zollkontrolle bei der Rückkehr war?»

«Die Zollkontrolle? Nicht der Rede wert. Regattaboote werden meistens nicht kontrolliert.»

Es sah tatsächlich so aus, als ob sich auf der «Marlboro» Rauschgift einschmuggeln ließ. Ich bat die Chormitglieder, Antti auszurichten, er solle mich anrufen. Niemand wunderte sich über seine Abwesenheit, niemand wusste etwas von ihm. Niemand wirkte nervös oder schuldbewusst.

Antti hatte seine Eltern gesehen, nachdem er am Samstagabend meine Wohnung verlassen hatte. Danach hatte niemand mehr etwas von ihm gehört. Am Samstagabend nach der Beerdigung waren Mirja und Piia zu Hause gewesen, was ich selbst bezeugen konnte, Sirkku und Timo waren nach Muuriala gefahren, Jyri und Tuulia hatten gemeinsam in einer Kneipe gesessen. Hatte einer von ihnen Antti getroffen?

Ich radelte zurück zum Präsidium. Es war erst kurz vor acht. Tapsa hatte Koivu ins «Pikkuparlamentti» begleitet, sie hatten auf meinem Tisch eine lakonische Nachricht hinterlassen: «Wir sind auf der Jagd nach Tiina. Mattinen ist letzte Woche Montag nach London geflogen. Mist. Interpol eingeschaltet. Koivu & Helminen.»

Mattinen hatte sich erst nach Jukkas Tod abgesetzt. Vielleicht war er doch der Mörder? Wenn er am Montag vor einer Woche schon in London angekommen war, war er wahrscheinlich trotz

Interpol nicht mehr aufzuspüren. Ich ärgerte mich. Noch vor einer Weile war ich ganz begeistert über die Verbindungen, die wir aufgedeckt hatten, aber jetzt sah es so aus, als ob es trotzdem keine Gewissheit gab.

In Anttis Wohnung meldete sich einer seiner beiden Mitbewohner. Gesehen hatte er Antti am Samstagabend nicht direkt. Er war in seinem Zimmer gewesen und hatte geschlafen, weil er anschließend im Krankenhaus Nachtschicht hatte. Im Halbschlaf hatte er aber mitbekommen, wie Antti seinen Eltern Einstein übergab und nach einer Weile offenbar selbst die Wohnung verließ. Seitdem hatte er Antti nicht mehr zu Gesicht bekommen.

«Hat ihn jemand abgeholt?» Das wusste er nicht, er konnte nur mit Sicherheit sagen, dass niemand an der Tür geklingelt hatte.

«Davon werde ich nämlich normalerweise wach, genau wie vom Telefon. Das hat aber auch nicht geklingelt», erklärte er.

«Hat Antti jemanden angerufen?» Das konnte er nicht sagen. Bis auf Jacke und Tennisschuhe schien von Anttis Sachen nichts zu fehlen, allerdings meinte er, so genau kenne er die gar nicht.

Ich rief bei Sarkelas im Sommerhaus an. Sie waren sehr besorgt und wollten in den Zeitungen und im Radio eine Vermisstenmeldung aufgeben.

«Aber tot ist Antti nicht», sagte Marjatta Sarkela schließlich. «Tiere wissen so was. Einstein ist keine besonders intelligente Katze, aber er würde es spüren, wenn Antti etwas zugestoßen wäre. Und er verhält sich ganz normal, sitzt hier zu meinen Füßen und schnurrt erwartungsvoll. Um diese Zeit bekommt er immer sein Futter.»

Ich hoffte, die Katze hatte Recht, obwohl das bedeuten konnte, dass ihr Herrchen einen Mord begangen hatte und vor der Polizei auf der Flucht war. Armer Einstein. Für ihn war eine Alternative so schlecht wie die andere.

Es war erst neun. Koivu und Helminen würden kaum vor

Mitternacht aus dem «Pikkuparlamentti» zurückkommen. Am besten fuhr ich nach Hause und versuchte, ein paar Stunden zu schlafen. Die Jungs wollten ja anrufen, wenn das Lokal zumachte.

Ich radelte in Windeseile nach Hause, zog mich um und ging joggen. Der erste Kilometer war mühsam wie immer, aber danach machte mir das Laufen allmählich Spaß. Die kühle Abendluft reinigte meine Lungen, meine steifen Schultern lockerten sich. Der Schweiß lief mir übers Gesicht, die Schritte wurden immer leichter. Erst in Seurasaari zwang ich mich umzukehren, irgendwann musste ich ja auch schlafen.

Als ich aufwachte, stand die Sonne hoch am Himmel. Es war halb acht, ich hatte fast zehn Stunden geschlafen. Die Jungs hatten nicht angerufen. Was war passiert?

Im gleichen Moment begriff ich, wieso mein Telefon stumm geblieben war. Ich hatte gestern früh den Stecker herausgezogen, weil ich befürchtete, meine Mutter würde um sechs Uhr vom Flughafen aus anrufen, nur um mir zu sagen, dass sie ihre Zahnbürste auf dem Waschbecken liegen gelassen hatte. Fluchend stöpselte ich das Telefon wieder ein, stellte die Kaffeemaschine an und wählte die Nummer des Präsidiums.

«Koivu und Helminen sind noch nicht im Haus», beschied mich die Zentrale kühl. Dafür hatte der Dienst habende Beamte in meiner Abteilung eine Nachricht von Koivu für mich: «Wir haben Tiina gefunden und nette Geschichten gehört. Kein Grund zur Festnahme. Machst du Jagd auf Sarkela? Ich komme um acht.»

Hastig trank ich meinen Kaffee und verschlang den Rest des Zwiebelkuchens. Meine bessere Jeans war immer noch voll Fahrradschmiere. Ich zog die schlechtere an, die ausgeblichen und an den Leisten geflickt war. Um sie nicht auch noch zu verschmieren, fuhr ich mit der Straßenbahn zur Arbeit. Ich hatte verschlafen, kam zu spät, war hungrig, schlecht gelaunt und neugierig.

Zu allem Überfluss war Koivu wegen irgendeines Raubes mit Kinnunen in Jakomäki, und Tapsa war zu einer Hausdurchsuchung unterwegs. Hoffentlich handelte es sich um Mattinens Wohnung. Ich wurde Hals über Kopf zum so genannten Cholera-Becken, dem kleinen Hafenbecken am Marktplatz, kommandiert, um einen Ertrunkenen in Augenschein zu nehmen. Erst nach zwölf war ich wieder in Pasila. Koivu war inzwischen da gewesen, aber gleich wieder zum nächsten Einsatz verschwunden. Dafür erreichte ich Tapsa. Wir verabredeten uns für eine halbe Stunde später zum Mittagessen.

Das Labor hatte wieder schnell gearbeitet. Man hatte Mattinens Fingerabdrücke an Jukkas Auto gefunden und Spuren von Kokain im Erste-Hilfe-Kasten. Offenbar waren erst kürzlich kleine Mengen des Stoffs zwischen den Verbandspäckchen aufbewahrt worden. Die meisten Fingerabdrücke befanden sich an den Nummernschildern, die offensichtlich mehrmals abgeschraubt worden waren.

Mir war vor Hunger und Spannung ganz schlecht. Ich hatte Zwiebelgeschmack im Mund, als ich die Treppe zur Kantine hinunterlief. Tapsa war noch nicht zu sehen. Während ich auf ihn wartete, zwang ich Salat und Gemüseauflauf herunter. Dann stand auf einmal Helminen in der Schlange vor der Essensausgabe, glatt rasiert und im frisch gebügelten Hemd. Er kam mit einem voll geladenen Tablett an meinen Tisch: Hackfleischsoße, fünf Kartoffeln, zwei Glas Milch, drei Scheiben Brot. Unsere Besprechung würde sich offenbar in die Länge ziehen.

«Ich komme gerade aus Mattinens Wohnung. Vermisst du die hier?» Tapsa zog einen kleinen Klarsichtbeutel mit Autoschlüsseln aus der Jackentasche. Durch das Plastik hindurch sah ich einen bekannten Schriftzug: Opel Vectra. Ich hätte ziemlich viel darauf gewettet, dass es sich um das eine der beiden fehlenden Schlüsselbunde handelte.

«Das geht gleich ins Labor. Mattinens eigenes Auto haben wir auf dem Parkplatz gefunden. Es ist ein uralter VW, an den die

Nummernschilder, die in seiner Wohnung lagen, gar nicht passen würden. Es sind übrigens dieselben, die auf Makkonens Fotos zu sehen waren.»

«Allem Anschein nach hat also Mattinen für seine Rauschgiftlieferungen Peltonens Auto benutzt, wahrscheinlich, um eine falsche Spur zu legen.»

Ich hatte Tapsa schon am Telefon meine Theorie dargelegt, dass die «Marlboro of Finland» zu einer Schmuggelfahrt benutzt worden war, was er für durchaus möglich hielt. Mattinens Umtriebe wurden gerade untersucht. Möglicherweise war er zur gleichen Zeit in Tallinn gewesen wie die «Marlboro» und hatte Jukka das Kokain aufs Boot gebracht.

«Und was war gestern Abend? Ihr habt keine Verhaftung vorgenommen?»

«Wir haben auch so alles erfahren, was wir wissen wollten. Ich hab deinen Koivu begleitet, weil ein alter Schulfreund von mir im ‹Pikkuparlamentti› als Türsteher arbeitet. Ich dachte, vielleicht kennt er diese Tiina. Außerdem hatte ich in letzter Zeit selten Gelegenheit, mal in einer Kneipe zu sitzen.»

Tapsa hatte eine Frau und zwei kleine Kinder, das jüngere war wohl erst sechs Monate alt. Wahrscheinlich bekam er sie mitunter tagelang nicht zu Gesicht. Er verließ das Haus, bevor sie aufwachten, und wenn er zurückkam, schliefen sie schon. Ich hatte mir manchmal überlegt, wie es sein mochte, als Frau eines überarbeiteten Kripobeamten zu leben und praktisch Alleinerziehende zu sein.

«Gegen zehn hat Masa, das ist der Türsteher, uns gesagt, Tiina wäre gerade gekommen. Sie sah aus, als ob sie Anschluss suchte.»

«Woran erkennt man denn das?», fragte ich ehrlich interessiert. Wenn ich das nächste Mal ausging, würde ich mich genau umgekehrt verhalten.

«Na, wenn eine allein hereinkommt, herausgeputzt, sich dauernd umsieht, lächelt. Du weißt schon. Koivu hat Tiina angesprochen. Sie sind sich offenbar bald einig geworden, zusammen in ein Hotel zu gehen, aber Koivu hat gesagt, er hätte gern vorher noch was, was ihn in Fahrt bringt. Das ist ein heller Bursche», sagte Tapsa mit der Überlegenheit des knapp zehn Jahre Älteren.

«Und Tiina wusste, wo man so was bekommt?»

«Tiina hat gesagt, das Angebot wäre im Moment ziemlich schlecht, sie hätte nur Hasch dabei. Da hat Koivu sie an unseren Tisch geführt. Sie war ein bisschen überrascht, als sie merkte, dass sie es mit zwei Männern zu tun hatte. Ich hab ihr Mattinens Foto gezeigt und gefragt, ob er nichts Stärkeres anzubieten hätte. Da hat sie natürlich erraten, dass wir von der Polizei sind. Wir haben uns darauf geeinigt, sie nicht wegen Haschischbesitz anzuklagen, wenn sie uns Informationen liefert.»

Ich bewunderte die Leichtigkeit, mit der Tapsa derartige Vereinbarungen traf. Im Rauschgiftdezernat war es an der Tagesordnung, kleinen Kriminellen Zugeständnisse zu machen, um größere zu erwischen. Vielleicht hatte ich mich in Tapsa getäuscht; inzwischen brachte auch er es nicht mehr fertig, sich über ein paar Gramm Haschisch zu ereifern.

«Zuerst hat sie Koivu wüst beschimpft, aber dann wurde sie kooperativ. Koivu sieht gut aus, vielleicht wäre er ihr als Freier ganz recht gewesen …» Tapsa wirkte auf einmal reserviert, wahrscheinlich erinnerte er sich an die Behandlung, die ich damals seinem Ellbogen verpasst hatte. Ein so lockeres Verhältnis wie zu Koivu hatte ich zu Tapsa nie gehabt. Vermutlich hielt er mich für eine vorsichtig zu behandelnde Dampfwalzenfeministin.

«Auf jeden Fall hat Tiina sowohl Mattinen als auch Peltonen auf den Fotos identifiziert. Sie hat die beiden überhaupt erst miteinander bekannt gemacht. Offensichtlich hatte Mattinen letztes Jahr im Herbst jemanden gesucht, der Kokain aus Tallinn nach Finnland schmuggelt, und Peltonen war dazu bereit gewesen. Im Winter hat Peltonen auf seinen Geschäftsreisen kleine

Mengen durch den Zoll gebracht. Wenn ich nur wüsste, wie», seufzte Tapsa.

Nach Tiinas Ansicht hatte Mattinen einen Teil des Kokains weiterverkauft und Jukka den Rest. Sie vermutete, dass Jukka seinen Partner gelegentlich betrog, denn ab und zu hatte er Stoff anzubieten, von dem Mattinen nichts wusste. Im Mai hatte Jukka eine größere Menge eingeführt. Mattinen war um die gleiche Zeit ebenfalls in Tallinn gewesen, also hatte wahrscheinlich er das Geschäft organisiert.

Tapsa vermutete, dass Jukka den Stoff in seiner Wohnung aufbewahrt hatte.

«Es dürfte sich lohnen, mit unseren Hunden reinzugehen. Es wird dich sicher interessieren, dass Peltonen das Zeug einmal in seinem Wagen zu Tiina gebracht hat. Sie hat ihm durchs Fenster ihren Hausschlüssel runtergeworfen und gesehen, dass noch jemand im Auto saß. Sie war wütend, weil Peltonen sich so unvorsichtig benahm, aber er hat nur gesagt, der Typ wüsste Bescheid, der wäre in Tallinn auch dabei gewesen.»

«Hat Tiina gesagt, wie dieser zweite Typ aussah? Mann oder Frau?»

«Lang und dünn. Ich glaube, sie hat die ganze Zeit von einem Mann gesprochen. Ja, stimmt, sie hat gesagt, sie hätte einen Mann im Auto gesehen.»

«Manche Frauen können auch als Männer durchgehen, zumindest von weitem. Hat sie die Haarfarbe gesehen?»

«Nein. Noch etwas, was dich sicher interessiert: Peltonen hatte Tiina für Freitagabend einen Job versprochen. Der Freier ist auch erschienen, und Tiina hat ihre Arbeit erledigt, aber Peltonen hat nicht bezahlt wie vereinbart.»

«Deshalb hat sie also bei Jukka angerufen?»

«Offensichtlich. Vielleicht ist sie wutschnaubend in Vuosaari aufgetaucht und hat Peltonen erschlagen?»

«Glaub ich nicht. Ich bin immer noch davon überzeugt, dass der Mörder aus dem Haus kam. Tiina hat es nicht getan, und

Mattinen auch nicht, sondern jemand aus dem Chor. Einer meiner Verdächtigen ist verschwunden. Entweder ist er der Schuldige oder einer von seinen Freunden.» Ich seufzte müde. Ich hätte Mattinen als Mörder vorgezogen.

Ich nahm mir eine große Tasse Kaffee mit in mein Zimmer und ging die Unterlagen und Notizen zu Jukkas Mord noch einmal durch.

Jukka hatte Schnaps, Rauschgift und Frauen vermittelt. Er hatte finnischen Schwarzgebrannten als russischen Wodka verkauft und damit nicht nur seine Kunden betrogen, sondern auch Sirkku und Timo. Vielleicht hatte er sich die Etiketten auf einer Reise nach Russland besorgt, da war ja momentan alles käuflich. Sicher hatte er sie auf irgendeinem Verkaufstisch entdeckt, an die Schwarzbrennerei in Muuriala gedacht und schnell kombiniert. Timo und Sirkku hatte er weisgemacht, es ginge um eine harmlose kleine Nebeneinnahme, dabei war alles ganz anders.

An den Frauen hatte Jukka garantiert auch verdient, denn aus Wohltätigkeit hatte er sicher nicht gehandelt. Tiina brauchte offenbar Geld für Drogen, die anderen Mädchen vielleicht für etwas anderes. Jukka wollte Macht über Frauen. Sein eigenes Sex- und Gefühlsleben war immer schon verworren gewesen. Er betrachtete die Frauen, mit denen er zusammen war, als sein Eigentum. Vielleicht war Piia eine Herausforderung für ihn gewesen, weil sie verheiratet war. Wenn sie sich auf ein Verhältnis mit ihm eingelassen hätte, wäre sie sehr schnell uninteressant geworden. War es Tuulia so ergangen? War sie anfangs nur ein guter Partner für gemeinsame Abenteuer gewesen? Hatte sie sich irgendwann in Jukka verliebt und war ihm lästig geworden?

Mit dem Rauschgiftschmuggel waren die Piratenspiele von Jukkas Kindheit auf seltsame Weise Wirklichkeit geworden. Bei ihm selbst hatte der Pathologe keinerlei Spuren von Drogen gefunden, vermutlich hatte er allenfalls gelegentlich Haschisch geraucht. Aber auch hier sah es nicht so aus, als ob er ein ehrliches Spiel mit seinen Geschäftspartnern treiben wollte. Wahrscheinlich hatte er auch Mattinen betrogen.

In den letzten Tagen seines Lebens hatte Jukka dringend Geld gebraucht. Er hatte Angst gehabt. Die Nachrichten von der Festnahme der Drogenhändler und von der Verhaftung des estnischen Freudenmädchens mussten ihm einen Schrecken eingejagt haben. Er hatte versucht, Geld aufzutreiben. Vermutlich hatte er ins Ausland fliehen wollen. Zur Panik hatte sich seine Angst offenbar noch nicht ausgewachsen, sonst hätte er sich sofort aus dem Staub gemacht, statt zu bleiben und möglichst viel Geld zusammenzukratzen.

Wahrscheinlich würden Jukkas dunkle Geschäfte nie vollständig aufgedeckt werden, und ich würde nie verstehen, warum er all das getan hatte. Was hatte ihn dazu getrieben? Abenteuerlust, Machthunger? Nach außen hin war er der Inbegriff eines erfolgreichen jungen Mannes, attraktiv und wohlhabend. Er hatte einen akademischen Abschluss, einen interessanten Beruf und so genannte gute Hobbys, die Musik und das Segeln. Doch das hatte ihm nicht gereicht. Nebenbei hatte er noch eine zweite Person in seine verdrehte Welt hineingezogen.

Jyri und Mirja waren nicht mit in Tallinn gewesen. Mirja konnte ich aus der Drogengeschichte getrost ausschließen. Jyri konnte derjenige sein, den Tiina in Jukkas Wagen gesehen hatte. Er war zwar nicht groß, aber wer konnte letzten Endes die Körpergröße eines Sitzenden so genau erkennen?

Timo und Sirkku waren nach Tallinn mitgesegelt. Timo konnte man nicht als mager bezeichnen, und Sirkku würde selbst im Dunkeln niemand für einen Mann halten. Wie viel Gewicht durfte ich auf Tiinas Aussage legen? Es konnte auch Peter Wahlroos gewesen sein, der in Jukkas Wagen gesessen hatte, und dann hätte Piia ein einleuchtendes Motiv gehabt, Jukka umzubringen. Vorausgesetzt, Jukka hatte sie und ihren Mann mit ihrer Beteiligung am Rauschgifthandel erpresst. Oder es war

Tuulia, die im Dunkeln durchaus als Mann durchgehen konnte. Oder Antti, der Längste und Dünnste von allen.

Ich las meine Unterlagen wieder und wieder durch. Allmählich zeichnete sich die Wahrheit ab, die Mosaiksteinchen fanden ihren Platz. Das Muster trat hervor, aber es gefiel mir nicht. Einen meiner Verdächtigen hatte ich völlig falsch eingeschätzt.

Vierzehn

Ist es Selbstbetrug nur?

Gegen vier Uhr nachmittags war ich mir meiner Sache sicher. Ich führte einige Telefonate, sah in den Unterlagen nach, überprüfte meine Informationen. Kurz nach sechs entschloss ich mich, zu handeln. Antti hatte sich immer noch nicht gemeldet. Bei dem Gedanken, was ihm zugestoßen sein konnte, wurde mir angst und bange. Wenn Antti tot war, fiel die Schuld auch auf mich, weil ich die Wahrheit nicht schnell genug herausgefunden hatte.

Ich parkte ein paar Häuser weiter. Ich hatte mich nicht vergewissert, ob die Person, die ich vernehmen wollte, zu Hause war. Wenn es sein musste, würde ich die ganze Nacht auf sie warten. Ich ging die Treppe in den ersten Stock des alten Holzhauses hinauf und klingelte. Hinter der Tür waren Schritte zu hören, die ohne Zögern näher kamen. Falls die Frau, die mir öffnete, überrascht war, ließ sie es sich nicht anmerken.

«Tag, Maria! Ein kleiner Gegenbesuch? Ich mach mir gerade Tee, ich glaub, das Wasser kocht schon. Möchtest du auch einen? Komm doch rein.» Vielleicht sprach sie eine Spur zu hektisch.

«Ja gern, danke.» Ich folgte ihr in die Küche, die viel zu eng war für den großen Esstisch aus massivem Holz. Das Wasserblau der Vorhänge wiederholte sich an den Stühlen und im Tischtuch, das dunkle Violett des Teegeschirrs bildete einen hübschen Kontrast. Ich setzte mich an den Tisch und legte meine Handtasche auf die Fensterbank.

«Hast du etwas von Antti gehört?», fragte Tuulia und stellte einen Teller mit dünnen Gurkenscheiben auf den Tisch.

«Das Gleiche könnte ich dich fragen. Wenn du weißt, wo er ist, dann sag's mir, um Himmels willen! Das spart uns Zeit und Mühe.»

«Ich hab keine Ahnung, wo er steckt. Glaubst du, Antti ist der Mörder?»

«Nein. Ich glaube, er weiß, wer es getan hat.»

Tuulia schenkte mir Tee ein. Ihre Hände zitterten nicht, kein Tropfen des nach Jasmin duftenden Getränks ging daneben. Wir saßen vor unseren Teetassen wie zwei alte Tanten beim Kaffeeklatsch. Draußen schien die Abendsonne, irgendwo kreischten spielende Kinder.

«Ich bin gekommen, um Jukkas Autoschlüssel zu holen. Gibst du sie mir bitte?» Tuulia stand wortlos auf, verschwand im Nebenzimmer und kam nach einer Weile zurück, das Schlüsselbund mit dem Schriftzug Vectra in der Hand.

«Wollen die Peltonens den Wagen verkaufen? Dazu brauchen sie natürlich alle Schlüssel.»

«Ich weiß nicht, ob er je wieder verkäuflich sein wird. Vielleicht ersetzt die Versicherung die Schäden an den Polstern. Jedenfalls ist das Auto jetzt nochmal gründlich untersucht worden. Warum hattest du eigentlich die Schlüssel?»

«Jukka hat mir Duplikate von allen seinen Schlüsseln gegeben. Er hatte immer Angst, seine zu verlieren, und meinte, es wäre gut, wenn einer von seinen Freunden Reserveschlüssel hat.»

«Im Wagen waren ziemlich viele Fingerabdrücke von dir. Du bist wohl öfter damit gefahren?»

«Ab und zu, wenn ich mal ein Auto brauchte.»

«War Mauri Mattinen ein guter Freund von Jukka? Der hatte nämlich auch einen Schlüsselsatz.» Nun zitterte die Hand mit der Teetasse. Tuulia fragte hastig:

«Wer soll das denn sein?»

Ich betrachtete Tuulias Hände. Sie trug ein T-Shirt mit überlangen Ärmeln. Offenbar hatte sie die Angewohnheit, die Ärmel über ihre frierenden Hände zu ziehen. Am rechten Ringfinger glitzerte der Ring, der mindestens so viel gekostet hatte, wie ein Polizist im Monat verdient. Ich hatte ihn für gut gemachten Modeschmuck gehalten, aber offenbar war er wirklich echt.

«Mattinen kennst du doch. Du hast ihn doch zumindest am Muttertag in Tallinn getroffen, als er Jukka und dir das Kokain übergeben hat. Und ein paar Mal hast du sicher Jukkas Auto vor Mattinens Garage abgestellt, wenn Jukka es nicht selbst hinbringen konnte. Das war wohl mit der Notiz ‹Tuulia nicht am Montag› auf Jukkas Telefonblöckchen gemeint. Du solltest Mattinen das Auto nicht bringen, weil er befürchtete, er stünde unter Beobachtung.»

«Von wem willst du das denn gehört haben? Von ÄM, ich meine, von Mattinen?» Zu spät begriff Tuulia, was ihr da herausgerutscht war.

«Spielt doch keine Rolle. Ihr habt euch zwar gut getarnt, aber letzten Endes wussten ziemlich viele von euren Geschäften. Jukka musste seine Finger eben überall reinstecken. Ich weiß nicht, wo er Mattinen kennen gelernt hat, vielleicht in einem der Nachtklubs, in denen Jukka sich seine Mädchen ausgesucht hat. Mattinen hatte gute Kontakte zu Drogendealern in Tallinn und ein fertiges Vertriebsnetz hier in Finnland, aber er brauchte einen unverdächtigen Kurier, der den Stoff durch den Zoll brachte. Jukka hat offenbar im Winter ein paar Mal Haschisch aus Estland mitgebracht. Als er merkte, wie leicht das ging, ist er auf die Idee gekommen, auch mal größere Fuhren zu übernehmen.

Um die gleiche Zeit hat Mattinen erfahren, dass in Tallinn eine größere Lieferung angeboten wurde. Jarmo und Peter planten eine Testfahrt auf der ‹Marlboro›, und Jukka konnte sie mühelos überreden, Tallinn als Ziel zu wählen, indem er ihnen das

Chorkonzert schmackhaft gemacht hat. Alles lief wie geplant. Wahrscheinlich seid ihr kurz zu zweit in die Innenstadt gegangen, habt Mattinen getroffen und den Stoff in Empfang genommen.»

Tuulia lächelte mich an, wie man ein kleines Kind anlächelt, das einem erzählt, es hätte im Wald Gespenster gesehen.

«Mag ja sein, dass Jukka in so was verwickelt war. Ich weiß nur, dass er ab und zu illegal Schnaps verkauft und Frauen vermittelt hat. Vielleicht hat er auf der ‹Marlboro› Drogen geschmuggelt, aber warum hätte er mich da reinziehen sollen?»

«Du warst Jukkas engste Vertraute. Ich glaub, das Ganze hat vor zwei Jahren angefangen, mit Jukkas Frauenvermittlung. Bei dir herrschte chronischer Geldmangel, und als er dir vorschlug, gelegentlich für Geld mit einem ins Bett zu gehen, hast du ja gesagt. Seine Mädchen sind längst nicht alle aus dem Osten, da sind auch ganz normale finnische Studentinnen dabei. Solche wie du.

Du hattest aber ziemlich bald genug davon. War sicher keine besonders angenehme Art, Geld zu verdienen. Geld hast du aber immer noch gebraucht. Du hast mir im ‹Elite› ja erzählt, wie du leben möchtest. Wild, frei, unkonventionell. Und ich hab dich darum beneidet. Also bist du mit deinen Geldsorgen wieder zu Jukka gegangen, und der hat dir andere Jobs angeboten. Du hast für Mattinen Haschisch transportiert und wahrscheinlich ab und zu auch selbst welches verkauft. Und bei der Bootsfahrt brauchte Jukka einen Helfer. Es ist zu gefährlich, nachts allein in Tallinn rumzulaufen. Außerdem müsst ihr irgendeinen Reserveplan gehabt haben, für den Fall, dass der Zoll sich zu sehr für euch interessiert hätte.

Dann hat Jukka vermutlich die Gier gepackt. Mattinen nahm sich seiner Meinung nach zu viel vom Kuchen. Also hat er sich geweigert, ihm den Stoff, den er eingeschmuggelt hatte, auf einmal abzuliefern. Stattdessen hat er ihm Teillieferungen zukommen lassen und jedes Mal eine hübsche Provision verlangt.

Er war nicht mal bereit, sich mit Mattinen zu treffen. Daher musstest du den Wagen zu Mattinen fahren und wieder abholen. Mattinen hat mitgespielt, weil ihm nichts anderes übrig blieb.»

«Dann hat Mattinen also Jukka umgebracht, weil der zu gierig wurde?»

«Mattinen hat Jukka nicht umgebracht. Der hat ihm noch am Sonntagabend eine Nachricht auf dem Anrufbeantworter hinterlassen. Er war dabei, sich abzusetzen. Du hast Jukka getötet. Und zwar ganz umsonst. Mattinen ist nicht geschnappt worden. Niemand hätte dich und Jukka anschwärzen können.»

Tuulia sah müde aus. Wie lange würde sie noch durchhalten? Ich hatte nichts als Indizien gegen sie in der Hand. Wenn ich sie wegen des Mordes an Jukka vor Gericht bringen wollte, musste ich sie zu einem Geständnis bewegen. Aber wollte ich das? Ich musste mein privates Ich verdrängen. Ich war Polizistin und hatte einen Mord aufzuklären. Etwas anderes zählte jetzt nicht. Ich trank einen Schluck Tee und setzte meinen Monolog fort. Es kam mir vor, als redete ich gegen eine Wand. Auf Tuulias Gesicht lag ein schiefes Lächeln, als müsste sie sich eine langweilige Fernsehsendung ansehen.

«Jukka hatte schon am Donnerstag von den Verhaftungen erfahren, offenbar hat ihn Mattinen gewarnt, als einer seiner Zwischenhändler nicht aufgetaucht ist. Jukka hat sich Sorgen gemacht und angefangen, seine Flucht vorzubereiten. Am Samstag haben die Nachrichten die leicht übertriebene Meldung von der Verhaftung eines Dealerrings gebracht. Da muss Jukka ziemlich in Panik geraten sein. Ich nehme an, er ist kein guter Verlierer. Du hast ihn trotzdem überreden können, sich in der Nacht mit dir am Bootssteg zu treffen. Ihr musstet miteinander reden. Wenn Mattinen wirklich verhaftet worden war, konnte es euch beiden an den Kragen gehen. Während eures Gesprächs habt ihr euch über irgendwas gestritten, und du hast Jukka mit der Axt niedergeschlagen. Vielleicht wusste Mattinen nicht, wie du heißt. Vielleicht hast du dir gedacht, wenn Jukka tot ist, kann dich keiner verraten.»

«Ich hab doch die ganze Nacht geschlafen. Das können alle bezeugen, ich hab doch laut geschnarcht, wie immer, wenn ich ein bisschen zu viel getrunken hab. Und wieso sind meine Fingerabdrücke nicht auf der berühmten Axt, wenn ich angeblich Jukka damit erschlagen hab?»

«Gerade das Schnarchen hat dich verraten. Jyri hat mir erzählt, du hättest hübsch auf dem Rücken gelegen und geschnarcht. Mirja hat aber ausgesagt, dass sie versucht hat, dich vom Bauch auf den Rücken zu drehen, damit du aufhörst zu schnarchen. Im Allgemeinen schnarcht man doch nur in einer Stellung. Da hast du schlampig geschauspielert.

Und dann die Fingerabdrücke. Natürlich hattest du kalte Hände, mitten in der Nacht am Bootssteg. Du hattest deine überlangen Pulloverärmel über die Hände gezogen, als du die Axt gepackt hast, und auch, als du sie hinterher unter der Sauna versteckt hast. Das hast du mir letzte Woche ja geradezu unter die Nase gerieben.» Es wollte mir nicht gelingen, meine Wut zu unterdrücken. «An dem Abend im ‹Elite› wolltest du doch bloß rausfinden, was ich weiß. Alle deine lustigen Geschichten und dein Gerede von Freundschaft und Gleichgesinntheit – alles nur gespielt. Und ich hab das ernst genommen!»

«Das war nicht gespielt.» Tuulia schaute zum Fenster hinaus. «Ich hab wirklich geglaubt, du verstehst mich.»

«Hast du etwa geglaubt, ich würde es gutheißen, dass du vom Kokainhandel lebst?»

«Ich hab doch nicht gewusst, dass es Kokain war!» Die violette Teetasse klirrte gegen die Untertasse. Tuulia stand auf, goss sich Tee nach und sagte langsam:

«Das war's dann wohl. Am besten erzähl ich dir die ganze Geschichte. Damit du wenigstens ein bisschen verstehst. Möchtest du übrigens auch noch Tee?» Ich nickte, sie schenkte mir nach, stellte die Kanne auf der Spüle ab und setzte sich an den

Tisch. Sie bewegte sich schwerfällig wie ein verwundetes Tier und sprach leiser als gewöhnlich. Sie schaute auf den Hof. Eine Bachstelze setzte sich aufs Fensterbrett, starrte die Brotkrümel hinter der Scheibe begehrlich an und flog wieder fort. Schließlich begann Tuulia zu erzählen.

«Du hast ziemlich richtig geraten, was unsere Geschäfte angeht. Eigentlich hat alles ganz zufällig begonnen.» Tuulia lächelte über ihre Erinnerungen. «Im Sommer vor zwei Jahren war ich mit Jukka zum Rockclub im ‹Kaivohuone›. Ich hatte mich ein bisschen greller zurechtgemacht als sonst, viel Make-up, die Haare aufgesteckt, hochhackige Schuhe, superkurzer Mini. Am späten Abend kam so ein mittelaltriger Spießer an und fragte, wie viel. Ich hab erst gar nicht begriffen, was er meint. Dann hab ich zum Spaß gesagt, tausend, aber im Voraus. Der hat mir mit seinem Geld fast vor der Nase rumgewedelt. Ich konnte Jukka gerade noch tschüs sagen, da saßen wir auch schon im Taxi zu dem Hotel, wo der Typ wohnte.

Ich hab Jukka natürlich davon erzählt, und ein paar Wochen später hat irgendein Gast seiner Firma eine Begleiterin gesucht. Jukka hat mich vermittelt, natürlich wieder gegen Bezahlung. Wir haben das Geschäft dann eine Weile betrieben, halb im Spaß. Es war ganz lustig. Damals waren noch nicht so viel Mädchen auf dem Markt wie jetzt, die Typen haben wer weiß was hingeblättert. Jukka hat dann noch ein paar andere Mädchen angeworben, weil sich in Geschäftskreisen allmählich rumgesprochen hatte, dass man bei ihm gute und gesunde Bekanntschaften für eine Nacht kriegt.

Ich hab das ein gutes halbes Jahr gemacht, dann hatte ich genug davon. Das war letzten Endes kein einfacher Job, im Gegenteil. Ich bekam ein ganz komisches Verhältnis zu meinem eigenen Körper. Ich hab Jukka gesagt, dass ich aufhöre. Er hat das gleich akzeptiert, er hatte sowieso genug Frauen.

Ein Jahr lang war alles gut, aber dann war ich wieder total blank. Eine Zeit lang hab ich mir von Jukka Geld geliehen. Er sagte, er hätte neuerdings alle möglichen Geschäfte laufen, die ihm ziemlich viel einbringen. Irgendeine Tiina hatte ihn mit diesem Mattinen bekannt gemacht. Sie haben Hasch importiert und ich hab ein paar Mal was in irgendwelchen Klubs verkauft, aber das war ziemlich riskant.

Anfang Mai hat Jukka angerufen und gesagt, in Estland läge eine große Ladung Stoff. Wir haben uns dann gemeinsam diesen Ausflug mit der ‹Marlboro› ausgedacht. Bloß ein Fehler ist uns unterlaufen. Als wir nämlich sagten, wir wollten ins Konzert des Kammerchors der Estnischen Philharmonie, wollten dann nämlich Antti, Timo und Sirkku plötzlich auch mitfahren. Es war ganz schön schwer, sie abzuschütteln, vor allem Antti.

Wir haben den Stoff zwar problemlos nach Finnland gebracht, aber ich war echt nervös. Ich hab so getan, als ob ich seekrank wäre, dabei hab ich vor lauter Angst gekotzt. Jukka war auch ziemlich kribblig. Wir haben das Zeug an Land gebracht, aber Jukka hat es Mattinen nicht komplett abgeliefert, sondern in kleineren Mengen in seinem Auto, für einen viel höheren Preis, als vereinbart war. Mir hat das ein bisschen Angst gemacht. Ich wusste, dass Mattinen alle möglichen Verbindungen hat. Jukka hat nur gelacht und gesagt, er wäre viel intelligenter als Mattinen. Ich hab Jukka gefragt, ob ich ihm überhaupt trauen kann, wenn er die ganze Zeit Leute übers Ohr haut. Er hat mich an sich gezogen und gesagt, ich wäre sein bester Kumpel, ein Sonderfall. Mich würde er nie betrügen.

Ich weiß ja nur, was Jukka mir erzählt hat. Ich hab wirklich geglaubt, das wäre Haschisch! Er hat mich am Donnerstagabend angerufen und gesagt, jetzt müssten wir vorsichtig sein. Einer von Mattinens Dealern war geschnappt worden. Natürlich wussten wir alle beide, was das heißt: Ihr bei der Polizei schließt mit den kleinen Fischen einen Handel ab, um die größeren zu kriegen. Und jeder versucht natürlich, seine eigene Haut zu retten. Jukka hat dann versucht, Mattinen den Stoff zu Dumpingpreisen anzudrehen, bloß um ihn loszuwerden. Er war total in

Panik am Donnerstag. Am Freitag hat er sich dann ein bisschen beruhigt. Mattinen hatte ihm das Zeug abgekauft, er hatte wieder Geld, und alles war in Ordnung.

Am Samstag, als wir gerade auf dem Weg nach Vuosaari waren, haben sie dann im Radio gesagt, es wären weitere Mitglieder einer Kokainbande verhaftet worden. Ich hab bloß gelacht, uns betraf das ja nicht, wir hatten ja nie mit Kokain gedealt. Mit Jukka konnte ich nur ein paar Worte wechseln. Der war plötzlich wieder ganz nervös und ging mir aus dem Weg. Ich hab ihn irgendwann gefragt, ob es in der Nachrichtenmeldung um unsere Bekannten ging, da hat er genickt und gesagt, wenn Mattinen erwischt worden ist, sitzen wir mit in der Scheiße.»

Tuulia trank ihre Tasse leer. Ich sah Wut und Beklemmung in ihren Augen und überlegte wieder einmal, was sie wohl für Jukka empfunden hatte.

«Er hat mir schließlich versprochen, in der Nacht mit mir zu reden, wenn die anderen schlafen. Ich hab bis um vier wach gelegen und darüber nachgedacht, wie schwer der Kerl mich betrogen hat. Du kannst das natürlich nicht begreifen, für dich sind Haschisch und Kokain ein und dasselbe. Aber wir haben doch alle in Roskilde oder Amsterdam Hasch geraucht. Ich sauf mir allerdings lieber einen an. Aber Kokain ist ganz was anderes, damit wollte ich nie was zu tun haben. Außerdem hatte ich Jukka vertraut. Ich hab ihn mein ganzes Leben lang gekannt, und er hatte mich noch nie betrogen.

Ich hab gewartet und gewartet. Andauernd stand wieder einer auf und lief im Haus rum. Dann ist Jukka zum Steg gegangen. Ich wollte gerade aufstehen, als ich hörte, wie Sirkku ihm nachlief. Erst hab ich gedacht, das wäre auch wieder Jukkas Idee gewesen, noch ein Versuch, mir aus dem Weg zu gehen, und als Sirkku dann zurückkam, war ich wahnsinnig sauer. Ich musste mich fürchterlich zusammennehmen, um ihn nicht anzubrüllen, als ich ihn gesehen hab, wie er da auf dem Bootssteg saß, mit den Beinen schlenkerte und den Sonnenaufgang bewunderte, als wäre alles in bester Ordnung. Ich hab ihn gefragt, warum er mir nicht die Wahrheit gesagt hat. Er hat mich ausgelacht. ‹Hast du wirklich geglaubt, dass man für Haschisch so viel Geld kriegt?›, hat er gesagt. Woher hätte ich das wissen sollen, ich kenn mich doch auf dem Markt nicht aus! Er hatte mich auch beschissen, genau wie alle anderen, immer. Ich war gar keine Ausnahme für ihn gewesen. Ich hab nach ihm getreten, und als er mein Bein festgehalten hat und mich ins Meer werfen wollte, da hab ich die Axt gepackt und ihm auf den Kopf gehauen. Ich hab überhaupt nichts gedacht. Ich hab nur so eine Art Knacken gehört, und dann ist er ins Wasser gefallen. Sein Kopf hat nur ganz wenig geblutet.»

Tuulia starrte aus dem Fenster. Ich wusste, dass sie das, was sie getan hatte, vor ihren Augen sah, schon oft gesehen hatte und immer wieder sehen würde.

«Und dann?»

Sie erwachte wie aus einer Erstarrung.

«Dann hab ich die Axt abgewaschen. Die war ja ganz blutig. Jukka lag mit dem Gesicht nach unten im Wasser. Hör auf mit dem Quatsch, hab ich zu ihm gesagt. Er hat sich irgendwie bewegt, vielleicht waren das aber nur die Wellen, die ihn geschaukelt haben, jedenfalls bin ich weggerannt. Vielleicht hab ich die Axt hinter die Sauna geworfen, ich kann mich nicht erinnern. Mir war schlecht. Ich bin auf das Plumpsklo hinter der Sauna gegangen und hab gekotzt. Dann hab ich mir in der Sauna das Gesicht gewaschen. Als ich rauskam, lag die Axt da. Ich hab sie mit der Spitze von meinem Tennisschuh unter den Sockel geschoben und bin schlafen gegangen. Ich war sicher, dass Jukka mich bloß verulken wollte. Am Morgen hab ich die ganze Zeit darauf gewartet, dass er grinsend die Treppe runterkommt, ich hab sogar an seine Tür geklopft, ich war fest davon überzeugt, dass er im Bett liegt und schläft und dass alles nur ein böser Traum war. Aber stattdessen kam Jyri. Ich hab ihm gleich angesehen, dass Jukka doch keine Schau abgezogen hatte …»

«Du hättest sofort ein Geständnis ablegen sollen. Dann wärst du mit Totschlag davongekommen.»

«Du hättest mir sowieso nicht geglaubt. Jetzt glaubst du mir ja auch nicht.»

«Hat denn das noch irgendwas zu bedeuten, was ich glaube? Du hast doch die ganze Zeit versucht, mir verschiedene Storys aufzubinden. Du hast es sehr gut verstanden, mir Sand in die Augen zu streuen, und ich hab mich bereitwillig für dumm verkaufen lassen. Offensichtlich haben meine Eltern mich nach ihrem Vorbild erzogen – ich hab in dir wirklich die Tuulia gesehen, die ich sehen wollte. Du bist bloß zu mir gekommen, um rauszufinden, wie viel ich weiß. Und ich dachte, du wolltest meine Freundin sein. Ich hatte mich ewig nicht mehr so wohl gefühlt.»

Ich war den Tränen nahe, aber ich musste mich zusammennehmen und die Sache zu Ende bringen. Es fiel mir leicht, Tuulias Aussage zu glauben. Sicher hatte sie das Gleiche empfunden wie ich jetzt. Auch ich war betrogen und ausgenutzt worden.

«Das war kein Schwindel», sagte Tuulia leise und drehte ihre Tasse zwischen den Fingern. «Ich mag dich. Und ich weiß, dass du mich magst.» Sie sah mich fast flehend an. «Du bist hier, um mich zu verhaften. Warum bist du allein gekommen? Vielleicht hoffst du tief drinnen, dass ich fliehen kann. Gib mir einen Tag Zeit. Ich tu das, was Jukka geplant hatte, ich setz mich ins Ausland ab. Ich hab Jukkas ganzes Geld. Als wir auf die Polizei warteten, hab ich schnell noch das Geld und sein Adressbuch aus seinem Zimmer geholt. Gib mir eine Chance!» Ängstlich und flehend sah sie mich an. Ich wandte den Blick ab, wagte nicht, sie anzuschauen. Ihr Plan konnte gelingen. Wollte ich sie denn wirklich hinter Gitter bringen?

«Was hast du mit Antti gemacht?»

«Mit Antti? Gar nichts. Ich weiß nicht, wo er ist. Du glaubst doch wohl nicht, ich könnte Antti was antun?» Tuulias Stimme klang hysterisch. «Du lässt mich also nicht gehen.»

«Nein. Du bist verhaftet. Pack dein Zeug zusammen, dann

fahren wir nach Pasila und nehmen deine offizielle Aussage auf.» Es war sinnlos, die Qual noch zu verlängern.

Tuulia war schneller als ich. Sie hatte das Brotmesser von der Spüle genommen, dasselbe, mit dem sie die Gurke geschnitten hatte, und legte jetzt ihren Arm um mich, sodass die Messerklinge an meinem Hals lag. Ich spürte die eiserne Umklammerung ihrer kalten Arme, die Kälte des Stahls an meiner Halsschlagader, das heftige Pochen zweier Herzen. Die Zeit schien stillzustehen. Tuulia roch nach Zitronen.

«Du bist allein und unbewaffnet gekommen», keuchte sie. «Wenn du mich nicht freiwillig gehen lässt, muss ich dich eben zwingen. Geh ganz langsam ins Schlafzimmer. Da drüben.»

«Mach keine Dummheiten. Du hast keine Chance! Glaubst du etwa, wir würden den Flugplatz und die Häfen nicht überwachen lassen?»

«Sei still! Aus diesem Land kommt man immer irgendwie raus. Ich fessle dich, und dann kriegst du einen kleinen Schlag auf den Kopf, viel sanfter als Jukka. Wenn du aufwachst, bin ich über alle Berge.»

Ich bemühte mich, meinen Atem unter Kontrolle zu bekommen. Unüberlegtes Handeln würde nichts bringen. Tuulia nahm das Messer langsam von meinem Hals. Kurz darauf spürte ich die Spitze zwischen meinen Schulterblättern.

«Mach den Schrank da auf. Gut. Auf dem unteren Brett liegen zwei Springseile. Geh in die Knie und nimm sie … So. Gib sie mir. Und jetzt gehen wir rüber zum Bett. Leg dich auf den Bauch. Das Messer ist die ganze Zeit zwischen deinen Schulterblättern. Wenn du irgendwelche Tricks versuchst, bist du tot. Ich hab irgendwo gelesen, dass es beim zweiten Mal leichter geht.» Jetzt war die Hysterie in ihrer Stimme nicht mehr zu überhören. Ich kannte diesen Ton, es war das verzweifelte Knurren eines in die Enge getriebenen Tieres. Tuulia war jetzt zu allem fähig.

Ich beugte mich vor, um mich aufs Bett zu legen. Aus den Augenwinkeln sah ich, dass die Hand, die das Messer hielt, unkontrolliert zitterte. Anstatt mich hinzulegen, trat ich Tuulia gegen den Oberschenkel.

In den nächsten Sekunden passierte vieles. Das Messer flog in hohem Bogen auf den Fußboden, Tuulia knallte gegen das halb offene Fenster. Koivu und Kinnunen stürmten herein.

Natürlich war ich nicht mutterseelenallein losgezogen, um eine Mörderin zu verhaften. Ich hatte sogar doppelte Verstärkung dabei, denn selbstverständlich hatte Abteilungsleiter Kinnunen darauf bestanden, an der Verhaftung teilzunehmen. Koivu hatte die ganze Zeit im Treppenhaus gewartet, während Kinnunen sich beim Hausmeister den Reserveschlüssel besorgt hatte, mit dem sie schon während unseres Gesprächs die Tür aufgeschlossen hatten. Ich hatte zuerst allein mit Tuulia reden wollen, weil ich sicher war, dass sie dann offener sprechen würde. Allerdings hatte ich mich schwer ins Zeug legen müssen, um Kinnunen von der Zweckmäßigkeit meines Vorhabens zu überzeugen.

Kinnunen richtete seine Dienstwaffe auf Tuulias Beine. Tuulia schien das gar nicht zu begreifen, sie versuchte, das Messer in die Hand zu bekommen. Ich sah, wie Kinnunen abdrückte, und ich hatte das Gefühl, die Kugel zu sehen, aus weiter Entfernung, wie sie nicht in Tuulias Bein, sondern in ihre Schulter eindrang und wie Tuulia durch die Fensterscheibe auf den Hof geschleudert wurde. Das Fenster war nur fünf Meter über der Erde. Tuulia hätte den Sturz wahrscheinlich überlebt, aber sie landete auf der Motorhaube eines gerade abfahrenden Nachbarn und rollte von da unter die Räder.

Jemand schrie. Ich stürzte die Treppe hinunter. Tuulia lag seltsam verrenkt da, aus ihren Mundwinkeln floss Blut. Jemand schrie immer noch und ließ Tränen auf Tuulias Gesicht tropfen. Erst als Koivu mich rüttelte, merkte ich, dass ich dieser Jemand war.

«Maria! Beatmung hat keinen Zweck. Der Rettungswagen ist schon unterwegs.» Koivu wischte mir sanft das Blut vom Mund, während Kinnunen den Fahrer des Unfallwagens beruhigte.

Neugierige Nachbarn strömten herbei. Immer noch lief alles wie in Zeitlupe ab, wie ein Film mit verschwommenen und dann wieder klaren Bildern. Kinnunen kam auf mich zu. Der Geruch von Pulverdampf und verkatertem Schweiß, der mir in die Nase stieg, brachte die Wut, die sich in meinem Innern zusammengeballt hatte, zur Explosion.

«Warum hast du geschossen, du versoffenes Schwein? Da wäre überhaupt nichts passiert, sie ist ja gar nicht an das Messer drangekommen!» Mein rechter Haken traf sein Kinn. Er war so überrascht, dass er hinfiel und halb auf Tuulia landete. Koivu ging dazwischen, ohrfeigte mich, wie man es im Film mit hysterischen Frauen macht. Der Schmerz half mir, für einen Moment alles andere zu vergessen.

Allmählich gewann ich die Fassung zurück. Der Rettungswagen kam, Tuulia wurde hineingeschoben. Wir versprachen, zur Klinik zu fahren und ihre Personalien anzugeben, sobald wir die Nachbarn beruhigt hatten. Ich ging in Tuulias Wohnung, um meine Tasche zu holen. Darin war mein Tonbandgerät, mit dem ich ihre Aussage aufgenommen hatte. Koivu hatte von Anfang an alles mit angehört, Kinnunen einen Teil. Der Fall war geklärt.

Ich handelte wie in Trance. Wir brachten Kinnunen nach Pasila, wo er dem Chef Bericht erstattete, und ließen die Tonbandaufnahme abschreiben. Keiner von uns war besonders gesprächig. Die Verantwortung für die Fehleinschätzung lag natürlich bei mir. Ich hatte nicht damit gerechnet, dass Tuulia gewalttätig werden könnte. Kinnunen hatte ja auf die Beine gezielt. Er hatte nur versucht, mir zu helfen. Frauen kommen doch nicht allein zurecht, das weiß man ja. Ich wusste, dass Kinnunen dem Chef etwas in dieser Art erzählen würde.

Als wir ins Krankenhaus kamen, lag Tuulia schon auf der Intensivstation. Sie hatte eine Gehirnerschütterung, und ihr Rückgrat war gebrochen. Man wusste noch nicht, ob sie durchkam. Wir versprachen der Krankenschwester, Tuulias Eltern zu benachrichtigen.

«Bist du wieder in Ordnung?», fragte Koivu besorgt, als wir über Kuusisaari in den nördlichen Teil von Tapiola fuhren, wo Tuulias Eltern wohnten.

«Es geht schon wieder. Ich denk natürlich die ganze Zeit, was wäre, wenn. Vielleicht hätte ich mich einfach fesseln lassen sollen. Ihr hättet sie ja doch geschnappt. Oder wenn ich wenigstens noch etwas länger gewartet hätte. Oder wenn Kinnunen nicht mit seiner Knarre rumgefuchtelt hätte ... Verdammt nochmal, kann man dem Kerl nicht endlich einen Schreibtischjob geben? Da kann er keinen Schaden anrichten!»

«Es war schwierig, allein nach den Geräuschen abzuschätzen, wie ernst die Situation da drinnen war», nahm Koivu ihn in Schutz. «Müssen wir hier abbiegen?»

«Ja. Das dritte Haus rechts», sagte ich, die Karte auf dem Schoß. «Ich kann das Reden übernehmen.»

Tuulias Eltern zu erklären, was passiert war, war genauso furchtbar, wie ich es mir vorgestellt hatte. Natürlich musste ich ihnen auch sagen, weshalb ich mit einem Haftbefehl zu Tuulia gegangen war. Sie weigerten sich lange, mir zu glauben. Sie saßen in ihrem adretten Reihenhaus auf dem prächtigen Ledersofa, und ich sah, wie in ihren Gesichtern langsam alles Leben versiegte. Ich war nicht fähig, ihnen etwas Tröstliches zu sagen, sondern gab ihnen die Telefonnummer der Intensivstation und verließ fast fluchtartig das Haus. Der Weinkrampf setzte erst ein, als Koivu von der Kalevantie auf die Umgehungsstraße abbog.

«Soll ich dich nach Hause bringen?» Nur gut, dass Koivu kein unnötiges Getue machte.

«Nicht nötig. Ich muss meinen Bericht schreiben, mit dem Chef reden und wohl auch Peltonens Vater anrufen.» Mit einer leicht nach Senf riechenden Papierserviette, die ich im Handschuhfach gefunden hatte, wischte ich mir die Tränen ab. «Und du? Hast du noch was zu tun?»

«Ich muss dir bei deinem Bericht helfen», lächelte Koivu.

«Wie wär's mit mindestens drei Bier nach der Arbeit? Abgeschlossene Fälle muss man doch feiern. Oder hast du in den letzten Tagen schon zu oft in Kneipen rumhängen müssen?»

Wir bastelten so etwas wie einen Bericht zusammen. Der Chef schien damit ganz zufrieden zu sein, Hauptsache, der Fall war geklärt, auch wenn das Ergebnis für die Polizei nicht gerade schmeichelhaft war. Kinnunens Vorgehen quittierte er mit der Bemerkung, so was käme eben vor. Ich hatte nicht mehr die Kraft, ihm zu widersprechen. Dann rief ich Heikki Peltonen an, der anfangs partout nicht glauben wollte, was ich ihm sagte. Er schrie mich an, ich sollte nicht solchen Mist verzapfen, und gab erst Ruhe, als ich ihm zum fünften Mal die Beweise für Jukkas Aktivitäten aufzählte. Das Gespräch hatte meinen Adrenalinpegel in die Höhe getrieben. Meine Gereiztheit wuchs, als gleich darauf ein Reporter von «Iltalehti» anrief. Ich hatte Peltonen gerade versprochen, dass wir uns gegenüber der Presse bedeckt halten würden. Der Fahrer des Unglückswagens war aber offenbar darauf erpicht, in der Öffentlichkeit zu stehen, und hatte den Reporter angerufen. Ich sah die Schlagzeilen schon vor mir: Fahrlässigkeit der Polizei TÖTET Verdächtige. Ich beantwortete die Fragen des Reporters so knapp wie möglich. Nachdem ich den ganzen Abend geredet hatte, war mein Mund trocken wie Kiefernrinde.

Um halb zehn saßen Koivu und ich im Kellerlokal des alten Studentenhauses. Koivu bestellte ein Bier, ich einen Jack Daniels. Ich stürzte mein Glas in einem Zug herunter und bestellte gleich noch einen. Die ältliche Kellnerin verzog keine Miene. Sie hatte in ihrem Leben Tausende Liter Whisky serviert und garantiert schon durstigere Gäste erlebt als mich.

Schon bald sank das Wärmegefühl von der Speiseröhre in den Magen und stieg von da nach einer Weile auf geheimnisvollen Wegen in den Kopf. Koivu trank sein Bier und klagte über Hunger. Wir bestellten in reichlich Fett gebratene Steaks und Bier dazu. Koivu kommentierte die Erfolge der finnischen Sportler bei der Olympiade, die gerade zu Ende gegangen war.

Ich zog über die männlichen Sportskanonen unseres Landes her, woraufhin er anfing, die Oberschenkel der Weitspringerin Ringa Ropo zu bemäkeln. An denen war meiner Meinung nach nichts auszusetzen, also zankten wir uns eine Weile über dieses weltbewegende Thema. Wir redeten verzweifelt über alle Nebensächlichkeiten, die uns einfielen. Ich glaube, Koivu spürte die Beklemmung hinter meiner aufgesetzten Heiterkeit, hatte aber keine Lust, mich zu therapieren.

Nach den zwei Bier zum Essen und einem dritten Whisky sah Koivu immer niedlicher aus. Der Gedanke, in den Armen dieses großen Blonden mit dem lieben Gesicht einzuschlafen, war verlockend. Aber ich wusste, dass ich das auf längere Sicht bereuen würde. Ich brauchte noch ein paar Monate lang einen guten Kollegen. Es wäre dumm gewesen, unsere gute Teamarbeit für einen vom Schnaps beflügelten One-Night-Stand zu opfern. Mehr konnte zwischen uns ohnehin nicht sein. Ich lächelte Koivu müde an und sagte, ich würde jetzt nach Hause stapfen, ließ mich dann aber doch überreden, noch einen Black Jack zu bestellen. Während ich den trank, erörterten wir eingehend, welche Chancen Carl Lewis hatte, bei den letzten Meetings des Sommers die Neun-Meter-Marke zu überspringen. Auf dem Heimweg teilten wir uns ein Taxi. Als ich in Töölö ausstieg, wollte Koivu unbedingt mit zu mir, aber ich schickte ihn nach Hause und erklärte ihm mit der Autorität der vier Jahre Älteren, morgen würde er froh darüber sein.

Obwohl ich betrunken war, fand ich keinen Schlaf, bevor ich im Krankenhaus angerufen hatte. Tuulia war operiert worden und würde aller Wahrscheinlichkeit nach am Leben bleiben. Der Schnaps und das fette Essen rumorten mir im Magen. Ich nahm zwei Aspirin und wusste, dass ich mich morgen noch schlechter fühlen würde.

Finale

Stromab treibet mein Boot

Die Stadt wirkte an diesem Freitagabend schon sehr herbstlich. Das Wetter war von der Sorte, die die meisten Menschen hassen: kühl, neblig, regnerisch. Mich verlockte dieses Wetter zu einem Spaziergang am Ufer, um nachzudenken. Ich hatte gerade alle Papiere zum Mordfall Jukka Peltonen fertig gestellt, in der nächsten Woche stand der Fall zur Verhandlung an.

Das Problem dabei war, dass die Angeklagte nicht vor Gericht erscheinen würde. Tuulia hatte zwar überlebt, aber es würde noch lange dauern, bevor sie den Gerichtssaal betreten konnte. Sie hatte mehrere Brüche am Rückgrat, ihre Beine waren gelähmt. Zwar bestand nach Ansicht der Ärzte Aussicht auf Genesung, doch dazu waren mehrere Operationen notwendig.

Ich wusste nicht, ob Tuulia psychisch jemals wieder ganz hergestellt sein würde. Sie weigerte sich systematisch, zu sprechen. Einen organischen Grund hatte man nicht gefunden, und sie verhielt sich im Übrigen auch ganz normal – sie aß und schlief, las die Bücher, die man ihr gab, schrieb manchmal sogar ein paar Sätze. Aber sie sprach nicht.

Ich hatte versucht, Tuulia zu besuchen. Man ließ mich auch zu ihr. Koivu hatte ihr zwar vorher schon das Protokoll ihrer Aussage gebracht, und sie hatte ihre Unterschrift darunter gesetzt, aber ich wollte ihr noch einige Fragen stellen. Auch im Rauschgiftdezernat und bei der Sitte interessierte man sich für ihre Taten, doch ich bildete mir ein, mit mir würde sie am ehesten reden. Damals wusste ich noch nicht, dass Tuulia mit niemandem sprach.

Natürlich wollte ich sie auch sehen. Ihr Gesicht hatte mich gequält, ihre Miene in dem Moment, bevor sie aus dem Fenster sprang, ihr Lachen beim Bier im «Elite», ihre kalten Hände, die gegen meine schlugen ... Ich hatte immer wieder überlegt, was ich eigentlich für Tuulia empfunden hatte. Auch jetzt dachte ich darüber nach.

Ich war über den langen Klinikflur zu dem abgeschlossenen Privatzimmer gegangen. Juristisch gesehen befand sich Tuulia in Untersuchungshaft. Ich bat die Krankenschwester, mich mit Tuulia allein zu lassen. Das Zimmer war klein und unfreundlich, auf dem Fensterbrett blühte eine zartrote Topfrose, auf dem Nachttisch stand eine Kerze neben einem Band Gedichte von Edith Södergran, in der Ecke gegenüber dem Bett ein Fernseher. Das Zimmer sah aus wie eine Zelle. Tuulia lag in einem schmalen Eisenbett und wirkte trotz ihrer Länge klein und körperlos. Als ich eintrat, sah sie nicht zu mir hin, sie starrte unverwandt ihre Hände an, die auf der Bettdecke lagen. Unwillkürlich überlegte ich, ob sie wohl an den Händen fror. Ich hätte sie gern angefasst, gewärmt. Ich traute mich nicht.

Ich sprach sie an, versuchte ihren Blick auf mich zu ziehen.

«Tuulia! Ich bin's, Maria. Ich würd dich gern was fragen.»

Tuulia blickte nicht von ihrer Decke auf. Ich probierte es fünf Minuten lang, blieb in meiner Polizistenrolle, obwohl ich mich gern in einen Menschen verwandelt hätte, in mich, in Maria. Nach fünf Minuten klopfte die Stationsschwester, ich ließ sie herein.

«Sie spricht sicher nicht mit Ihnen», meinte die Schwester. Sie hielt mich natürlich für eine ganz normale Polizistin. Sie wusste nicht, dass ich die Frau war, die Tuulias Freundin hätte werden können.

Am nächsten Tag telefonierte ich mit dem Psychiater, der Tuulia behandelte. Er ratterte Fachausdrücke herunter und erklärte, ihr Zustand werde sich nur normalisieren, wenn sie selbst es wollte. Zwischen den Zeilen hörte ich seine Skepsis heraus, ob das je der Fall sein würde. Wieso sollte Tuulia den Wunsch haben, gesund zu werden, nur um jahrelang im Gefängnis zu sitzen?

Das Rauschgiftdezernat hatte in letzter Zeit einige wichtige Verhaftungen vorgenommen. Nach dem Bild, das sich dabei ergab, trafen die Gerüchte vom zunehmenden Einfluss der Ostmafia nur teilweise zu, immer noch waren die meisten einschlägigen Unternehmer Finnen. Jukka war ein kleiner Fisch gewesen, Tuulia noch unbedeutender. Mattinens Spuren hatten sich in London verloren. Sicher hatte er sich einen gefälschten Pass besorgt und war untergetaucht. Vielleicht hätte Jukka das auch geschafft, und wahrscheinlich wäre Tuulia nie geschnappt worden, wenn es Jukka gelungen wäre, sich ins Ausland abzusetzen. Vielleicht wären wir uns in irgendeiner Kneipe begegnet und würden jetzt gemeinsam durch den Nebel spazieren.

Vor ein paar Wochen hatte ich zufällig Mirja getroffen, als ich das Präsidium verließ. Wir waren beide auf dem Heimweg, fuhren mit derselben Straßenbahn, und obwohl es uns beiden sichtlich unangenehm war, unterhielten wir uns, bis ich aussteigen musste.

Von Mirja erfuhr ich, dass der Chor auf eine Anzeige gegen Jyri verzichten wollte, wenn er nur das Geld zurückzahlte. Sie selbst hatte sich entschlossen, nach Weihnachten für ein Jahr nach London zu gehen, um dort zu studieren und ihre Magisterarbeit zu schreiben. Sirkku und Timo hatten sich Anfang September verlobt, Piia war nach San Francisco geflogen, um Peter abzuholen. Das Leben ging weiter. Nur von Antti hatte Mirja kein Wort gesagt, und ich hatte nicht nach ihm gefragt.

Obwohl ich bei Tuulias Verhaftung einen schweren Fehler gemacht hatte, wollte der Chef meinen Vertrag verlängern, aber ich hatte dankend abgelehnt. Zwei Wochen musste ich jetzt noch arbeiten. In letzter Zeit hatte ein außergewöhnlich dreister und brutaler Taxiräuber unsere ganze Abteilung auf Trab gehalten. Vergewaltigungen gab es praktisch jede Woche, und irgendwie schienen diese Fälle immer bei mir zu landen, selbst wenn ich gar nicht an der Reihe war. In meiner Freizeit hatte ich mich um meine Fitness gekümmert und wie wild für die Prüfung in Strafrecht gebüffelt. Ich hatte mir vorgenommen, in diesem Studienjahr fertig zu werden und mich im nächsten Herbst um eine Referendarstelle an irgendeinem Appellationsgericht zu bewerben. Weiter in die Zukunft wagte ich nicht zu denken.

Vor einer Woche hatte der Prozess gegen Pasi Arhela stattgefunden. Als Rückfalltäter war er zu drei Jahren Gefängnis verurteilt worden. Marianna hatte sich vor Gericht glänzend gehalten. Vor Freude und Stolz hätte ich beinahe geweint, als ich sie aussagen hörte. Marianna hatte an einer Gruppentherapie für vergewaltigte Frauen teilgenommen. So schlimm das Erlebnis gewesen war, sie würde es überwinden, das merkte man ihr an. Sie hatte mir gesagt, sie traue sich schon wieder, durch dunkle Straßen zu gehen.

Der Regen verlockte mich, am Südufer entlangzuwandern. Ab und zu begegnete ich Menschen, die vor den heftigen Regenschauern davonliefen, manche zu zweit unter einem Regenschirm, lachend, die meisten aber verärgert, als hielten sie den Regen für eine persönliche Beleidigung. Ich fühlte mich isoliert unter der Kapuze meines zu großen Radler-Regencapes und in meinen Gummistiefeln.

Auf der Höhe des Parks wurde der Ufernebel so dicht, dass die nahe gelegenen Inseln völlig darin verschwanden. Das Meer war eine riesige graue Masse, die merkwürdig seufzte. Der Nebel verzerrte alle Geräusche, machte sie unkenntlich. Es war, als ginge ich durch ein fremdes Land, dessen Sprache ich nicht verstand. Ein knarrendes Quietschen näherte sich, das mich an einen Kinderwagen denken ließ – aber so hörte sich doch kein Kinderwagen an? Fünfzig Meter weiter sah ich, dass es doch einer war. Das seltsame Rascheln am Ufer wurde vielleicht von den Wellen verursacht, die im Ufersand ausliefen, vielleicht von etwas anderem. Vielleicht brauchte ich auch gar nicht zu wissen, was es war.

Ich hatte ein Verbrechen aufgeklärt. Ich wusste, wer es begangen hatte, ich kannte das Motiv. Auch über das Leben einiger anderer Menschen hatte ich vieles erfahren. Und dennoch wusste ich nichts. Den Sinn vieler Dinge nicht zu erkennen – das musste ich noch lernen. Was mein Leben betraf, hatte ich einige Beschlüsse gefasst, aber wahrscheinlich waren auch sie nicht endgültig. In einigen Jahren würde ich vielleicht wieder einen neuen Kurs einschlagen.

Ich ging zu der Stelle, wo der Bootssteg sein musste, fand ihn und ging ihn entlang. Schon bald war die Uferlinie nicht mehr zu sehen, und plötzlich gab es keine andere Wirklichkeit mehr als den Steg und den Nebel, meine feucht glänzenden Gummistiefel und die nassen Locken auf meiner Stirn. Es war seltsam beruhigend. Ich fühlte mich einsam und ganz.

Wieder ein neues Geräusch im Nebel. Nach einer Weile gewann es Konturen, wurde zu Schritten. Riesige Gummistiefel, darüber eine lange, magere Gestalt. Unter der Kapuze des Regenmantels ragte eine Adlernase hervor. Antti.

Ich hatte ihn seit Jukkas Beerdigung nicht mehr gesehen. Ein paar Tage nach Tuulias Verhaftung hatte ich nach der Mittagspause eine telefonisch hinterlassene Nachricht auf meinem Schreibtisch vorgefunden: «Ich war zelten. Tut mir Leid, dass ich für Aufregung gesorgt habe. Antti.» Danach hatte ich keinen Grund mehr gehabt, mich bei ihm zu melden.

Als ich Jukkas Sachen zu den Peltonens gebracht hatte, hatte ich Anttis Brief nicht mit abgeliefert. Er lag immer noch in meiner Schreibtischschublade, und ich wusste nicht, was ich damit tun sollte. Vielleicht war es das Beste, ihn zu vernichten und zu vergessen, dass ich ihn je gelesen hatte.

«Ach, Maria», sagte Antti, als er mich unter meinem Cape erkannte. «Ich wollte dich demnächst anrufen.»

«Gibt es was zu besprechen?», fragte ich unfreundlicher, als ich eigentlich wollte. Ich war immer noch sauer auf ihn, weil er damals einfach verschwunden war.

«Ich bin dir wohl eine Erklärung schuldig», meinte er bedächtig. «Gehen wir ein Stück, sonst wird uns kalt.»

Wir gingen eine Weile wortlos nebeneinanderher. Die Stille wirkte beruhigend, und Antti unterbrach sie erst, als wir vom Ufer in Richtung Stadt abbogen.

«Ich war nach Jukkas Beerdigung ziemlich durcheinander, wusste einfach nicht, was ich tun sollte. Ich wollte eine Weile weg und in Ruhe nachdenken. Also hab ich meine Wanderausrüstung genommen, bin in den nächsten Bus eingestiegen und nach Nuuksio gefahren. Da hab ich dann ein paar Tage mitten im Wald gehockt und überlegt.»

«Du hast es die ganze Zeit gewusst?» Es war eher eine Feststellung als eine Frage. Antti sah verlegen aus.

«Was heißt gewusst. Eher vermutet. Ich hab Jukka und Tuulia mein ganzes Leben gekannt. Natürlich hab ich an dem Wochenende gemerkt, dass nicht alles in Ordnung ist. Zum Teil hab ich von Jukkas Drogengeschäften gewusst, aber mir war nicht klar, dass er so tief drinsteckte, wie sein Vater sagt. Komisch.» Antti zuckte die Schultern unter seinem Regenmantel, von dem Wasser auf die Stiefel tropfte. «Meine erste Reaktion war, dass ich mich beleidigt fühlte. Ich war gekränkt, weil er mir nicht erzählt hatte, was für ein Leben er neuerdings führte.»

Wir gingen quer durch den Park bis zur Albertinkatu. In der Stadt war der Nebel weniger dicht, ich konnte schon ein ziemliches Stück Straße sehen. In der Dämmerung wirkten die erleuchteten Fenster anheimelnd. Irgendwo wurde ein Fenster geöffnet, Musik drang heraus. Mick Jagger bat darum, die Nacht mit ihm zu verbringen.

«Ich hab erraten, dass es Tuulia sein musste, obwohl ich nicht sicher war, warum sie es getan hat. Ich hätte dir natürlich von meinem Verdacht erzählen müssen, aber ich konnte es nicht. Mit Tuulia hab ich mich auch nicht getraut zu sprechen. Nicht, weil ich Angst um mich hatte. Ich hatte Angst, dass sie sich was antut. Und das hat sie ja schließlich auch getan.»

«Hast du sie besucht?»

«Ich hab's probiert. Die Krankenschwester ist zu ihr rein und hat gefragt, ob sie mich sehen will. Sie spricht immer noch nicht, aber sie hat den Kopf geschüttelt. Weißt du, was für eine Strafe sie kriegen wird?»

«Das hängt von vielen Dingen ab. Wenn sie so weitermacht wie bisher, wird sie wahrscheinlich auf direktem Weg in die Nervenheilanstalt eingewiesen.»

Wir waren an der Ecke der Iso Roobertinkatu angekommen. Eine Querstraße weiter hatte Jukka gewohnt.

«Ich bin gerade in Jukkas alte Wohnung eingezogen», sagte Antti, als hätte er meine Gedanken gelesen. «Die Peltonens haben sie mir zu einem Spottpreis verkauft, sie wollten sie so schnell wie möglich loswerden. Ich war es auch satt, in einer Wohngemeinschaft zu leben, dazu bin ich allmählich zu alt. Und Einstein genießt unsere Spaziergänge im Sinebrychoff-Park.» Antti sah mich nachdenklich an, dann sagte er:

«Ich hab ganz nasse Füße, ich glaub, in meinen Stiefeln sind Löcher. Ich sollte wohl besser nach Hause gehen. Komm doch mit, wenn du nichts Besseres vorhast!»

An der Tür stand nicht mehr Peltonen, sondern Sarkela. Auch sonst sah die Wohnung verändert aus, hauptsächlich deshalb, weil stapelweise Bücher herumlagen.

«Ich hab noch nicht alle Regale zusammengebaut. Such dir irgendwo einen Platz.» Er schlängelte sich zwischen den Bücherbergen hindurch ins Schlafzimmer, vermutlich, um trockene Strümpfe anzuziehen.

Auf einem blauen Sessel lag die größte Katze, die ich je gesehen hatte, und dehnte sich träge. Der Sessel schien ihr Lieblingsplatz zu sein, denn er war über und über mit weißen Haaren bedeckt. Auf dem Rücken und am Kopf war das sonst weiße Fell der Katze schwarzbraun gemustert. Ihr Schwanz war grau getigert, die Schwanzspitze nachtschwarz. Das Tier sprang vom Sessel und strich mir schnurrend um die Beine. Im Nu hatte ich einen Streifen weiße Haare auf meiner schwarzen Hose. Als ich mich bückte und die Katze streichelte, wurde das Schnurren immer lauter.

«Einstein behandelt jeden, der zur Tür reinkommt, als potenziellen Futtergeber», erklärte Antti, dessen Füße jetzt in grauen Wollsocken Größe fünfzig steckten. «Ich mach uns was Heißes zu trinken.»

Die Katze flitzte mit ihm in die Küche. Ich sah mir die Bücherstapel genauer an. Antti besaß ein Buch von Henry Parland, nach dem ich vergeblich sämtliche Antiquariate durchforstet hatte.

«Würdest du mir das leihen?», fragte ich, als er mit zwei dampfenden Bechern aus der Küche kam.

«Klar. Hier ist ein bisschen Alkohol drin, du hast hoffentlich nichts dagegen.» Vorsichtig nahm ich einen Schluck. Es war Tee mit einem kräftigen Schuss. Der starke Anisgeschmack des Schwarzgebrannten aus Muuriala war unverkennbar.

«Harter Tee kostet zwölf fünfzig, vierzehn, fünfzehn. (Je nach Lokal)», zitierte ich Henry Parland.

«Das hier ist ein Lokal der billigsten Preisklasse», lachte Antti, der das Zitat offensichtlich erkannte. Ich verfrachtete ein paar Bücherstapel vom Sofa auf den Fußboden und setzte mich. Antti ließ sich in den Sessel fallen. Der von seinem Stammplatz vertriebene Einstein guckte beleidigt, sprang dann aber zu mir auf das Sofa. Geschickt suchte er sich zwischen den restlichen Büchern ein bequemes Eckchen.

«Kannst du mir erzählen, was in Tuulias Wohnung eigentlich passiert ist?», fragte Antti mit ernstem Gesicht. Ich trank einen großen Schluck von dem feurigen Tee und fing an. Immer wieder hatte ich nachts wach gelegen und die Ereignisse vor meinen Augen abrollen lassen, aber ich konnte immer noch nicht gleichmütig darüber sprechen. Zuerst fing meine Stimme zu zittern an, dann kamen die Tränen. Als ich am Ende angekommen war, weinten wir beide.

«Ich fühl mich irgendwie schuldig», meinte Antti schließlich. «Wenn ich dir rechtzeitig gesagt hätte …»

«Ich versuch mir die ganze Zeit einzureden, dass es nutzlos ist, sich darüber den Kopf zu zerbrechen. Das sagt sich so leicht, wenn es einen nicht selbst betrifft. Hast du übrigens noch mehr von diesem schwarzgebrannten Fenchelschnaps?»

«Aha, du hast ihn also erkannt. Eine halbe Flasche ist noch übrig. Offenbar die letzte vom ganzen Satz. Timo hat gejammert, auf dem Polizeirevier wären zig Liter in den Ausguss gekippt worden.» Antti holte die Flasche aus der Küche und brachte eine Rolle Küchenkrepp mit, mit dem wir uns die Tränen abwischten. Ich hatte Lust, ihn zu berühren, und wagte endlich einmal zu tun, was ich wollte. Wir hielten uns lange fest umarmt.

Dann tranken wir weiter von dem Schwarzgebrannten und streichelten die Katze. Wir redeten bis spät in die Nacht, über Tuulia, Jukka, Trauer, Katzen, über alles Mögliche zwischen Himmel und Erde. Irgendwann war die Flasche leer. Ich blieb und schlief zwischen Antti und Einstein.